SOIS BELLE ET BATS-TOI

L'édition originale de ce livre a été publiée pour la première fois au Royaume-Uni en 2019 sous le titre *Girls can't Hit* par Hot Key Books, 80-81 Wimpole Street, W1G 9RE, Londres.

Loi n° 49-956 du 16 juillet 1949 sur les publications destinées à la jeunesse, modifiée par la loi n° 2011-525 de 17 mai 2011.
Mise en pages : IGS-CP
ISBN : 978-2-09-258294-7
Dépôt légal : février 2021

T.S. Easton

SOIS BELLE ET BATS-TOI

Traduit de l'anglais (Royaume-Uni)
par Anne Delcourt

Nathan

À mes filles. Qui savent cogner.

Avec mes remerciements à Alice et Rikke et à toute l'équipe du Farnham Boxing Club.

PREMIÈRE PARTIE

SUR LE RING

Le lave-vaisselle

J'ai gémi intérieurement. C'était une froide matinée de mai, un mardi, et mes parents recommençaient à se prendre la tête à propos du lave-vaisselle.

– Franchement, Liz, a dit mon père, si on rince les assiettes, quel est l'intérêt d'avoir un lave-vaisselle ?

– Le lavage est plus efficace si on rince avant, lui a expliqué patiemment ma mère. Sinon on se retrouve avec de l'amidon sur les verres.

– Écoute, va plutôt t'asseoir et laisse-moi me débrouiller.

– Oh non ! Cette fois, tu ne m'auras pas. Tu me referais le coup des cuillères en bois dans la machine.

– Mais on PEUT le faire ! C'est justement pour ça qu'on a pris le modèle allemand !

– Si vous n'arrêtez pas de vous disputer à propos de cette machine, je la porte à la déchetterie.

– Mais on ne se dispute pas, chérie ! m'a assuré ma mère joyeusement. On discute.

Parmi les autres sujets de discussion de mes parents, on peut citer :

- Faut-il beurrer les deux tartines d'un sandwich, ou en réserver une pour la moutarde ?
- Faut-il mettre son manteau quelques minutes avant de sortir pour « créer un matelas d'air chaud », ou au dernier moment pour « ne pas attraper froid » ?
- Faut-il mettre d'abord la crème ou la confiture sur les scones ?
- Les Pim's sont-ils des gâteaux ou des biscuits ? (« C'est écrit sur le paquet, Liz ! »)
- A-t-on le droit de corner les pages d'un livre quand on n'a pas de marque-page ?

Aucun de ces problèmes ne sera jamais résolu.

J'aime tendrement mes parents, mais il y a des moments où ils me rendent dingue. Outre que ma mère est obsédée par le lave-vaisselle, elle doit être la personne la plus trouillarde de la planète. Les plus petits détails la mettent en panique et elle m'interdit de faire tout ce qui peut présenter le moindre risque à ses yeux.

Elle m'a obligée à faire le chemin de l'école en chasuble fluo jusqu'en cinquième, année où je me suis rebellée et où je l'ai jetée dans l'étang. Encore maintenant, elle insiste pour que je fixe un LED clignotant sur mon sac à dos. Le mois dernier, quand je lui ai demandé si je pouvais aller à Londres avec Blossom, ma meilleure amie, pour participer à une manif des Tricoteurs pour la Paix, ça lui a donné instantanément des palpitations plus la migraine.

– Une manif ? Mais il risque d'y avoir des casseurs !

– C'est des gens qui tricotent, maman.

– Il y a des extrémistes partout. Tu ne te rends pas compte à quel point c'est dangereux, à Londres. Un type m'a fait tomber sur un quai du métro, une fois.

– C'était un accident.

Je connaissais l'anecdote.

– J'aurais pu tomber sur la voie et me faire écraser par une rame ! Ma vie aurait été fauchée net.

– Bah, papa aurait trouvé quelqu'un d'autre. Il est du genre à rebondir facilement.

Mon père aussi me rend dingue. Il fait partie de ces gens qui ne se mouillent jamais. Pour lui, il y a toujours deux manières de voir les choses. « Les torts sont partagés », déclare-t-il à propos du conflit israélo-palestinien. « Ils ont chacun des arguments qui se défendent », commente-t-il lorsque deux politiciens hystériques se tapent dessus à la radio. « Il y a deux écoles de pensée », me répond-il quand je lui demande son point de vue sur la PMA. Il faut croire qu'il y a deux écoles de pensée au sujet de la PMA, mais une seule sur ce qu'il faut faire des assiettes sales.

Je les ai regardés tournicoter dans notre étroite cuisine. Dès que l'un mettait un truc dans la machine, l'autre le déplaçait, voire le reprenait.

– Ah non ! PAS ce couteau ! s'est indignée ma mère.

– Et pourquoi pas ?

– C'est un couteau d'office. Il doit rester parfaitement aiguisé. L'eau va l'émousser.

– Et tu proposes de le laver comment ?

– Dans l'évier !

– Avec quoi ? Du sable ?

Ils rendaient Verity, ma sœur, aussi dingue que moi, au point qu'elle avait fini par aller vivre en Nouvelle-Zélande avec Rafe, mon neveu de deux ans. Ils me manquaient horriblement, tous les deux, à part les disputes. Verity et ma mère se battaient tout le temps.

– Hou-ou !

C'était mon père, qui essayait d'attirer mon attention.

– Oui ?

– Tu en penses quoi, toi ?

– Je pense que vous êtes aussi cinglés l'un que l'autre.

– Non, à propos de mettre les couteaux d'office dans le lave-vaisselle.

– Je crois, ai-je répondu en me levant de table, qu'il y a deux écoles de pensée sur le sujet.

Ian Beale

Ian Beale m'a interceptée au moment où je franchissais la porte.

– Ne le laisse pas sortir! a braillé ma mère. Il est sous antibios!

Ian Beale est notre vieux chien. Il a remplacé celui qu'on avait avant, il y a une dizaine d'années, et qui s'appelait Patch, ce que je trouvais très banal. J'étais tellement triste quand il est mort que ma mère a commis l'erreur de me laisser choisir le nom du nouveau. J'étais une grande fan d'*EastEnders* à l'époque, et Ian Beale, l'un des personnages principaux de la série, est particulièrement antipathique. Encore maintenant, je me régale quand ma mère l'appelle pour qu'il vienne manger ses croquettes: « Ian Beale! Ian Beale! »

On s'amuse comme on peut, par chez nous.

Ian Beale souffre de toutes sortes de maladies chroniques et doit être le chien qui prend le plus de médicaments de tout le pays. Il en ingurgite tellement qu'il y a des jours où il n'a même plus faim. Le pauvre, il me fait de la peine. Je me demande parfois s'il ne vaudrait pas mieux qu'on le laisse tranquille, quitte à ce qu'il rejoigne un peu plus tôt le Grand Chenil dans le ciel.

Mais ce genre de pensée n'est pas autorisé chez moi. Je me suis accroupie pour lui faire un gros câlin en retenant ma respiration – Ian Beale sent assez mauvais. Quand j'ai entrouvert la porte pour me glisser dehors, il m'a suivie du regard, et j'ai lu un léger reproche dans ses yeux rouges.

J'étais en avance, mais j'avais besoin d'air. Au choix, je préférais arriver au lycée avant l'heure que faire de la prison pour avoir poignardé mes parents avec un couteau d'office. On vit dans un petit village près de Bosford, quelque part entre Hastings et Brighton, à une heure et demie de Londres.

Mon lycée se trouve à Bosford et je fais généralement le chemin à pied avec Blossom, qui habite dans le même village que moi. Parfois on y va en voiture avec Pip, le troisième de la bande, qui a le permis mais qui ne devrait même pas avoir le droit de rouler en tricycle. Il roule super lentement, et je suis sûre qu'il n'a jamais atteint une limite de vitesse de toute sa vie. Malheureusement, ça ne l'empêche pas d'emboutir des trucs divers ni de franchir la ligne alors que d'autres voitures arrivent en face. Pour se garer, il fait des marches arrière avec une maîtrise des pédales assez bluffante, puis, invariablement, il rentre tout doucement dans le mur avec la lenteur d'un escargot éreinté.

J'ai retrouvé Blossom devant l'église. On se connaît depuis toujours et c'est la fille la plus géniale au monde. Elle a des cheveux bouclés totalement indomptables et des yeux verts qui pétillent. Elle est un peu plus grande que moi, mais ça, ce n'est pas difficile.

– Ça roule, Fleur ?

– Ça roule, Blossom ?

Elle m'a emboîté le pas et on a pris tranquillement Bosford Road.

– Tu vas à Battle, samedi ? lui ai-je demandé.

Aller à Battle faisait partie de nos activités habituelles. C'est une petite ville à côté d'Hastings, le vrai site de la vraie bataille d'Hastings de 1066. Quand j'étais petite, je croyais qu'on appelait les batailles des *battles* en anglais parce que la première avait eu lieu à Battle.

Alors que c'est le contraire, bien sûr. Battle s'appelle comme ça parce qu'une bataille s'y est déroulée. Il n'y avait que des champs et quelques vaches à cet endroit, avant, sans parler de la boutique de souvenirs toute pourrie. La Commission du patrimoine cherche toujours des gens pour travailler sur le site touristique. On y va en car le samedi matin déguisées en paysannes saxonnes pour gagner un peu de fric et raconter tous les détails de la bataille à des groupes d'Américains assommés par le jetlag. On en connaît un bout sur la bataille d'Hastings, même si on aime bien broder un peu. Par exemple, j'ai soutenu un jour à de charmants touristes venus de l'Iowa que Guillaume le Conquérant s'était marié avec son cheval. Et je dois avouer que notre accent est parfois un peu à côté de la plaque. Le mien ressemble à celui d'un pirate des Cornouailles, celui de Pip à l'accent de Liverpool parce qu'il ne sait pas en faire d'autres, et Blossom parle en général dans une sorte d'argot londonien moitié girly, moitié Mary Poppins.

J'adore aller à Battle. Le seul problème, c'est qu'il faut s'habiller en costume d'époque et que les gens nous regardent bizarrement dans le car quand on a une cornette sur la tête. Le plus souvent, on se fait conduire par Pip. Ça nous simplifie la vie, et ça lui épargne de devoir négocier avec le chauffeur du car pour pouvoir mettre sa hallebarde dans le coffre à bagages. Blossom et moi, on fait surtout des activités manuelles avec les enfants, et elle participe parfois au circuit des fantômes de l'abbaye. Pip joue le rôle du garde. Il est vêtu d'une cuirasse en cuir et il essaie d'effrayer les enfants, mais en général ils se fichent de lui. Comme on a tous les trois du sang saxon dans les veines, on fait très team roi Harold dès qu'il s'agit de la bataille. Je pense qu'il y a deux catégories de gens dans ce monde : les Normands et les Saxons. Et qu'il y a deux catégories de Saxons : les nobles et les paysans. Moi, je suis clairement une paysanne saxonne. Quelqu'un qui reste à l'arrière et qui s'occupe de ses affaires sans se mêler de celles des autres, pas quelqu'un qui navigue à travers le monde pour conquérir des peuples et se marier avec des chevaux.

Pip

On marchait sur la petite route, entourées par les abeilles qui zigzaguaient comme des ivrognes de coquelicots en primevères, et Blossom se plaignait de son petit ami. Il vient de Glasgow, il s'appelle Magnet et il travaille dans un salon de tatouage. Moi, je l'aime bien, mais Blossom le trouve énervant. En fait, il n'est jamais là. Il est à fond dans le trip hippie et préfère vivre en dehors du système, ce qui veut dire que son portable n'est pas toujours allumé.

– Pour quelqu'un qui ne parle que de la paix et de la vie en harmonie avec la nature, il râle quand même beaucoup, a grommelé Blossom.

– Il ne râle pas, il est écossais.

– Il s'est embarqué dans un truc qu'il appelle le Projet, une communauté expérimentale autosuffisante qu'il essaie de monter avec ses potes trotskistes dans un champ bourré de chardons quelque part dans l'Essex.

– Pour quoi faire ?

– Ils sont convaincus que le capitalisme est au bord de l'explosion et que la société va s'effondrer pour laisser place à l'anarchie.

En gros, c'est des survivalistes de gauche. Et leur plan a l'air sinistre. Visiblement, il n'y a même pas de réseau dans leur foutu champ.

Ça m'a donné des sueurs froides.

– Il m'a dit qu'il voulait que je le rejoigne pour qu'on vive ensemble.

– Hein ?! Et tu lui as dit quoi ?

– Que tant pis, quand ce sera la fin du monde et que le capitalisme s'effondrera, je coulerai avec le navire en m'agrippant à mon iPad à court de batterie.

– Chut, écoute. T'entends pas un truc ?

On s'est arrêtées et on a penché légèrement la tête, comme on est censé faire pour montrer qu'on tend l'oreille. J'entendais un merle qui chantait comme un malade, et aussi le tracteur du voisin, M. Palmer, dans le champ d'à côté, mais ce n'était pas ça qui m'avait fait réagir. Le bruit qui m'avait interpellée ressemblait plutôt à un mélange de chocs métalliques et de grondements rugissants produit par un moteur mal réglé.

– À tous les coups c'est... ? a commencé Blossom juste avant qu'une voiture ne pointe lentement son nez dans le virage de la petite route en face de nous.

Au rythme où elle avançait, elle aurait eu largement le temps de s'arrêter. Le conducteur a bien ouvert de grands yeux paniqués en nous voyant, mais la voiture a poursuivi son chemin droit sur nous. On s'est jetées à plat ventre dans les noisetiers avec des cris aigus. Puis j'ai entendu un bruit sourd accompagné d'un froissement. Blossom a grogné sous mon poids et j'ai vu en relevant le nez que la petite Clio blanche avait percuté la haie d'en face. On s'est relevées et j'ai émergé des taillis pour me diriger vers la voiture en m'époussetant. La portière s'est ouverte et une longue jambe a fait son apparition – une longue jambe suivie par une succession d'autres membres interminables, un cou, une tête, bref tout ce qu'on s'attend à trouver attaché à un corps masculin d'une hauteur inhabituelle. Au-dessus de ces dégingandages était perché un visage pâle fendu d'un grand sourire et surmonté d'une masse de cheveux roux vif.

– Pip! a braillé Blossom. Mais qu'est-ce qui t'a pris?

– Mon pied a glissé sur la pédale de frein.

– T'as failli nous tuer!

Pip nous a fixées en clignant des paupières.

– Ben vous marchiez au milieu de la route, aussi.

Si je devais décrire Pip en deux mots, je choisirais probablement «girafe soûle». En le voyant marcher, je me demande parfois si ses articulations ont été montées dans le bon sens, parce que tout chez lui a l'air de se plier à l'envers.

– Il faut que tu révises un peu la partie freinage, lui a signalé Blossom.

– Je vous dépose au lycée?

– Avec plaisir.

– Magnet serait contre, ai-je observé. Après l'effondrement du capitalisme, il n'y aura plus de voitures et on devra tout faire à pied.

– Certes. Mais on verra ça le moment venu.

– Si Pip ne nous a pas collées dans le fossé d'ici là.

– Je cours le risque. J'ai mal aux pieds.

Sur ces mots, Blossom est montée à l'arrière de la Clio.

– Ça va, ta voiture? me suis-je inquiétée.

– Ouais, je crois, m'a répondu Pip. Pourquoi?

– Rien, tu viens de foncer dans une haie, c'est tout.

– Je n'ai pas foncé dedans, je me suis garé. Alors, tu montes?

Décidant que j'avais sans doute davantage de chances de rester en vie dans la voiture de Pip qu'en tant que piétonne, j'ai rejoint Blossom à l'arrière. Après s'être replié laborieusement pour se glisser derrière le volant, Pip est reparti en pétaradant dans un nuage de fumée noire, tandis que je faisais la copilote. J'ai toujours l'impression d'être l'assistante du pilote de rallye le plus lent du monde quand je suis dans la voiture de Pip.

– À droite dans vingt… quinze, dix… huit… cinq… trois… une… TOURNE… MAIS TOURNE, QUOI… à gauche toute… droit devant… maintenant redresse le volant… gaffe au cheval… feu rouge… feu rouge… FEU ROUGE !

À seize ans, je n'ai jamais ne serait-ce qu'appuyé sur une pédale de frein, mais je suis sûre que je conduis mieux que Pip. J'ai tenté d'aborder avec ma mère l'hypothèse de prendre des leçons de conduite quand j'aurais dix-sept ans, mais rien que l'idée lui donne des crampes d'estomac. Elle m'a montré un article super long et bourré de statistiques démontrant que le niveau de mortalité est nettement inférieur chez ceux qui ont attendu d'avoir dix-neuf ans pour passer le permis. Je n'ai pas insisté. Inutile d'essayer de la convaincre quand elle bloque sur un truc.

Non mais Fleur !

Pip nous a déposées devant le portail du lycée avant d'aller chercher un endroit où se garer. Le bâtiment a été construit il y a dix ans et a déjà l'air un peu miteux. Il est tout en briques, avec des vitres qui vont du sol au plafond et qui n'ont jamais été nettoyées. Au départ, il devait y avoir un énorme terrain de sport juste derrière le lycée, mais la moitié de la surface a été vendue pour construire des logements à prix modéré. Du coup, des dizaines de gamins hauts comme trois pommes passent leurs journées juste derrière les grilles à nous balancer des gros mots. Ça surprend, quand on en train de manger son sandwich tranquillement au soleil et qu'on s'entend traiter de foutriquet.

Alors qu'on se dirigeait vers l'entrée, j'ai senti quelqu'un débouler dans mon dos, et j'ai eu un pincement au cœur en découvrant qu'il s'agissait de Bonita Clark. Bonita ne pourrait pas être plus mal nommée. On l'imagine menue et souriante, avec la grâce d'une ballerine, mais c'est tout le contraire. Et elle était là, en train de foncer comme un bulldozer pour me dépasser et franchir le portail avant moi. Elle a l'esprit de compétition le plus stupéfiant de la planète. Elle est capitaine de l'équipe de basket et de celle de hockey sur gazon. Elle fait du cross, elle joue au foot avec les garçons, et elle a un super niveau. Bref, elle est bourrée de qualités.

Malheureusement, ce n'est pas ce qu'elle pense de moi. Les problèmes ont commencé il y a environ deux ans, quand j'ai ~~été enrôlée contre mon gré dans l'équipe de~~ saisi avec enthousiasme l'occasion de briller dans la pratique du hockey. Bonita était capitaine et a essayé de m'expliquer les règles avant le premier match. J'ai joué comme arrière, et ça ne s'est pas très bien terminé. L'équipe adverse a marqué pendant que je laissais mes pensées vagabonder et que je répondais à un texto.

Bonita était furieuse. « Je ne comptais pas sur toi pour accomplir des exploits, mais je pensais que tu suivrais le jeu, au moins. » À vrai dire, ce n'était pas beaucoup plus brillant quand je me concentrais. À un moment, je me suis un peu emballée et j'ai assommé l'une de mes coéquipières en lui mettant un coup de crosse dont un vaillant paysan saxon n'aurait pas eu à rougir. Toujours est-il que ça m'a valu d'être virée de l'équipe de Bonita et d'atterrir dans celle de Hanna Frobisher, qui, à ma connaissance, n'avait rien fait pour mériter ça. Du coup, je dois souvent jouer *contre* Bonita, qui n'arrête pas de m'assommer ou de décrire des cercles autour de moi en essayant de m'humilier, ce qui n'est pas très difficile. Avouons-le, j'ai à peu près le même rapport au sport que Kanye West à la modestie. Bonita trouve que le sport, la compétition, la gagne sont des choses importantes. Moi pas. On n'est juste pas pareilles. Ce qui m'échappe, c'est pourquoi ça la dérange à ce point.

En général, les lycées n'obligent pas leurs élèves à pratiquer un sport, mais celui de Bosford est une exception. Notre glorieuse devise est *Mens sana in corpore sano*, « un esprit sain dans un corps sain». L'idée est qu'il n'est possible d'atteindre l'excellence qu'en exerçant ensemble le corps et l'esprit. «Allez dire ça à Stephen Hawking», ai-je suggéré à Mlle Collins, ma prof principale, lorsqu'elle m'a annoncé que je devrais continuer le hockey au deuxième semestre.

«Le jour où tu auras le génie de Stephen Hawking, tu pourras arrêter le sport, m'a-t-elle répliqué en me tendant une crosse et des jambières. En attendant, tu joues arrière.»

Bref, voilà pour Bonita, qui veut toujours être la meilleure partout: au basket, au hockey, au foot, à la course, et qui, tout à coup, voulait aussi être la première à arriver à l'entrée. C'était une porte à deux battants qui ne s'ouvrait qu'à moitié, l'un des deux restant toujours verrouillé. Le plus intelligent, bien sûr, aurait été de m'arrêter pour la laisser passer. Quel était l'intérêt d'arriver la première? Alors que je me fichais totalement qu'elle marque douze buts contre moi au hockey, quelle importance si elle entrait avant moi? Mais ce jour-là, je me sentais d'humeur malicieuse.

Je crois que, régulièrement, j'en ai marre d'être raisonnable et je fais des trucs idiots rien que pour voir ce qui va se passer. Comme quand je me suis mise au sousaphone. Le prof nous avait dit qu'on pouvait choisir son instrument. La plupart des élèves ont choisi un truc classique genre la flûte ou la clarinette, et plusieurs garçons se sont jetés sur la guitare ou la batterie. Mais comme ça m'a semblé plus marrant, j'ai pris l'instrument le plus galère auquel j'ai pu penser, une espèce de monstre en cuivre si énorme qu'il faut se faufiler dedans pour en jouer. J'arrivais à peine à le soulever, et encore moins à produire un son avec. Surprise, je n'ai pas tenu plus de six semaines. Bref, j'étais dans le même état d'esprit ce matin-là. Alors j'ai fait semblant de laisser passer Bonita et puis, à la dernière seconde, je me suis précipitée pour arriver pile en même temps qu'elle. On s'est retrouvées coincées dans la porte comme deux bouchons dans une bouteille. Elle m'a fusillée du regard.

– Désolée, ai-je dit. Excuse. C'est de ma faute.

Mais quand elle s'est mise à pousser pour passer, j'ai fait pareil, histoire de l'en empêcher.

– Désolée, ai-je répété alors que des élèves s'arrêtaient pour observer la scène.

Puis Blossom, qui venait d'entrer, est revenue déverrouiller l'autre battant, qui s'est ouvert brusquement, comme actionné par un ressort. Bonita et moi, on a basculé en avant et on s'est rétamées dans le hall au milieu du contenu de nos sacs. Une grande acclamation a fusé du groupe d'élèves, dont le lundi matin venait d'être pas mal égayé. Bonita s'est relevée la première et m'a jeté un autre de ses regards noirs.

– Non mais je rêve ! Quand tu te décides enfin à avoir l'esprit de compétition, c'est pour entrer la première ? Tu ne pourrais pas te réveiller pendant les matchs, plutôt ?

– Je m'en fiche, des matchs, ai-je répliqué. Mais j'ai un truc avec les portes.

– Fais gaffe à toi, Waters, a-t-elle grondé.

Là, j'ai compris que j'avais franchi la ligne. Mon cœur s'est mis à battre plus vite et j'ai préféré la fermer. Heureusement, Blossom s'est interposée entre nous. Rien ne lui fait peur, même pas Bonita.

– À quoi vous jouez, les meufs ? nous a-t-elle demandé d'un ton implorant. Comment vous voulez qu'on fasse tomber l'édifice patriarcal si on se bat entre nous ?

Bonita a fait un pas vers moi, toujours en pétard. Mais mon édifice a été sauvé par le patriarcat en la personne de M. Singh, qui nous a ordonné d'aller en cours.

– Je n'en ai pas fini avec toi, Magnolia, m'a lancé Bonita en pique finale.

Elle trouve ça drôle de changer mon prénom. Elle fait pareil avec Blossom, qu'elle appelle Bégonia. C'est un peu énervant que Blossom et moi, on se retrouve toutes les deux avec un prénom à connotation botanique. Ajoutez Pip[1] dans le lot et on se croirait dans une émission de jardinage.

J'étais un peu secouée par cet incident. Franchement, qu'est-ce qui m'avait pris de faire une chose pareille ? En primaire, Mme Fowler disait que j'étais en demande d'attention. Que mes blagues et mes bêtises n'étaient qu'un moyen de me faire accepter. Un mécanisme de défense, donc. Je ne sais pas trop quoi en penser. Quand Verity vivait encore à la maison et qu'elle passait son temps à se disputer avec ma mère, je crois que j'ai pris l'habitude de faire le clown pour essayer d'alléger l'ambiance. Je n'aime pas quand les gens se disputent. Manque de chance, en lançant des blagues stupides dans des moments de crise, on a souvent tendance à aggraver les choses.

J'ai été soulagée quand Pip nous a rejointes juste avant qu'on entre à la bibliothèque pour le cours de littérature. Malgré toutes ses bizarreries, Pip est une personne calme et très rassurante. Si des gens comme lui peuvent trouver leur place dans la société, il reste de l'espoir pour nous tous. Attention, je ne dis pas ça par méchanceté, au contraire. Pip est quelqu'un d'infiniment chaleureux et attentionné, et je ne sais pas ce que je ferais sans lui. Blossom lui a raconté ce qui s'était passé avec Bonita et il a replié ses longs bras autour de moi, on aurait dit Groot dans *Les Gardiens de la galaxie*.

1. Blossom signifie « fleur » et Pip veut dire « pépin ». (Toutes les notes sont de la traductrice.)

– Rappelle-toi le vieux dicton, m'a-t-il marmonné : les sales journées nous rendent plus forts…

– Merci, Pip.

– … quand elles ne nous tuent pas.

BOSFORD BOXING CLUB

SAVIEZ VOUS QUE LA BOXE EST LE SPORT IDÉAL POUR GARDER LA FORME ?

LES INSCRIPTIONS SONT OUVERTES AUX NOUVEAUX ADHÉRENTS.

MERCREDI

COURS POUR ADULTES : 20H-21H

JEUDI

COURS POUR FEMMES : 20H-21H

SAMEDI

COURS POUR ADOLESCENTS : 9H-9H45

COURS POUR ADULTES : 10H-11H15

VOUS VOULEZ VOUS ENTRAÎNER ET PARTICIPER À DES COMBATS OU SIMPLEMENT PERDRE DU POIDS ? LA BOXE EST FAITE POUR VOUS !

Blossom la suffragette

À l'heure du déjeuner, je suis partie à la recherche de Blossom. Je n'ai pas mis longtemps à la trouver. Elle était au milieu du hall principal, une feuille à la main, en pleine récrimination auprès de la prof de sport.

– Ils nous prennent pour qui ? lui demandait-elle. Des citoyens de seconde zone ? À quoi ça a servi que les suffragettes se battent jusqu'à la mort ?

Mme Turvey a plissé le front.

– Il me semble qu'elles se sont battues jusqu'à la mort pour obtenir le droit de vote. Je ne sais pas si elles avaient des opinions aussi arrêtées sur la politique de sélection des clubs de sport.

J'ai arraché la feuille des mains de Blossom et lu ce qui s'avérait n'être qu'un banal prospectus.

– C'est dingue, hein ? m'a dit Blossom, tandis que Mme Turvey en profitait pour filer.

– Quoi ? T'aimes pas la boxe ?

– Tu ne vois rien de choquant dans cette pub ? Relis-la.

– L'absence de trait d'union à la première ligne ?

J'avais hérité de la maniaquerie de mes parents dans ce domaine.

– Non, pas l'absence de trait d'union, l'absence d'un chromosome X. Pourquoi les femmes ne peuvent pas aller aux cours pour adultes ?

– Tu veux dire le cours pour les hommes ? Pourquoi, tu as envie de frapper des mecs ?

– Pourquoi pas. Mais ce n'est pas la question.

Blossom m'a repris le prospectus pour le brandir sous mon nez.

– Fleur, ce genre de ségrégation est illégal depuis la loi de 2010 sur l'égalité hommes-femmes. Les clubs de sport n'ont pas le droit d'empêcher les gens de s'inscrire à un cours sur un critère de genre.

– Et tu comptes faire quoi ?

– J'y vais samedi pour leur dire qu'ils doivent changer leur fonctionnement, avant d'écrire à la municipalité avec copie au député. S'ils s'obstinent, je passe à l'action directe. Comme les suffragettes.

Elle a souri sombrement et une étincelle s'est allumée dans ses yeux à la perspective d'un combat à mort.

– On va devoir faire la grève de la faim ? Parce que ma mère fait du roast-beef dimanche. Avec du Yorkshire pudding, en plus.

– Fleur ! m'a-t-elle rabrouée. C'est sérieux ! Tu me soutiens, oui ou non ?

J'ai soupiré.

– Mais évidemment.

Blossom a eu un sourire de satisfaction. Elle savait bien que je céderais. Je cède toujours.

Le prince George

Le mercredi, mon petit ami est venu me chercher au lycée après les cours. George est l'exact opposé de Magnet en tous points sauf un, à savoir qu'il est rarement là. On ne se voit que le mercredi et le dimanche. Il est un peu plus vieux que moi et il est très pris par sa formation d'officier à l'Académie navale de Hove. On sort tous les deux le mercredi soir, et il vient déjeuner chez moi le dimanche, parfois avec Blossom. Je ne sais plus comment ça a commencé, mais George n'est pas du genre à remettre en cause la tradition. C'est un fonctionnement qui a fait ses preuves, comme il dit. Il s'entend très bien avec mes parents avec qui il discute de sujets comme l'économie ou la situation au Moyen-Orient. Ma mère est ravie qu'on soit ensemble même s'il a dix-neuf ans, parce qu'il est dans l'armée et qu'elle estime que je suis en sécurité avec lui.

Le fait est qu'elle a raison, même si ce n'est pas dans le sens où elle l'entend. Je me demande parfois s'il ne pourrait pas se montrer un peu plus entreprenant, si vous voyez ce que je veux dire. Autre différence avec Magnet, George n'est pas très piercings.

Il serait même plutôt du genre old school. Pas particulièrement croyant, mais très, très comme il faut.

« J'ai des idées bien arrêtées » : c'est comme ça qu'il se présente.

Il y a beaucoup de choses que j'adore chez George. D'abord, il est sexy, il a une voiture et il a du fric, ce qui n'est pas un mal. Il a un accent assez snob, en tout cas par rapport à nous autres péquenauds. Je ne l'avouerais jamais à Blossom mais je trouve tous les garçons snobs sexy. Ben quoi ? Chacun ses faiblesses !

Mais ce que j'aime le plus chez George, c'est qu'il me fait rire. Je sais que c'est un peu cliché, mais c'est vrai. On s'est connus au lycée alors qu'il était en terminale. Il était sûr de lui, et beau, et charmant. On le surnommait Prince George, et ça lui allait bien. Il était déjà dans les cadets de la marine à l'époque. Je l'observais souvent dans la cour. Jusqu'au jour où il est venu me parler.

– Tu t'appelles Fleur Waters, c'est ça ?

J'ai hoché la tête.

– Comment tu connais mon nom ?

– J'ai fait ma petite enquête.

– Ah bon ? Genre tu es allé frapper chez mes voisins, comme les flics ?

– Euh… En fait, j'ai dû demander à plusieurs personnes du lycée parce que les gens n'avaient pas l'air de te connaître. Je suis même tombé sur quelqu'un qui croyait que tu t'appelais Fiona.

– Je frappe les esprits, visiblement.

– Tu as frappé le mien, en tout cas, a-t-il répliqué.

Puis il a ri avec un air gêné.

Au fond, c'est peut-être ce qui m'a fait craquer chez lui : qu'il avoue spontanément qu'il m'avait remarquée. Et puis le fait que c'était le premier garçon à s'intéresser à moi. Peut-être qu'il n'en fallait pas plus, qu'il suffisait que quelqu'un me remarque et prenne le temps de découvrir que je ne m'appelais pas Fiona. Il m'a proposé de déjeuner avec lui le lendemain à la cafète et j'ai dit oui direct. Et voilà.

Blossom avait des doutes.

– Tu es sûre que c'est le mec qu'il te faut ? m'a-t-elle demandé un jour. Je te parie qu'il vote conservateur.

– Il est hors norme, c'est tout, ai-je répondu en haussant les épaules. Je croyais que tu étais à fond pour la diversité.

– Mmm... il y a plus convaincant dans le genre hors norme, m'a-t-elle signalé, très diplomate.

– Mais tu ne t'es jamais demandé si ce ne sont pas plutôt tous les *autres* qui sont hors norme ? Sans George, PERSONNE ne serait hors norme. Le monde serait un cauchemar !

– Moi, je l'aime bien, a déclaré Pip. Hier, je n'avais pas de fric sur moi et il m'a payé un feuilleté au fromage.

Pip ne cherchait pas plus loin, on avait tous une leçon à tirer de sa philosophie. Et George a été admis comme élément permanent de ma vie. Avant de partir pour l'Académie en septembre, il est venu à la maison « pour qu'on parle » et je me suis demandé s'il allait rompre. Je me souviens très clairement de cette soirée. Il faisait encore assez doux pour qu'on puisse s'asseoir dehors, et on a traversé mon grand jardin, qui donne sur le champ de blé de M. Palmer. Les premières pommes commençaient à tomber. On s'est installés à la vieille table de pique-nique et on a regardé les hirondelles sillonner le ciel en attrapant des insectes en plein vol.

– Je crois qu'on peut s'organiser pour que ça marche, a-t-il déclaré après un long préambule. On pourra se voir au moins deux fois par semaine. Et tu pourras venir passer le week-end à Hove de temps en temps.

– Passer le week-end à Hove, le rêve, ai-je répété.

J'aurais sans doute dû développer mais, comme mon père, j'étais partagée. George était sécurisant, et charmant, et j'aimais assez l'idée de ne le voir que deux fois par semaine en sachant précisément quand et pendant combien de temps. Comme ça, tout le côté romantico-affectif de la vie serait réglé et rangé bien à sa place dans une petite case. Je n'aurais pas à m'en faire. *Pourquoi pas ?* me suis-je demandé. *Au moins maintenant, je sais ce qui se trouve derrière la porte numéro un.* Je ne voyais même pas à qui pouvait ressembler la porte numéro deux.

Et c'est comme ça que je me suis retrouvée chez Chickos pour notre soirée Date. Ça ne fait pas partie de nos adresses habituelles. Généralement, on va dans un petit resto italien qu'il connaît ou dans un super resto thaï éphémère dont m'a parlé une amie, ou dans un café libanais assez marrant qu'un gars vient d'installer dans sa salle à manger près du rond-point de Lewes. On choisit chacun son tour et c'est toujours lui qui paie. Mais on n'a pas toujours envie de bouffe sophistiquée et de musique du monde. De temps en temps, on préfère manger des frites en écoutant de la guimauve. Alors ce soir-là, j'avais opté pour Chickos, mais je me suis vite rendu compte que ça ne l'emballait pas trop.

– Tu me réexpliques leur système de commande ? m'a-t-il demandé pour la troisième fois.

– Tu exagères, ce n'est quand même pas si compliqué. Tu vas au bar, tu demandes ce que tu veux et ils te remettent un poulet en plastique avec une petite cuillère en bois plantée dans le derrière, pour que le serveur sache à qui apporter la commande.

Il s'est tourné sur sa chaise pour observer le bar.

– Mais il y a la queue.

– Tu veux que j'y aille ?

– Non, c'est juste qu'on a déjà fait la queue pour avoir une table. Et maintenant, il faut qu'on recommence ? Pas très efficace comme organisation.

– Peut-être, mais le poulet est dément.

– Et pour les boissons ?

– Même système.

– Il faut refaire la queue ?!

– Si tu veux optimiser l'efficacité, tu peux les commander en même temps que ton plat.

– J'aime bien boire en même temps que je lis le menu.

Je lui ai balancé un coup de pied sous la table et il a lâché un petit jappement.

– C'est toi qui m'as demandé de te signaler quand tu te mets à geindre, lui ai-je rappelé.

– Je ne t'ai jamais demandé ça.

– Ah bon ? En tout cas, tu geins, là.

George a ri, comme prévu, et il s'est levé pour aller faire la queue. J'ai souri en secouant la tête. Il avait dix-neuf ans, bientôt trente-neuf (plus près de trente-neuf), mais il ne manquait pas de lucidité sur lui-même et il le prenait toujours bien quand je le chambrais un peu. C'était un aspect de lui que Blossom était incapable de percevoir.

Au bout d'un moment, il est revenu en portant le poulet en plastique avec sa cuillère plantée là où j'avais dit.

– Et voilà ! ai-je commenté.

– Tu viens souvent ici ? m'a-t-il demandé.

– Non, ai-je menti.

Avant, je venais presque tous les samedis en revenant de Battle avec Pip et Blossom. On aimait bien parce que c'était cool, et que les serveurs laissaient Pip déposer sa hallebarde dans le porte-parapluies. Ma mère n'aime pas Chickos parce que 1) le restaurant se trouve dans les quartiers ouest de la ville, qui craignent un peu, et 2) elle soupçonne que ça devrait s'appeler Chicko's avec une apostrophe, mais comme elle n'est pas sûre, ça la chiffonne.

– J'ai juste pensé que ça nous changerait un peu, ai-je justifié.

– C'est réussi, a-t-il confirmé en jetant un coup d'œil autour de lui.

Il n'était pas vraiment dans le ton, avec son costume et ses chaussures à bouts pointus.

– Si on allait en boîte après ? Danser un peu ?

– Tu n'as que seize ans. Et tu as horreur de danser.

– Je n'ai pas horreur de ça, c'est juste que je suis nulle. Mais à L'Ouest, on s'en fiche, il fait tout noir et personne ne pourra me voir. En plus, ils ne demandent jamais les papiers.

George a froncé les sourcils.

– Je ne sais pas. Je me lève tôt demain. J'ai cours de navigation avec le major Horton.

– Et pourquoi pas samedi ? Viens me voir et emmène-moi danser.

– Je viens dimanche. Pour le déjeuner, comme toutes les semaines.

– Alors tu rentres samedi et tu restes dormir, ai-je suggéré en levant les yeux au ciel.

Il m'a regardée avec de grands yeux, comme si je venais de lui suggérer de me renverser sur la table pour me faire subir les derniers outrages.

– Je suis sûre que ma mère serait d'accord, ai-je ajouté.

À vrai dire, j'étais sûre qu'elle ne le serait pas du tout et qu'elle l'expédierait dans la chambre d'amis, mais ça m'allait très bien. J'aurais déjà été contente qu'on dorme sous le même toit. Rien que dormir dans le même comté aurait représenté une grosse amélioration.

Nos plats sont arrivés. On avait tous les deux pris du poulet, moi avec des frites et du coleslaw, lui avec une pomme de terre au four et du maïs. Il essayait de limiter le gras parce qu'il y avait souvent des tests de condition physique dans son école et qu'il courait le mille cinq cents mètres trois fois par semaine. Ça ne me convainc pas beaucoup comme entraînement pour faire la guerre. Si les Russes attaquent, nos cadets de marine seront déjà en manque de calories et épuisés avant de commencer.

– Et voilà pour vos plats, nous a balancé le serveur avant de se retourner pour repartir.

– Excusez-moi ! l'a rappelé George. J'avais commandé des boissons. Deux Coca Zéro.

– Va falloir attendre le gars des boissons, a répondu le serveur sans prendre de gants. Moi, je ne fais pas les boissons le mercredi. Le lundi soir et le dimanche midi, oui, mais jamais le mercredi.

– Jamais le mercredi, ai-je répété gravement à George. Alors ? Tu penses toujours que le mercredi, c'est le meilleur jour pour les soirées Date ?

Il a soupiré en commençant à retirer la peau de son poulet.

– Pourquoi tu fais ça ? C'est le meilleur ! ai-je objecté. C'est ce qui a le plus de saveur !

– Cent cinquante calories pour trente-cinq grammes, m'a-t-il répondu mécaniquement. Je cours, demain.

– Dans ce cas, tu dois ajouter de la saveur.

J'ai piqué deux flacons de sauce peri-peri sur la table d'à côté et j'ai commencé à lire les étiquettes.

– « Moyen » ou… ooh, « extra-fort ». Tu veux essayer ?

– Non, « moyen » ça ira.

J'ai arrosé vigoureusement son poulet.

– Houlà, houlà ! s'est-il exclamé.

– C'est bon, fais pas ta chochotte.

Il a piqué un minuscule morceau qu'il a goûté du bout des lèvres.

– Ouh, c'est fort.

Comme je m'apprêtais à vider le flacon de la version « extra-forte » sur mon plat, il a secoué la tête.

– Ne t'en mets pas autant, tu ne vas pas aimer.

– Tu dis ça parce que je suis une fille ? Tu crois que je n'encaisse pas la cuisine épicée ?

– Pas du tout ! Je pense juste que le « moyen » est déjà assez épicé pour… pour tout le monde.

– Mais surtout pour les filles.

– Je t'assure que non. Franchement.

– Si tu étais avec un de tes potes de l'Académie, tu serais en train de le pousser à en mettre plus. Et vous seriez déjà en train de vous verser mutuellement de la sauce peri-peri extra-forte dans le pantalon.

J'avais surtout envie de le chambrer, mais son espèce de misogynie désinvolte m'énervait un peu.

– Je n'ai pas l'impression que tu te fasses une idée très exacte de la façon dont ça se passe dans mon école, m'a-t-il déclaré. Franchement, tu devrais m'écouter et te contenter de mettre cette sauce sur le bord de ton assiette.

Trop tard. J'étais déjà en train d'asperger tout mon poulet de sauce extra-forte en riant comme une dingue. Deux giclées, et une troisième…

– Arrête ! m'a-t-il lancé d'un air inquiet.

– Hahaha !

Quatre giclées. Cinq. George a tenté de m'arracher le flacon des mains, mais il n'a pas été assez rapide. On a échangé un regard noir. Puis il a tendu la main.

– Donne-moi cette bouteille, Fleur.

– Non.

– S'il te plaît. Donne-moi cette sauce peri-peri.

On s'est fixés un moment, en se retenant de rire.

– OK, tiens.

Mais alors qu'il allait la récupérer, je l'ai retournée au-dessus de son assiette pour lui en remettre. Il a fini par l'attraper et on s'est battus avec des petits rires étouffés. Puis il a posé le flacon par terre sous sa chaise.

– Maintenant, mange ton poulet, m'a-t-il dit.

– Toi d'abord.

Il s'est penché pour me prendre la main.

– OK, tous les deux en même temps.

Et c'est ce qu'on a fait.

On a pris nos couverts en même temps, coupé un bout de poulet en même temps, mangé, mâché et avalé en même temps. On s'est fixés dans les yeux en même temps.

– Pas mauvais, a-t-il commenté.

– Je crois que ça ne fait pas effet tout de suite, ai-je signalé en sentant un début de picotement ou de brûlure dans ma bouche.

– Je crois que ça y est, là, a-t-il rectifié, les traits déformés.

J'ai voulu acquiescer mais je n'ai pas pu parler. Je savais que si j'ouvrais la bouche, j'allais cracher du feu et réduire mon petit ami en cendres. Et ensuite, qui nous aurait protégé des Russes ? Entre-temps, la sensation de brûlure s'était changée en feu rugissant. J'avais l'impression que des dragons s'excitaient dans ma bouche en brûlant des ennemis au lance-flammes. George ne semblait pas gérer la situation beaucoup mieux. Des gouttes de transpiration coulaient sur son front et le faisaient cligner furieusement des paupières. Il était devenu d'une pâleur mortelle et serrait ses couverts si fort qu'il paraissait sur le point de les briser. En prenant une serviette pour tapoter ma langue gonflée – vaine tentative pour enlever le surplus de sauce –, les yeux larmoyants, j'ai vu George se lever et faire des signes désespérés en direction du bar en soufflant :

– Il est où, le gars des boissons ? Il est où, ce putain de serveur ?

Boadicée

George n'était pas le seul à devoir fournir un effort physique éprouvant le lendemain. Le jeudi, j'avais sport avec Bonita – hockey pour être précise. Il y avait d'autres filles sur le terrain, si je me souviens bien, mais sachant que j'étais une tire-au-flanc, elles se sont contentées de m'ignorer. Toutes sauf Bonita. Sans elle, j'aurais pu passer tout le match tranquillement dans un coin, à faire des couronnes de pâquerettes et à penser à la vie après la mort. Mais non, elle a mis un point d'honneur à m'obliger à me bouger pour l'empêcher de marquer, ce que je ne parvenais jamais à faire, bien sûr.

J'avais mal dormi après la soirée Date. La sauce au piment avait tellement ravagé mes muqueuses buccales que je les avais senties palpiter toute la nuit, et d'une manière qui n'avait rien d'agréable. George et moi, on en avait blagué après, mais ni lui ni moi n'avions été tentés de nous embrasser quand il m'avait déposée chez moi, et je me mordais encore les doigts de ce que j'avais fait. J'étais restée éveillée à penser à lui. On s'amusait bien, vraiment. Il me faisait rire et je le faisais rire. Et ça me plaisait qu'il y ait autant de différences entre nous et qu'on sache les apprécier. George ne serait jamais allé chez Chickos si je ne l'y avais pas entraîné, et je ne serais jamais allée au resto indien de la route d'Hastings sans lui. Cela dit, les yeux grands ouverts dans le noir alors que mon réveil affichait une heure, je me suis soudain demandé si je n'étais avec lui précisément *à cause* de nos différences. Et si je faisais ça seulement pour m'amuser ? Si George n'était au fond qu'un nouveau sousaphone ?

En conséquence, je n'étais pas au mieux de ma forme pour le match, et quand j'ai vu Bonita et son armée fondre sur moi telles Boadicée et ses guerriers icènes, j'ai eu un coup au cœur. J'ai brandi ma crosse comme un légionnaire romain son glaive. Inutile de dire que je me suis fait bousculer et que je me suis affalée lourdement, tandis que la jupe de ma tenue volait jusqu'à mes oreilles. Quelqu'un, sans doute Bonita, m'a marché sur le poignet en chargeant. Et je suis restée comme ça dans le noir, avec ma jupe sur la figure, à me frotter furieusement le poignet en écoutant les acclamations gutturales de la tribu icène qui célébrait un nouveau but.

Je n'ai vraiment pas le goût de la compétition. Mais j'adorerais, ne serait-ce qu'une fois, être plus forte que Bonita.

Ricky

Tôt le samedi matin, Pip et Blossom sont passés me chercher en voiture. Le temps était couvert et j'avais mis un manteau et des chaussures confortables, au cas où Blossom nous ferait camper devant le club de boxe une bonne partie de la matinée. J'espérais faire un saut en ville pour m'acheter du coton démaquillant et des tampons, et peut-être trouver un truc pour l'anniversaire de Blossom. Pip portait un long manteau noir, un pantalon noir et des lunettes noires à grosses montures style bandeau. À part pour le chapeau haut de forme, on aurait dit Keanu Reeves dans *Matrix*. Blossom, elle, arborait tout l'attirail de la parfaite militante. Sa veste était couverte de petits badges, de « Sauvons les baleines » à la tête de Jeremy Corbyn version Che Guevara, en passant par le symbole de la paix.

La conduite de Pip semblait plus aléatoire que jamais. Il ne s'est pas arrêté une seule fois pour laisser passer les voitures qui arrivaient en face, même sur les routes les plus étroites. Les conducteurs lui faisaient des appels de phares en klaxonnant, mais il continuait tranquillement, et ils n'avaient plus qu'à se rabattre sur le trottoir ou dans les champs. Et étant donné notre vitesse d'escargot, il y avait presque toujours quelqu'un qui s'impatientait derrière nous et qui finissait par nous doubler en faisant rugir son moteur. Ce n'est jamais très apaisant de se faire conduire par Pip.

Le club de boxe se trouvait près de l'église Saint-Pierre, dans un quartier un peu miteux situé du côté de la gare. L'église marquait la limite de la cité Gladwell, le plus gros lotissement de logements sociaux de la ville. Pip s'est garé et on a remonté la rue vers le club.

– Ils t'ont dit quoi, déjà, les responsables ? ai-je demandé à Blossom.

– Je ne leur ai pas parlé.

– Tu n'as pas appelé avant ?

– C'est toujours mieux de parler aux gens directement, m'a-t-elle répondu avec assurance.

On était arrivés, et j'ai dégluti nerveusement.

– Oui, enfin…

– Quoi ? m'a-t-elle demandé d'un ton impatient.

– Ben, c'est des boxeurs. Et si c'est plein de mecs tatoués et sans dents ?

– Allez, un peu de cran ! nous a lancé Blossom en entrant.

J'ai échangé un coup d'œil avec Pip, on a haussé les épaules et on l'a suivie d'un pas un peu hésitant. Juste derrière la porte, une dame aux cheveux gris en survêtement était assise derrière une table à tréteaux. Elle avait devant elle un grand registre ouvert et une petite boîte remplie de pièces. Blossom l'a regardée en fronçant les sourcils.

– Bonjour, a dit la dame. Je peux vous aider ?

J'ai jeté un coup d'œil à l'intérieur. Dans la grande salle, environ vingt-cinq gamins d'âges divers sautaient à la corde – essayaient, en tout cas – sous le regard mauvais d'un type super baraqué au crâne rasé. Globalement, les gamins semblaient avoir autant de coordination que Pip. Le plus âgé devait avoir dans les treize ans, et le plus jeune, cinq ou six. Il y avait quelques filles. J'ai voulu le signaler à Blossom, mais elle avait déjà engagé la conversation avec la dame en survêt.

– Je viens vous parler de ça, a-t-elle déclaré en lui montrant le prospectus.

– Oui, ma belle ? Tu es intéressée par les cours du jeudi ?

– Et pourquoi pas plutôt samedi ?

– Euh, les cours du jeudi seraient sans doute plus adaptés.

– Pourquoi ? a insisté poliment Blossom. Parce que le samedi, c'est réservé aux hommes ?

– Il vaudrait mieux que tu t'adresses à Ricky, l'entraîneur.

En me retournant, j'ai vu le grand costaud qui approchait, le front plissé.

– Je peux vous aider ?

– C'est vous, le responsable ? a demandé Blossom.

– C'est mon club, oui.

Il avait une voix grave et l'accent des faubourgs de Londres.

– Vous êtes au courant que vous enfreignez l'article 4 de la loi de 2010 pour l'égalité en refusant des adhérents sur la base de critères de genre ?

– Hein ? De quoi ?

– Vous n'avez pas le droit de refuser une personne dans votre club juste parce que c'est une fille.

Ricky s'est retourné vers les gamins, qui s'étaient tous arrêtés pour suivre la discussion.

– ON SAUTE ! a-t-il rugi.

Ils ne le se sont pas fait dire deux fois.

– Tu boxes ? a-t-il demandé à Blossom.

– Non. Je trouve que le sport est une pratique patriarcale, particulièrement les sports de combat.

– Alors c'est quoi, le problème ?

– Ce n'est pas parce que je ne veux pas boxer que vous avez le droit de m'exclure.

– Bon, écoute : les femmes qui viennent ici veulent juste travailler leur condition physique. Avoir la forme, quoi. Ça demande du boulot et de la volonté de devenir boxeur. Si t'aimes pas le sport, franchement, je ne vois pas ce que tu viens faire ici.

Pendant qu'ils discutaient, j'ai regardé autour de moi. À vrai dire, la salle était un peu minable. Il y avait deux vieux sacs de frappe tout pourris suspendus au plafond. La dame aux cheveux gris m'a souri.

– Vous aussi, vous êtes coach ? lui ai-je demandé.

– Oui, je donne les cours féminins. On fait juste de l'échauffement, pas de pattes d'ours ni de sparring. Moi, c'est Sharon, et lui, là-bas, c'est Joe.

Elle m'a désigné un vieux bonhomme grisonnant en pantalon de survêtement qui avait pris la supervision du groupe de gamins. Je ne voyais pas comment il pourrait sauter à la corde alors qu'il paraissait à peine capable de marcher. Mais il s'est penché lentement en grognant sous l'effort pour ramasser celle de Ricky, s'est redressé péniblement, l'a fait passer au-dessus de sa tête et a sauté par-dessus. Il donnait à peine l'impression de bouger les pieds.

Pip et moi, on l'a regardé faire, fascinés. D'abord lentement, puis de plus en plus vite, sous les encouragements des gamins. Ses mains tournaient toujours plus vite, jusqu'à devenir floues, tandis que sa vieille carcasse ratatinée sautillait à un rythme régulier, rebondissant comme une brindille tordue. Puis il a fait ce truc bizarre que font les gens en forme quand ils donnent l'impression de tordre la corde en sautant. Il avait fermé les yeux pour se concentrer et on ne distinguait plus qu'une sorte de mouvement sifflant, tandis que ses pieds paraissaient bouger au ralenti, en se soulevant juste assez pour laisser la corde passer dessous.

– Il est incroyable, a murmuré Pip.

– Vous voulez une tasse de thé ? nous a proposé Sharon.

Elle avait dû sentir que nous n'étions pas à fond avec Blossom niveau revendications. Elle nous a fait asseoir à une table à tréteaux sur laquelle était posée une grosse théière et a entrepris de nous servir. Blossom argumentait toujours en montrant un truc à Ricky sur le prospectus.

Sharon nous a tendu nos tasses de thé et a déposé des papiers devant nous.

– Vous n'avez jamais eu envie de faire de la boxe ? nous a-t-elle demandé gentiment.

Pip a pris un air alarmé

– Non. Moi, jamais.

– Parce que je dois vous avouer que nous manquons un peu d'adhérents, a expliqué Sharon. Et toi, ma belle ?

– Moi ?

– Oui, pourquoi pas ? Tu pourrais venir le jeudi, à l'échauffement pour les dames. Ce n'est pas du tout violent, tu sais.

Faire de l'échauffement de boxe avec une bande de mamies ? Je préférais encore aller au cours de pilates de ma mère.

– Hmm, ai-je fait.

– Ou le mercredi soir ?

– Le mercredi soir, je ne peux pas, c'est ma soirée Date.

À ce moment-là, Blossom nous a rejoints, soit parce qu'elle en avait terminé avec Ricky, soit parce qu'il l'avait envoyée bouler – je n'avais pas suivi jusqu'au bout. En tout cas, elle n'avait pas l'air contente.

– Un petit biscuit pendant que vous lisez les formulaires ? nous a proposé Sharon.

– Pas de biscuits pour nous, merci, a décliné Blossom.

– Moi, j'en veux bien un, a dit Pip.

Sharon nous a apporté un assortiment sur une assiette et Pip s'est servi d'un air reconnaissant.

Blossom lui a jeté un regard en coin.

– Ne me dis pas que tu vas t'inscrire ?

– Non, l'a rassurée Pip.

– Alors pourquoi tu prends un biscuit ? a-t-elle sifflé entre ses dents. Si tu prends leurs biscuits, t'es foutu.

– On ne parle pas d'une drogue destinée à te faire tomber insidieusement dans le système patriarcal, ai-je observé. Juste d'un fourré à la vanille.

– Je dis juste que ce n'est pas très poli de prendre un biscuit alors qu'on n'a pas du tout l'intention de s'inscrire, a répliqué Blossom. Bon, on peut y aller, maintenant ? J'ai fait passer mon message.

– Il n'y a pas d'urgence, ai-je objecté. Je n'ai pas fini mon thé.

Blossom s'est plongée dans son portable en soupirant, pendant que je lisais les formulaires. Il y en avait un paquet, et ils n'étaient pas particulièrement rassurants : mises en garde concernant des problèmes de santé, clauses de non-responsabilité, obligations légales, personnes à contacter en cas d'urgence ainsi qu'une liste d'ostéopathes. Je ne le sentais pas, de signer des documents qui semblaient autoriser qu'on m'inflige des blessures graves. Je n'étais pas maso.

Ricky avait repris la surveillance du saut à la corde et Joe est retourné s'asseoir en clopinant, visiblement soulagé.

– Alors, mes petits champions ! a rugi Ricky. On va s'entraîner dur aujourd'hui ?

Les gamins ont hurlé un grand OUI.

– On forme une équipe, ici, a repris l'entraîneur. On ne se moque pas des copains. Si on voit quelqu'un qui a du mal, on va l'aider. On l'encourage, d'accord ? On lui montre comment progresser. Et dernier point, ce qu'on apprend ici ne se pratique pas en dehors du club, c'est clair ?

Les gamins ont hoché gravement la tête.

– Je le répète toutes les semaines, à chaque cours, parce que c'est important, a conclu Ricky en agitant l'index. Si j'entends que l'un de vous s'est servi de ses compétences en boxe pour faire du mal à quelqu'un dehors, il est viré. C'est bien clair ?

Les enfants ont marmonné leur accord, et j'ai vu un petit prendre un air coupable.

– C'EST BIEN CLAIR ? a tonné Ricky.

– OUI, COACH ! ont crié les gamins tous ensemble, même le petit que j'avais repéré, et qui se disait peut-être qu'il allait se tenir à carreau à partir de maintenant.

– J'aurais bien aimé avoir un père comme Ricky, a soudain sorti Pip.

C'était une déclaration un peu étrange, mais j'ai compris ce qu'il voulait dire. L'entraîneur était bourru et pas très avenant, mais il faisait partie de ces gens dont on sait au premier coup d'œil qu'on peut leur faire confiance. Le genre de personne à qui on veut à tout prix faire plaisir. Ça semblait aussi être l'opinion des gamins. Ils observaient tout ce qu'il faisait, le suivaient partout, buvaient ses paroles, sautaient quand il leur disait de sauter. On a bu notre thé en les regardant sautiller sur place. Au bout d'un moment, quelques-uns ont mis des gants et ont commencé à frapper en alternance dans deux espèces de coussins rembourrés que Ricky avait fixés sur ses paumes.

– Un, deux, esquive, scandait Ricky. Un, deux, esquive.

Chaque fois qu'il disait « esquive », il tendait les bras et les autres devaient se glisser dessous, mais ils n'arrivaient jamais à le faire au bon moment et il leur donnait une tape sur le côté du crâne.

– Maintiens ta garde, a-t-il rappelé au petit qui avait pris l'air penaud, et qui a acquiescé en se frappant la tête pour mieux faire rentrer l'information.

Je l'aimais bien, le P'tit Penaud. Il avait l'air d'être un de ces gamins qui essaient toujours de mieux faire sans jamais y parvenir. Pip les regardait agiter sans conviction leurs gros gants de boxe.

– Je suis sûr que même moi je pourrais en dégommer certains, a-t-il déclaré.

– Pas celui-là, en tout cas, a dit Blossom en désignant un garçon aux cheveux ras et à l'air mauvais avec une boucle d'oreille, qui ne devait pas avoir plus de huit ans.

– J'avoue.

Moi, je me sentais bien. Ça me reposait d'être là, à siroter mon thé pendant qu'une bonne vingtaine de gamins déchaînés sautaient dans tous les sens en se balançant des uppercuts.

– Vous allez vous inscrire, alors ? nous a demandé Sharon en surgissant derrière nous.

– Ben oui, ai-je répondu en me redressant sur ma chaise. Je lis juste les clauses écrites en petit.

– D'accord. Si tu as des questions, n'hésite pas. Vous revoulez du thé ? Un petit biscuit ?

– Non, merci.

– Moi, je veux bien un autre biscuit, s'il vous plaît, a dit Pip.

Blossom l'a fixé d'un regard lourd de reproches. À ce moment-là, un gars est entré. La petite vingtaine, la peau mate, les yeux et les cheveux noirs. Il avait le type méditerranéen, peut-être du Moyen-Orient. Et, même sous son tee-shirt oversize, ça se voyait qu'il était super bien foutu.

– Tarik ! lui a lancé Ricky. Content de te voir !

Tarik. *Joli nom*, ai-je songé en le regardant commencer à s'étirer. Il était souple et musclé. Il s'est retourné et, évidemment, m'a surprise en train de l'observer. Je me suis hâtée de m'absorber dans l'examen d'une lampe fixée derrière lui.

Pip allait croquer dans son biscuit quand Sharon a repris :

– Alors tu fais quoi ? Tu vas t'inscrire ?

Il a eu l'air paniqué.

– Tu as pris deux biscuits, lui ai-je rappelé.

Il a haussé les épaules, il a pris un formulaire et il l'a signé. Blossom a soupiré.

– Et toi ? m'a demandé Sharon.

– Moi ?

J'ai regardé Tarik enfiler ses gants.

Il s'est approché d'un sac de frappe et s'est mis à cogner dessus. Il était rapide, deux coups vifs du gauche suivis d'une méchante droite. Il frappait si fort qu'on entendait grincer les écrous auxquels le sac était suspendu. Puis il a reculé en montant sa garde et il a souri en exposant des dents blanches parfaites.

– Peut-être, ai-je répondu. Samedi prochain, ça pourrait le faire.

Happy few

– Arrête de faire ta passive-agressive, ai-je dit à Blossom sur le chemin de Battle.

– Je ne fais pas ma passive-agressive, m'a-t-elle répondu d'un ton pincé. Je note juste que tu as décidé de t'inscrire dans un club alors qu'on le boycotte.

– C'est de l'action directe. Pendant que tu te disputais pour une histoire de trait d'union sur un prospectus, nous, on s'est glissés derrière les lignes ennemies pour le faire tomber de l'intérieur. En mode Marthe Richard. Et pour Pip, en mode, euh...

– Frodon, a suggéré Pip.

Je ne pouvais imaginer personne qui soit plus éloigné de Frodon Sacquet que Pip, mais j'ai gardé mes doutes pour moi. Alors qu'on se garait, Garnet Pitman s'est précipité à notre rencontre. C'est l'un des bénévoles de Battle, qui a toujours des avis très tranchés sur tout. Il anime des visites pour des gens super forts en histoire, organise des fouilles archéologiques et s'excite sur des cailloux aux formes bizarres en soutenant que ce sont des pointes de flèches. Il s'est adressé à Pip sans même nous saluer.

– C'est quoi, ton nom ?

Pip lui a répondu en bredouillant, légèrement paniqué.

– OK. Alors, Pip, on manque de monde pour la reconstitution de la bataille, aujourd'hui.

– Il y a une reconstitution aujourd'hui ?

– En fait, c'est juste une répétition, a précisé Garnet. La vraie a lieu en octobre, évidemment.

– Pourquoi « évidemment » ? ai-je questionné.

– Parce que c'est l'anniversaire de la bataille. Le 14.

– Ah bon ? Je dis à tout le monde que c'est le 20 mars.

J'ai sorti mon portable pour vérifier.

Garnet m'a foudroyée du regard avant de reporter son attention sur Pip.

– Tu peux nous aider ? Harold te donnera un bouclier et t'expliquera ce que tu dois faire.

– Le roi Harold ?

– Oui, le roi Harold, roi d'Angleterre et chef de l'armée saxonne. Il boit un mocaccino au café.

– Vous avez tout à fait raison. C'est le 14 octobre, lui ai-je confirmé.

– Je SAIS, a-t-il riposté.

– Ah oui, le 20 mars c'est la journée de la santé bucco-dentaire ! Comment j'ai pu confondre ?

– On peut participer aussi ? a demandé Blossom. À la reconstitution.

Garnet l'a regardée comme si elle venait de demander la permission d'incendier l'abbaye.

– Je crains qu'il n'y ait pas eu de femmes à la bataille d'Hastings, a-t-il répondu sans aménité.

– Vous devez vous tromper. Il y en avait forcément *quelques-unes.*

– C'est vrai, ai-je enchéri. Qui se serait occupé de servir le thé, sinon ?

– Je peux vous assurer qu'il n'y avait pas de filles, a tranché Garnet d'un ton ferme.

Blossom s'est hérissée.

– Il n'y avait pas de smartphones non plus, a-t-elle signalé en montrant celui qu'il avait dans la main.

– J'ai une appli pour coordonner les Saxons, j'en ai besoin. Personne ne le verra.

– Et personne ne verra qu'on est des filles non plus, a insisté Blossom.

À sa place, j'aurais déjà laissé tomber, mais Blossom ne lâche jamais. Elle aurait pu résister plus longtemps que Harold et son mocaccino.

– On ne verrait que ça.

– On brandira des épées, pas des tampons.

Garnet s'est redressé de toute sa taille.

– Pas la peine de me parler sur ce ton. Nous tenons à proposer aux visiteurs une reconstitution réaliste de l'événement. Je regrette, mais cela implique qu'il y ait des hommes et rien que des hommes.

– Ce n'est pas la première fois que des hommes empêchent une femme de se battre, a grondé Blossom. Je pense à une jeune fille ordinaire qui a fini par conquérir la moitié du monde francophone.

– Elle parle de Céline Dion, ai-je clarifié.

– Je parle de Jeanne d'Arc.

– Je n'ai pas le temps d'écouter vos bêtises, a grommelé Garnet.

Et il est parti en entraînant un Pip terrifié tout en laissant Blossom furieuse.

– Il se prend pour un baron saxon, ai-je commenté.

– Je suis sûre que c'est illégal. Je vérifierai dans mon livre sur les droits de l'homme en rentrant chez moi.

– Allez, viens, on va prendre un café. Je te paie une tartelette aux amandes.

– Qu'est-ce que tu fais ? m'a demandé un petit garçon après que j'ai pris mon poste.

– Je taille. Je me sers d'un couteau bien aiguisé pour façonner des outils en bois.

J'étais assise dans une masure qu'on avait bâtie quelques semaines plus tôt, vêtue de mes plus beaux atours saxons, ce qui n'était pas génial parce qu'il commençait à faire chaud et que ma tunique était épaisse et rugueuse. Blossom était partie faire un de ses circuits des fantômes. Elle joue une folle qui bondit de derrière une tombe pour poignarder le guide. Quelquefois, les gens croient que c'est pour de vrai et tombent dans les pommes, mais généralement ça les fait rire.

– Je peux essayer ? m'a demandé le petit garçon tandis que d'autres enfants entraient à leur tour dans la masure.

– Non.

– Tu fabriques quoi ? m'a demandé une petite fille.

– Une cuillère.

Les enfants se sont penchés pour examiner mon œuvre.

– On ne dirait pas vraiment une cuillère, a-t-elle déclaré.

J'ai regardé l'objet ; elle avait raison.

– Plutôt un zizi, a suggéré le petit garçon, déclenchant des hurlements de rire.

– Je te demande pardon ? me suis-je exclamée, indignée. Je n'ai pas encore fini !

J'ai regardé l'objet une deuxième fois et ils avaient raison pour ça aussi, on aurait dit un gros zizi en bois. Une sorte de godemiché médiéval.

– Pourquoi tu ne vas pas à la bataille ? m'a demandé la gamine.

– Parce que les filles ne se battent pas, a répliqué le petit garçon. Elles restent à la maison pour faire à manger et sculpter des zizis.

– Les filles font bien plus de trucs que ça, ai-je rectifié. En tout cas à notre époque.

– Bof, pas vraiment.

J'allais répliquer lorsqu'un papa a passé la tête à l'intérieur.

– Venez, les enfants, la bataille va commencer.

J'ai mis prudemment mon couteau à l'abri et je les ai suivis. Il faisait un peu moins chaud dehors qu'à l'intérieur, et, coup de chance, Blossom est revenue à ce moment-là. On a rejoint la foule assemblée devant l'abbaye, qui offrait le meilleur point de vue sur toute la bataille.

– Le voilà ! s'est écriée Blossom en désignant Pip.

Coiffé d'un casque, il portait, ou plutôt traînait une épée et un bouclier, et suivait en trébuchant les autres Saxons qui allaient former une rangée de guerriers dépenaillés en haut de la colline.

– Et voilà les Normands ! s'est exclamée Blossom en me montrant un groupe de chevaliers vêtus d'armures hétéroclites, occupés à fixer leurs casques au pied de la colline.

– Bouuh ! ai-je lancé.

Le public s'est mis à les huer à son tour. En principe, le public ne prend pas parti, mais personne n'aime les Normands, avec leurs chevaux et leurs armures chicos. Il n'y avait qu'un cheval ce jour-là, un poney qui pliait sous le poids de Garnet Pitman, occupé à chercher son portable. Garnet jouait le rôle de Guillaume le Conquérant, bien sûr. Avec un cri rauque, il a brandi son épée et éperonné les flancs du poney, qui s'est mis à trotter mollement vers le haut de la colline en direction des Saxons.

La foule inconstante a lancé des acclamations en voyant charger les Normands.

– Guil-laume ! Guil-laume !

– C'est qui qui va gagner ? a demandé la petite fille.

– Attends, tu verras bien.

– J'espère que c'est les Saxons.

– Moi aussi.

Je l'espérais à chaque fois, et ils perdaient toujours. On a regardé quatre archers saxons tirer des flèches aux pointes émoussées par-dessus les têtes des Normands en approche.

– Les archers ont eu un problème, ai-je expliqué aux deux enfants qui se trouvaient devant nous.

Même si je m'embrouillais un peu sur la date, je connaissais parfaitement les détails de la bataille.

– Généralement, ils ramassaient les flèches lancées par leurs ennemis. Mais comme les Normands n'avaient pas d'archers, les Saxons sont vite tombés à court de munitions.

– Ils étaient bêtes, a dit le gamin. Normal qu'ils aient perdu.

– Merci de tout spoiler, a dit Blossom.

– Ils ont perdu ? s'est écriée la petite fille, consternée.

– On ne le sait pas encore, ai-je répondu avec un regard noir au petit garçon.

La charge normande a fini par atteindre la rangée de boucliers des Saxons. Pip surveillait l'avancée des chevaliers, couché à plat ventre dans l'herbe.

– Les Normands ont eu beau charger encore et encore, ai-je repris, ils n'arrivaient pas à briser la ligne de défense des Saxons. Parce que les solides paysans anglais tenaient bon face aux Français.

Soudain, un cri aigu s'est élevé du champ de bataille et Pip a pris la fuite après avoir lâché son bouclier, pour finalement disparaître derrière une rangée d'arbres. Les chevaliers normands, pris de court par cet incident, se sont arrêtés net. C'était la première fois que quelqu'un s'enfuyait. Du jamais-vu, du moins à ce moment de la bataille.

– Pip ! a soufflé Blossom. J'y crois pas.

La rangée de Saxons a aussi comblé le trou et la bataille a repris.

– Pourquoi il s'est sauvé, le soldat ? a demandé la petite fille.

– Parce qu'il est malin, ai-je répondu. Il n'a pas envie de se faire tuer.

– C'est une chochotte, a déclaré le petit garçon.

– Oui, pour ça aussi.

Je n'étais pas certaine que Pip eût beaucoup d'avenir comme guerrier saxon.

Le dimanche midi

Notre village s'appelle Rangers' Wood, « bois des gardes forestiers ». Autrefois, il s'appelait Rangers Wood, mais il y a deux ans, une association de défense de la ponctuation, incluant ma mère, a fait du lobbying auprès du conseil municipal et a fini par obtenir l'ajout de l'apostrophe. Encore a-t-il fallu décider si l'apostrophe allait avant ou après le *s* de *Rangers*. Parlait-on du bois d'un seul garde ? Ou étaient-ils des dizaines à grouiller là-dedans ? Je soupçonne que les gardes forestiers qui habitaient autrefois le village s'en ficheraient totalement. Mais il ne reste pratiquement pas de vraies gens de la campagne dans le village. Il est presque entièrement peuplé de réfugiés de la classe moyenne en provenance de Londres conduisant des Range Rovers flambant neuves, comme mes parents.

Le dimanche chez nous peut être assez... intéressant. Le même schéma se répète tous les week-ends. Mes parents commencent à se disputer dès le petit-déjeuner sur la meilleure façon de cuire le roast-beef. Au bout de vingt-quatre ans de mariage, on pourrait espérer qu'ils seraient parvenus à un accord sur le nombre de fois où il faut réduire la sauce, ou au moins qu'ils auraient abouti à un compromis. Mais non, il semble que non. Mon père dit qu'une fois, ça suffit, et maman insiste sur deux fois minimum. Un autre sujet de discorde est l'ajout d'eau dans le plat avant la cuisson. D'après ma mère, c'est la meilleure méthode pour avoir de la sauce. Mon père estime que la viande doit « cuire à sec » pour que les sucs caramélisent.

Oui, je sais. Je me soûle moi-même rien qu'à le raconter.

Ça ne change rien, bien sûr. La viande est toujours trop cuite quel que soit celui qui a eu le dernier mot. Blossom vient souvent déjeuner le dimanche. Ses parents étant végétariens, c'est à la maison qu'elle couvre ses besoins en protéines. Elle arrive vers onze heures. On est censées réviser pendant une heure avant de manger, mais on ne le fait que rarement. George est là vers midi et mes parents laissent tomber ce qu'ils sont en train de faire pour l'accueillir à grand renfort d'accolades, de bisous, de poignées de mains fermes et d'apartés blagueurs. Ma mère lui sert une petite bière (il doit conduire) et ils parlent un moment des résultats des matchs de cricket, ou de rugby en hiver. Jamais de foot. Puis mon père lui propose de lui montrer ses noisettes. Georges lui dit : « J'aimerais autant que vous gardiez votre pantalon si ça ne vous fait rien, monsieur Waters. » Et on rigole.

C'est toujours le même rituel, et c'est toujours chaleureux et confortable. On passe à table à treize heures tapantes, ma mère parle non-stop et je me demande quel genre de repas ça va être cette fois. Certains dimanches, elle est détendue et continue à parler non-stop de tout et de rien en me fichant la paix. Si Blossom est là, George et elles s'accrochent gentiment sur la politique. J'interviens à l'occasion, en prenant position au hasard. Mon père admet que les deux points de vue se défendent. Ma mère continue à parler toute seule dans son coin sans s'occuper de ce qui se passe, ni paraître dérangée par le fait que personne ne l'écoute. Ces dimanches-là sont les meilleurs.

Et puis il y a les autres, ceux où ma mère est de mauvaise humeur et asticote mon père jusqu'à ce qu'il la rembarre. Après quoi elle n'ouvre plus la bouche de tout le repas. Mon père lui jette des petits regards en secouant la tête et ils finissent tous les deux dans la cuisine dans le fracas des assiettes, à se prendre la tête sur le lave-vaisselle. Ces dimanches-là sont moins cool.

– Comment ça se passe, les révisions, les filles ? a demandé ma mère aujourd'hui.

Blossom et moi, on a échangé un coup d'œil nerveux. Ni elle ni moi ne révisions de manière particulièrement assidue.

– Très bien, Liz, lui a assuré Blossom.

– Vous travaillez sur quoi en ce moment ?

– Bah, les classiques : sinus, cosinus, tangente, nombres sensationnels.

– Tu veux dire « irrationnels » ? a suggéré George.

– C'est ce que j'ai dit.

– Plus que quelques semaines avant les examens, a repris ma mère sans conviction. Il faudrait peut-être vous mettre un peu la pression.

– On ne passe que la première partie, ai-je rappelé. Le plus important, c'est l'an prochain.

– Tous les examens sont importants, a rectifié mon père. Si tu n'as pas la moyenne cette année, ça te fera des points à rattraper.

– C'est vrai, a acquiescé ma mère. Et franchement, je trouve que c'est une perte du temps d'aller à ce cours de boxe. Ton père et moi, on en a parlé hier soir et ça ne nous emballe pas.

– Oh, maman, j'y vais juste une fois pour voir comment ça se passe.

Je n'aurais jamais dû leur en parler.

George a secoué la tête.

– Franchement, Fleur, je suis d'accord avec tes parents. La boxe, c'est très dangereux. Il y a un club dans notre école et le pauvre Toby Pitcairn-Hume a fini à l'hôpital l'an dernier avec une commotion cérébrale. Ça arrive tout le temps. Même en prenant toutes les précautions, la boxe, c'est violent. Crois-moi, j'en connais plus d'un qui a dû se faire refaire le nez.

J'ai regardé ma mère d'un sale œil. Quand George était arrivé, elle s'était précipitée pour lui dire bonjour et lui avait tout dit sur notre idée d'aller au club de boxe avant qu'il ait pu descendre de voiture. J'avais prévu d'amener le sujet en douceur. J'aurais commencé par me plaindre d'une faiblesse musculaire au niveau du torse, puis mentionné au passage que j'avais entendu parler de cours de combat au corps à corps bien conçus, avant de glisser l'expression « échauffement de boxe » dans la conversation, et de boucler le tout en lui donnant l'idée de me payer le cours.

– Écoutez-vous un peu, ai-je déclaré. C'est un sport comme un autre. C'est très sain. Et ça m'aiderait peut-être à apprendre à me défendre. On ne sait jamais, un petit crochet du droit, ça pourrait bien me sauver un jour des griffes d'un sale pervers.

Ma mère, braquée, a secoué la tête en pinçant les lèvres.

– Quoi, maman ? Tu préfères me laisser à la merci des sales pervers ?

George s'est éclairci la gorge d'un air d'autorité.

– Les cours d'autodéfense, c'est autre chose. Mais le risque de dommages cérébraux à force de coups répétés à la tête, ce n'est pas un mythe.

– Si tu veux faire du sport, viens avec moi au cours de pilates, m'a proposé ma mère. Tu adorerais ça. Et puis ce serait sympa de faire quelque chose ensemble.

– *J'adorerais ça*, moi ?

– Qu'est-ce que tu en penses, Blossom ? a demandé mon père. Toi qui as généralement un avis bien affirmé.

– Moi non plus, la boxe, je ne trouve pas ça génial.

Ça m'a sidérée.

Elle m'a regardée d'un air d'excuse.

– Pardon, Fleur, mais c'est un sport patriarcal, comme tous les sports, d'ailleurs. Et si j'admire ta volonté d'infiltrer une organisation dominée par les hommes, je ne peux pas accepter la boxe comme une activité légitime. Elle exalte la violence et la résolution agressive des conflits.

– Et voilà ! a dit mon père. Il y a du pour et du contre.

– Toi aussi, Brutus ? ai-je dit à Blossom, consternée par sa trahison.

C'est à ce moment-là que j'ai pris ma décision. J'allais le faire. Ils allaient voir ce qu'ils allaient voir.

Le Ciné-club de Bluebell Road

J'adore le vendredi soir. Au lieu de rentrer chez moi après le lycée, je vais chez Blossom au bout du village, à Bluebell Road. L'idée est que ses parents sortent pour qu'on puisse réviser au calme et se récompenser ensuite en regardant un film. Cela dit, en général, les révisions sont vite expédiées et on préfère parler ou regarder un deuxième film.

– Comment va ta mère ? m'a demandé Blossom pendant que je nous préparais du thé. C'est quoi, son obsession de la semaine ?

– La méningite. Elle a lu un article et elle est convaincue que je l'ai attrapée. Elle n'arrête pas de me coller des gobelets sur le front en regardant si ma peau commence à marbrer. Avant-hier, elle m'a braqué le rayon d'une lampe torche dans les yeux pour voir si j'étais photosensible.

– Et alors ?

– C'est le cas. J'ai cru que j'allais devenir aveugle.

– Et ton père ?

– Ça va. Il ne présente aucun symptôme.

– Non, je veux dire, comment il va ? Il ne l'a pas encore quittée ?

– Je crois qu'il est en train de peser le pour et le contre.

Blossom est ma meilleure amie depuis toujours, elle a toujours été là, dans les mauvais comme dans les bons moments, et on a largement dépassé le stade où elle s'interdirait de faire des commentaires sur les troubles comportementaux de mes parents. Elle a mis le DVD dans le lecteur. C'était son tour de choisir et elle avait tranché pour un film lituanien qui s'appelait *Le Septième Corbeau*. J'étais assez résignée.

On a monté un truc qu'on a baptisé le Ciné-club de Bluebell Road. On choisit un film chacune notre tour, et l'autre n'a pas le droit de se plaindre. Blossom prend toujours des films d'Europe de l'Est, ou chinois, sur des jeunes femmes qui mènent une vie sinistre et tiennent des conversations monosyllabiques dans des campagnes désolées. Et les titres ressemblent à *Quatre pierres jaunes*, ou *La Maison au bout du désert* ou *Cent douze automnes*.

J'ai tendance à me situer à l'exact opposé du spectre cinématographique, avec un penchant pour les comédies romantiques, qui font tiquer Blossom du début à la fin et dont elle démolit toutes les scènes. Ça peut donner l'impression que nos goûts sont irréconciliables mais, curieusement, ça fonctionne pas mal du tout. Je sais que Blossom apprécie secrètement les comédies romantiques. Je pense que ça l'arrange à fond que je ne sois pas comme ses autres amis, du genre Magnet et toute sa bande de teigneux extrémistes, qui, eux, manquent cruellement d'humour. De mon côté, j'apprécie les films qu'elle choisit parce que ça m'aide à rattraper mes heures de sommeil. Ce soir-là, je ne m'attendais pas à tenir au-delà du troisième corbeau.

– Au fait, comment va Magnet ?

– Aucune idée, m'a-t-elle répondu d'un ton glacial. Il est sur le Projet. Donc pas de portables. J'ai envoyé un message à Pip, mais il ne vient pas à Battle demain. Il dit qu'il a un truc à faire. À mon avis, il a surtout peur que Garnet essaie encore de l'enrôler.

– Ah, à ce propos…

– Alors ce sera juste nous deux. Deux damoiselles en cornette, ça suffit largement pour ramener les gens au bon vieux temps.

– Je ne viendrai pas non plus. Je vais à la boxe.

– Ah, a fait Blossom sans me regarder. OK.

– Pip aussi, ai-je ajouté avec une petite grimace de culpabilité.

– Je vois.

Il y a eu un long silence, qu'elle a fini par briser en demandant :

– Pourquoi tu vas à la boxe ?

– Bah, pour être en forme.

– Mais pourquoi ?

– Pour devenir exploratrice des pôles. Mon entraînement commence tout de suite.

– Mais je me sens abandonnée, moi, maintenant. Le samedi matin, c'est le jour où on va tous les trois à Battle. Et voilà que tous les deux, vous voulez faire autre chose.

– Tu n'as qu'à venir avec nous.

– Hors de question !

– Pourquoi ?

– Combien de fois je vais devoir… Écoute, c'est violent, c'est misogyne, ça valorise l'agressivité et la force physique au détriment de la raison et de l'égalité entre les sexes.

– N'empêche qu'ils ont des chaussures sexy. En plus, le fait qu'ils m'acceptent réfute ta théorie comme quoi ils ne veulent pas de filles.

– C'est uniquement parce que je suis intervenue.

– Oui, ben on ne peut pas avoir le beurre et l'argent du beurre, Blossom, ai-je dit en appuyant sur play pour mettre fin à notre dispute. Tu ne peux pas exiger qu'un truc soit ouvert aux filles et râler ensuite parce que tu n'aimes pas ce qu'elles décident de faire.

L'œil du bébé tigre

J'avais un doute sur la tenue de Pip. Il portait un short en soie long jusqu'aux genoux déniché chez Vintage Vicky's, sa boutique préférée, et dont il a soutenu que c'était un modèle authentique des années vingt. Il était passé me chercher en voiture et se tenait dans le jardin, tandis que ma mère nous observait en faisant semblant de tripoter les rideaux.

– Mais t'es sûr que c'est un short d'*homme* ?

– Forcément, puisque les femmes ne boxaient pas, m'a-t-il répondu. Même aujourd'hui, elles ne boxent pas vraiment.

– Mais si, elles boxent. Si je demande ça, c'est juste parce qu'on dirait que tu l'as trouvé au rayon lingerie.

– Pas du tout.

Il avait complété son look par un débardeur moulant et des bottines noires, et je dois dire que le résultat n'était pas très identifiable. De mon côté, j'avais mis des baskets, un legging et un maillot en lycra que ma mère m'avait prêté en s'imaginant que j'irais au cours de pilates avec elle. Il pochait un peu au niveau du ventre.

On est partis pour le centre-ville. Je n'étais pas totalement sûre des motivations de Pip. Ça ne pouvait pas être juste pour les biscuits. Mais comme il est enclin à faire des choses bizarres en général, il était parfaitement capable de s'être inscrit pour avoir une raison d'acheter ce short chez Vintage Vicky's. Vingt minutes plus tard, on attendait le début du cours au club.

– Regarde, ce mec, là, il a un bracelet électronique, m'a chuchoté Pip.

– Chut. Arrête de le mater comme ça.

– Je suis un peu stressé.

– Moi aussi.

Il y avait beaucoup de gens. Et quand je dis « gens », je veux dire « garçons ». Ça commençait à me mettre mal à l'aise d'être la seule fille en dehors de Sharon. La plupart avaient autour de la vingtaine, avec des coupes de cheveux très courtes sans style défini et des vêtements de sport gris ou noirs. Aucun ne croisait mon regard.

– Tu crois qu'ils vont essayer de nous cogner ? m'a demandé Pip en déglutissant.

– C'est un peu pour ça qu'ils sont là.

À ce moment-là, Ricky est venu nous saluer. Il nous a détaillés de la tête aux pieds et j'ai pensé qu'il devait être atterré par la dégaine de ses nouvelles recrues : une fille minuscule aux bras épais comme des câbles audio et un garçon-girafe roux vêtu d'un short affriolant. On lui a donné nos noms.

– Je n'oublie jamais un nom, a répliqué Ricky, essayant visiblement de rester positif. Pas moyen de me souvenir de la date d'anniversaire de ma femme, mais je n'oublie jamais un nom.

Et il m'a serré la main en me regardant droit dans les yeux.

– Tu as déjà fait de la boxe ?

J'ai secoué la tête.

– Et tu viens pour apprendre à boxer, ou juste pour la mise en forme ?

– La mise en forme, pour commencer. Après, on verra.

– Hmm.

Il a hoché la tête. Je m'étais plus ou moins attendue à ce qu'il me rie au nez, mais s'il trouvait mes ambitions ridicules, il a réussi à garder sa réaction pour lui.

– Et toi ? a-t-il demandé à Pip.

– Euuh, pareil.

Ricky a serré les lèvres et de nouveau hoché la tête avant de retourner près du ring. Il m'a semblé l'entendre soupirer. Là, il a mis en marche un iPod relié à une enceinte et une horrible musique de papy est sortie des haut-parleurs. Pip et moi, on s'est regardés en se retenant de rire.

On a commencé par quelques échauffements : courir sur place, faire des rotations du bassin, des trucs simples. Enfin, simple pour quiconque contrôle normalement ses membres, mais presque impossible pour le pauvre Pip. Il n'avait rien d'autre à faire que courir lentement sur place, mais on aurait dit un veau nouveau-né essayant de faire le moonwalk tandis qu'on le poussait avec un bâton. Du coin de l'œil, je voyais que Joe le fixait d'un air stupéfait, la bouche ouverte sur ses gencives édentées.

– Maintenant, on court sur place à fond pendant dix secondes ! a lancé Ricky. En montant les genoux !

À peine avais-je accéléré la cadence que j'étais déjà à bout de souffle et que j'entendais Pip haleter à côté de moi.

– On revient au jogging, a dit Ricky.

Mais le changement de rythme a été la goutte d'eau pour Pip, qui s'est effondré dans un enchevêtrement de bras et de jambes. Ensuite, on a dû prendre des médecine balls et les faire rebondir le plus vite possible sur notre poitrine pendant une minute. Les dix premières secondes, c'était facile, mais je n'ai pas tardé à avoir le haut des bras en feu, et ça faisait de plus en plus mal.

– Ne regardez pas l'horloge, a grondé Ricky au moment où j'étais en train de le faire, constatant avec désespoir qu'il ne s'était écoulé que quinze secondes.

Un rapide coup d'œil autour de moi m'a informé que tous les autres exécutaient l'exercice sans peine, pliant et dépliant les bras comme des métronomes sans verser une seule goutte de sueur. J'ai réussi je ne sais comment à tenir la minute entière, puis on a eu droit à quinze délicieuses secondes de repos avant l'exercice suivant.

– Maintenant, les burpees ! a grogné Ricky, suscitant des grognements dans toute la salle.

– Allez, les gars. Entraînement difficile, combat facile.

Il s'est révélé qu'un burpee consiste à s'allonger en appui sur les mains comme pour faire des pompes et à sauter en pliant les genoux pour s'accroupir, avant de se redresser et de faire un bond en l'air. Ça a l'air facile, et ça l'est la première fois. Ça revient à se relever en partant de la position couchée sur le ventre. Tout le monde est capable de le faire, une fois, peut-être deux. Mais continuer sans fin ? Pip n'a réussi qu'une fois, et il a juste levé les bras en l'air dans une espèce de ola sans même prendre la peine de sauter. Les gars en bonne condition physique qui m'entouraient n'étaient clairement pas enthousiastes, mais ils ont fait l'exercice jusqu'au bout, et deux en ont même fait douze ou plus. J'ai tenu jusqu'à cinq, et encore, en mode faiblard.

Mon cœur battait comme un malade et j'ai remercié ma mère de m'avoir passé un maillot noir, parce que je suais comme un goret. Pip émettait des râles, étalé par terre. Puis on a repris le médecine ball après une série de fentes avant. Des gouttes de transpiration me coulaient sur la figure et me piquaient les yeux.

– Et ce n'est que l'échauffement ! nous a rappelé Ricky. Si vous souffrez maintenant, vous allez me détester d'ici une minute !

Pip s'est traîné en position debout le temps de faire rebondir le ballon une fois. J'étais prête à laisser tomber ; c'était ridicule, qu'est-ce que je fichais là ? Et puis j'ai vu arriver Tarik. Il a salué Sharon avant d'entrer dans la salle en croisant brièvement mon regard. Je devais être au top de la classe, avec mes cheveux plaqués sur le front, le visage écarlate et luisant de sueur. Sans doute en hommage à ma beauté intérieure, il m'a souri avant de se joindre au groupe. Redoublant d'efforts, j'ai réussi à lancer mon ballon encore deux fois avant la sonnerie de fin.

– Une dernière en même temps que la sonnerie ! a crié Ricky.

J'ai même réussi à faire celui-là.

Après « l'échauffement », on est passés au saut à la corde. Certains ont mis des gants et se sont divisés en deux groupes, dont l'un devait taper dans des sacs de frappe pendant que l'autre montait sur le ring avec Ricky. Je pensais m'en sortir à la corde à sauter. Bon, je ne l'avais pas fait depuis le CE2, mais j'étais forte, à l'époque. Et puis je suis légère et j'avais dû lire quelque part que, proportionnellement, les femmes avaient plus de force dans le bas du corps que les hommes. J'allais peut-être pouvoir me rattraper sur ce coup-là.

Finalement, je n'étais pas terrible pour ça non plus. J'ai réussi à trouver à peu près mon rythme, mais c'était SUPER DUR. Bien plus que quand j'avais dix ans. Qui aurait cru ça ? Au moins, j'ai tenu un peu, contrairement à Pip. Il parvenait juste à faire passer la corde au-dessus de sa tête, mais quand il essayait de sauter par-dessus, il ratait complètement son timing et s'emmêlait les pieds. Il s'est cassé plusieurs fois la figure.

– Essaie plutôt comme ça, lui a conseillé un garçon.

Il lui a montré une technique qui consistait à sauter d'un pied sur l'autre au lieu des deux en même temps. Pip a hoché la tête, s'est campé sur une jambe comme une grue, a fait tourner la corde dans un sifflement et s'est fouetté la cheville.

– C'est plus facile si on avance en même temps, a expliqué le gars sympa à Pip une fois qu'il a eu récupéré. Comme ça.

Et il s'est déplacé légèrement dans la pièce en sautant, comme s'il suivait la corde. Pip s'est relevé, un peu pantelant. Il est passé par-dessus la corde en la laissant traîner mollement par terre, l'a fait tourner pour la ramener devant lui et a recommencé.

– C'est mieux, a commenté le gars sympa d'un ton encourageant.

Je voyais bien qu'il le disait juste pour être gentil. Heureusement, c'était le moment d'intervertir avec les autres et on est allés mettre des gants.

– Après, vos mains vont puer, m'a averti le gars sympa en m'aidant à trouver des gants de 10 onces. On ne peut pas y faire grand-chose. Si vous revenez la semaine prochaine, vous devriez acheter des bandages. Ça protège les poignets et les jointures et ça limite l'odeur.

– Je suis gaucher, lui a signalé Pip quand il a voulu l'aider à son tour.

– Ça ne change rien.

Puis, Pip et moi, on s'est placés de chaque côté d'un sac de frappe en imitant les garçons. Le nôtre paraissait avoir combattu douze rounds contre Mike Tyson. Les coutures s'effilochaient et le truc qui servait de bourrage s'écoulait à l'extérieur, lui donnant plus la forme d'une poire que d'un cylindre, un peu comme si on avait suspendu Ian Beale au plafond par les pattes arrière.

J'ai regardé les gars frapper dans leur sac du poing gauche, puis du droit. Ça n'avait pas l'air compliqué. Le pire était peut-être derrière nous.

Mais non. Donner des coups de poing est l'activité la plus épuisante qu'on puisse imaginer. Comme quoi, dans les films, quand le héros tient tête à des méchants et qu'ils s'en balancent des douzaines en pleine mâchoire, ce n'est pas super réaliste. À moins d'être Superman, le type devrait être éreinté au bout de deux minutes, en plus d'être à moitié sonné par tous ces pains dans la tête.

– Ce n'est pas pour rien que les rounds de boxe ne durent que trois minutes, a signalé Sharon, venue nous observer. Ni que les boxeurs doivent être en parfaite condition physique.

Après deux swings, Pip s'est affalé contre le sac en s'y agrippant comme un naufragé à un matelas pneumatique. J'ai tenté de balancer deux jabs et un gros swing du droit, mais j'ai dû m'arrêter au bout de six coups. Je voyais certains garçons cogner tellement fort que le crochet qui maintenait leur sac grinçait de manière inquiétante, mais c'était à peine si le mien bougeait quand je frappais dedans. C'était tout juste si je sentais l'impact de mes coups à travers mes gants. Et j'étais fatiguée. Épuisée. J'ai regardé l'heure et gémi en voyant qu'il ne s'était écoulé qu'une demi-heure.

Pip et moi, on a continué tant bien que mal en tapotant doucement notre sac, tandis que des jeunes gars vigoureux martelaient le leur avec une intensité et une puissance terrifiantes tout autour de nous. En observant attentivement le gars sympa, j'ai remarqué qu'il se tordait en se repliant sur lui-même pour projeter son poing droit en avant. Apparemment, c'était comme ça qu'on faisait osciller le sac. Alors j'ai essayé, en frappant de toutes mes forces. Le sac est revenu vivement en arrière par saccades, a heurté la poitrine de Pip et l'a renversé. Il m'a regardé d'un air surpris.

– Bien joué.

– Merci. C'est vrai qu'il était bien, celui-là.

J'ai réessayé. Maintenant, je sentais le choc dans mes jointures à travers les gants.

– Pause boisson ! a annoncé Ricky. Ne buvez pas trop ni trop vite. Après, on change. Ceux qui ne sont pas encore passés sur le ring, venez par ici.

J'ai frappé le sac une dernière fois. Un coup pour la sonnerie ! Puis j'ai bu quelques gorgées à ma bouteille d'eau, en résistant à l'envie de la vider, et je me suis approchée nerveusement du ring. Pip m'a suivie d'un pas chancelant, haletant comme un chien sur un tapis de course. On s'est pliés pour passer sous les cordes.

Anges de sueur

– Vous deux en premier, nous a dit Ricky. On doit commencer par s'occuper de votre posture.

Il nous a montré comment nous tenir, les pieds écartés dans l'axe des hanches, le gauche légèrement en avant.

– Gardez toujours les poings au niveau des joues, dès que vous arrêtez de frapper. On frappe en partant du visage, en faisant rouler un peu le bassin. Et tout de suite après, on ramène les gants devant les joues. C'est la première règle en boxe. Maintenez toujours votre garde si vous ne voulez pas vous prendre un coup dans la figure. C'est clair pour vous deux ?

On a hoché la tête.

– OK, maintenant frappe ma patte d'ours gauche avec le poing gauche, m'a dit Ricky.

– Vous voulez dire, celui du côté opposé ?

– Oui. Frappe-le.

J'ai frappé. Il m'a tapé le côté gauche du crâne avec sa patte d'ours.

– Qu'est-ce que tu as oublié de faire ?

– Je n'ai pas tenu ma garde, ai-je répondu, irritée d'avoir oublié aussi vite.

– Maintenant frappe ma patte d'ours droite avec le poing droit.

J'ai frappé. Il m'a tapé le côté droit du crâne avec sa patte d'ours.

– Qu'est-ce que tu as oublié de faire ?

J'ai soupiré.

– Je n'ai pas tenu ma garde.

– C'est une règle simple.

Puis il m'a fait exécuter quelques techniques de base, un jab du gauche, puis du droit. Puis une esquive latérale à gauche tandis qu'il faisait voler son gant au-dessus de ma tête. Un, deux, esquive latérale à gauche. Un, deux, esquive latérale à droite. En essayant de maintenir ma garde tout en restant debout. Ça faisait beaucoup de choses à retenir, et je trouvais ça de plus en plus frustrant. À un moment, j'ai balancé un grand swing du droit qui a heurté violemment sa patte d'ours droite, et il m'a de nouveau tapé le côté de la tête.

– Bonne frappe, a-t-il approuvé, un peu surpris. Mais tu as encore lâché ta garde.

Qui aurait cru que la boxe demandait de réfléchir autant ?

Se frotter les gants, comme disait Ricky, c'est ce que j'ai préféré. C'était dur, comme tout le reste, mais comme ça impliquait quelqu'un d'autre, on était trop occupé pour avoir le temps de penser à la fatigue. Le gars était là, pile en face de moi, attendant que je le frappe. Enfin, que je frappe dans ses pattes d'ours. Impossible de s'arrêter pour souffler, impossible de se plier en deux pour prendre de grandes goulées d'air. J'étais obligée de continuer, un, deux, esquive latérale, une, deux, un, deux, esquive latérale.

J'y ai presque pris plaisir. Presque.

Une ou deux fois, ça s'est fait presque tout seul, j'ai donné un bon punch et senti mon gant heurter la patte d'ours de Ricky avec un bruit sec assez satisfaisant. À ces moments-là, il a hoché la tête en disant « joli ». C'était cool. Après qu'on est tous passés aux pattes d'ours est venu le moment des étirements. Pip et moi, on s'est aidés pour enlever nos gants.

– Ah, la vache, a dit Pip. J'ai les mains qui sentent le vieux blaireau.

J'ai froncé le nez, frappée à mon tour par la puanteur de la sueur mêlée à celle du cuir moisi.

– En général, on vient avec nos gants, a signalé le gars sympa en voyant nos têtes. Ça pue aussi, mais au moins c'est *notre* sueur.

Les étirements étaient un peu moins éreintants, mais je n'avais pas prévu les abdos. On a dû faire des pompes, des planches, puis s'allonger sur le dos pour lever les pieds à quinze centimètres du sol et tenir une minute, trois fois de suite. J'ai dû tenir quinze secondes la première fois, dix la deuxième et cinq la troisième. Personne n'appréciait l'exercice. C'était impossible de ne pas faire de drôles de petits bruits : grognements, geignements et sifflements divers.

– Les losers se traînent, les winners s'entraînent ! nous a crié Ricky.

Du coin de l'œil, j'ai vu que Pip avait renoncé et restait étalé par terre comme une étoile de mer mourante. Et en me relevant, j'ai vu l'empreinte humide de mon corps sur le sol. Un ange de sueur.

Enfin, *enfin*, c'était terminé, et on a titubé vers la sortie en soupirant de soulagement. Joe nous a arrêtés.

– Alors, vous allez revenir ?

– Non, a dit sèchement Pip.

Je ne pense pas que c'était de l'impolitesse, plutôt qu'il n'avait pas assez de souffle pour développer.

– Et toi ? m'a demandé Joe.

Vu son expression, il s'attendait à ce que je lui fasse la même réponse. J'ai hésité. Physiquement, je n'avais jamais rien subi d'aussi dur. Et quelque part, j'avais le sentiment d'en avoir terminé. J'étais venue, j'avais joué le jeu, et même, je ne m'en étais pas si mal tirée. « Joli », avait dit Ricky. Je n'avais pas besoin de revenir. Je pouvais partir la tête haute. Mission accomplie.

– Je ne suis vraiment pas en bonne forme physique, ai-je répondu.

J'ai regardé Ricky qui parlait à un garçon avec animation. On ne l'intéressait même pas assez pour qu'il nous dise au revoir. Il devait être persuadé qu'on ne mettrait plus jamais les pieds au club.

– Tu peux l'améliorer ici, a argumenté Joe. Et tu as de la force dans les jambes. Tu fais beaucoup de footing ?

– Je marche.

– Eh bien, transfère cette force dans tes poings et tu pourras devenir une boxeuse.

Puis Joe s'est éloigné et Pip m'a tirée par la partie lâche de mon maillot pour m'entraîner dehors. On ne s'est pas dit grand-chose sur le chemin du retour. Ses mains tremblaient violemment, et je devais sans cesse intervenir pour stabiliser le volant.

– Merci de m'avoir ramenée, ai-je dit quand il m'a déposée devant chez moi.

Il a hoché la tête, le visage couvert de plaques rouges. Je n'avais plus qu'à espérer qu'il ne fasse pas une crise cardiaque. Quand je suis rentrée, même Ian Beale paraissait en meilleure forme que moi. Il a remué la queue pour me saluer avant de fermer les yeux en soupirant. Dans la cuisine, j'ai bu un demi-litre d'eau et rempli mon verre avant de monter dans ma chambre. Ma mère a surgi et m'a suivie dans l'escalier.

– Alors, comment c'était ?

– Dur.

Je n'avais vraiment pas envie de lui parler dans l'immédiat, mais je me doutais qu'elle stressait comme une dingue depuis une heure.

– Tu es dans un sale état. Tu es toute rouge et toute bouffie.

– T'as pas vu l'autre gars.

Je suis quand même allée me regarder dans le miroir de la salle de bains. On aurait dit que je m'étais fait attaquer par un type armé d'un seau de sueur et d'un pinceau. Une partie de ma transpiration avait séché sur mon visage en laissant des traînées salées. Mes cheveux étaient plaqués sur mon front et une boucle s'était accrochée autour de mon oreille comme pour y trouver un peu de réconfort. J'avais les mêmes plaques rouges sur la figure que Pip. Brusquement, je me suis sentie mal et, avant que j'aie pu me retenir, toute l'eau que j'avais bue a rejailli dans le lavabo. « Ne buvez pas trop ni trop vite. » J'ai regardé ma mère en m'attendant à lui voir un air horrifié, mais elle paraissait plutôt soulagée.

– Tu ne vas pas y retourner, j'imagine.

Sur le coup, la simple idée de m'infliger de nouveau cette torture m'a donné la chair de poule. Mais il n'était pas question que je lui avoue ça. Je me suis essuyé le menton, j'ai repoussé mes cheveux en arrière et j'ai répondu :

– Un peu que je vais y retourner. J'ai adoré.

Le retour

En réalité, je n'avais aucune intention d'y retourner, bien sûr. Et Pip pas davantage. Quand Blossom nous a demandé le jeudi si on allait travailler à Battle le samedi, j'ai dit que j'irais sans doute. J'avais besoin du fric et il faisait assez beau.

– Comment ça, « sans doute » ? m'a-t-elle répondu. Ne me dis pas que tu envisages de retourner à la boxe.

– Moi, c'est hors de question, a dit Pip. Mais tu aurais dû voir mon short : la super classe !

– Et toi, Fleur ?

– Moi, ça m'a bien plu.

Je ne sais pas pourquoi, je n'avais pas envie de lui avouer à quel point ça avait été dur. Je savais déjà ce qu'elle en pensait et je ne tenais pas à lui donner l'occasion de me faire la leçon.

– T'étais la seule fille ?

– Oui, ai-je admis.

– Et ils t'ont bien accueillie ?

J'ai pensé au gars sympa avant de me rappeler la façon dont Ricky m'avait tourné le dos et dont les autres avaient évité de croiser mon regard.

– J'y suis allée pour me remettre en forme, pas pour me faire des amis. Ça ne te ferait pas de mal, d'ailleurs.

– On n'a pas besoin de pratiquer un sport misogyne pour se remettre en forme, a-t-elle répliqué en ignorant ma pique. Tu devrais venir à quelques manifs pour porter les pancartes, c'est très bon pour les muscles du haut du corps.

– J'y réfléchirai. Mais je ne trouve pas que la boxe soit un sport misogyne.

– Ça exalte la violence masculine et l'agressivité. C'est un spectacle brutal et déshumanisant, qui exploite les individus issus des milieux les plus défavorisés de la société.

– Ou : ça améliore la forme physique et la confiance en soi, ça apprend la discipline et la persévérance aux jeunes défavorisés. Il y a du pour et du contre.

– On croirait entendre ton père.

– Ben parfois, il a raison.

Et les choses en sont restées là.

Malgré mes discours de battante, si ma mère m'avait fichu la paix sur le sujet, j'aurais sans doute laissé tomber la boxe sur-le-champ. Mais elle me prenait la tête sans arrêt. Parfois, elle me soûle tellement que je boirais de l'eau de Javel plutôt que de l'écouter. Ce qui fait que le vendredi soir, j'ai décidé de retourner au club de boxe de Bosford au lieu d'aller à Battle.

Sans Pip, je devais me débrouiller pour y aller par mes propres moyens. La salle se trouve presque un kilomètre plus loin que le lycée et je n'avais pas super envie de marcher. Alors le lendemain matin, après le petit-déjeuner, je suis allée évaluer l'état de mon vélo dans le garage. Diverses variétés d'araignées y avaient élu domicile et j'ai dû expulser une famille nombreuse de perce-oreilles qui s'était fait un petit nid douillet sur la poignée gauche de mon guidon. Après une bonne séance d'époussetage et de gonflage de pneus, ça avait l'air d'aller. À part un drôle de bruit de raclement. Alors que je faisais rouler le vélo dans le jardin pour essayer de comprendre d'où ça venait, mon père est arrivé et m'a proposé d'arranger ça.

– C'est bien que tu t'y remettes, a-t-il approuvé en sortant ses outils.

Je me suis demandé s'il allait me proposer qu'on fasse un tour tous les deux, mais non.

– J'en ai besoin pour aller à Bosford. Au club de boxe.

– C'est sérieux, alors, cette histoire ?

Il a serré un écrou du levier de vitesse et en a desserré un autre.

– Bah, je ne sais pas si c'est vraiment mon truc. Mais je veux y retourner au moins une fois.

Il m'a regardée avec une drôle d'expression mitigée que je n'ai pas totalement réussi à déchiffrer, mais qui n'était pas dépourvue d'inquiétude.

– Ta mère est morte d'angoisse. Elle se demande pourquoi tu as choisi précisément la boxe.

– Je ne sais pas trop. Peut-être parce que tout le monde me dit de ne pas le faire.

– Et c'est tout ? Tu le fais à cause de ce que disent les autres ? Mais *toi*, tu en penses quoi ?

J'ai réfléchi un moment avant de lâcher la réponse. J'en avais trouvé une bonne.

– Quand j'ai frappé dans la patte d'ours de Ricky la semaine dernière, quand j'ai trouvé mon équilibre et cogné pour de bon, ça m'a fait du bien. J'ai eu l'impression de me libérer d'un truc négatif.

– Tu penses que c'est cathartique ? Que ça te permet d'évacuer quelque chose ?

J'ai hoché la tête.

– Ça me fait ça quand je fais du vélo, a-t-il déclaré. Ça me permet de m'évader. Et toute la colère et les… les sentiments négatifs que j'ai, je les déverse en pédalant. C'est difficile à expliquer.

Il s'expliquait parfaitement. J'ai attendu au cas où il ajouterait quelque chose, mais il s'est contenté de se relever en me disant :

– Ça y est, c'est réglé. Les vitesses étaient mal alignées. Essaie-le.

Je suis allée jusqu'au bout de Badger Lane. Ian Beale, qui pour une fois avait été autorisé à sortir, s'est traîné derrière moi, ravi, en sifflant comme une vieille locomotive. J'ai adressé un signe d'approbation à mon père, qui m'observait.

– Merci.

– Sois prudente. Tu sais comment y aller ?

J'ai levé les yeux au ciel.

– Je suis née ici. Je crois que je suis capable de trouver mon chemin à Bosford.

On ne dit pas « que »

Je m'étais perdue. J'avais stupidement décidé de prendre un raccourci en traversant la cité Malcolm-Gladwell, qui est un vrai labyrinthe. Toutes les maisons se ressemblent et les pelouses arborent systématiquement soit un matelas, soit une voiture calée sur des briques, soit une caravane. J'ai demandé ma route à une dame qui passait avec un landau. Elle a paru enchantée que je m'adresse à elle mais m'a fourni des indications si tortueuses et si contradictoires que j'ai préféré ne pas les suivre. J'ai regardé ma montre. Il fallait que je mette le turbo si je ne voulais pas être en retard. En inspectant les alentours, j'ai vu un groupe de jeunes gars. Après avoir pris une grande inspiration, je me suis approchée. L'un d'eux s'est tourné vers moi.

– Wesh, ça roule ? ai-je demandé en faisant ma meilleure imitation de « meuf de la cité ». Je cherche le club de boxe.

– Tiens, Fleur du lycée. Qu'est-ce que tu fais à Gladwell ?

Sa tête ne me disait rien mais lui semblait me connaître. Curieux. On ne me remarquait jamais au lycée. Les autres se sont approchés à leur tour. Deux gars plus âgés avaient l'air un peu hostiles, et je me suis demandé tout à coup si je n'avais pas commis une erreur. Passer par Gladwell ? Toute seule ? En maillot moulant ?

– Pas grave. Je trouverai.

Remontant sur mon vélo, j'ai voulu repartir, mais je me suis emmêlé les pédales et j'ai failli me casser la figure. Ça les a fait rire.

– T'as besoin qu'on te pousse ?

Un gars s'est mis derrière moi et a agrippé ma selle. Instinctivement, j'ai repoussé sa main. Il avait à peu près mon âge et un tatouage dans le cou. Il a de nouveau avancé la main vers la selle et, cette fois, ses doigts ont touché mes fesses. J'ai filé sous les rires du groupe, mais deux d'entre eux se sont mis à courir derrière moi.

– Faut faire un peu de sport, Fleur.

– Gaffe à pas tomber, meuf.

Arrivée à un stop, j'ai dû m'arrêter pour laisser passer une fourgonnette. Les garçons m'ont rattrapée, l'un sur ma gauche, l'autre sur ma droite. Des cris et des rires derrière moi m'ont signalé que les autres avaient suivi. Mon souffle est resté coincé dans ma gorge et j'ai levé les mains en position défensive. Le gars sur ma gauche a rigolé en m'imitant. Et d'un coup, il a disparu, soulevé de terre par un tourbillon venu de derrière nous. Je l'ai vu s'affaler sur le bitume devant mon vélo, bientôt suivi par le gars sur ma droite qui venait d'être poussé. Je me suis tournée pour voir la tête de mon sauveur.

– Tarik ?

– Foutez-lui la paix, a-t-il lancé aux autres tandis que les deux gars se relevaient.

Les autres nous avaient rattrapés et restaient là, à observer la scène. Ils se méfiaient de Tarik. Peut-être qu'ils connaissaient ses talents sur le ring.

– Vous avez de la chance qu'elle ne soit pas descendue de son vélo, a-t-il repris. Vous le saviez pas, qu'elle était boxeuse, hein ?

Il parlait avec un léger accent étranger. Les gars se sont éloignés en riant pour ne pas perdre la face.

– Merci, ai-je dit.

– Pas de problème. Fleur, c'est ça ? Qu'est-ce que tu fais dans Belham Street ?

– Parce que c'est la faute de la victime, bien sûr, ai-je répliqué, consciente de parler comme Blossom. Tu veux dire que je n'ai pas le droit d'aller où je veux parce que je suis une fille ?

– Non, je voulais dire que le club de boxe, c'est de l'autre côté.

– Oh. Bon. Mettons que j'ai rien dit.

Il a eu un grand sourire et j'ai senti mon estomac tressaillir. Il portait un sweat à capuche trop grand mais, cette fois encore, on devinait les muscles de ses épaules en dessous.

– Descends de ton vélo, on va y aller ensemble.

J'étais encore secouée par l'incident, mais la présence de Tarik avait un effet rassurant. On a parlé du club et Tarik m'a raconté l'histoire de Ricky.

– C'était un super boxeur. Il avait neuf ans la première fois qu'il est monté sur un ring. Médaille de bronze aux Jeux du Commonwealth. Il s'est blessé alors qu'il préparait les Jeux d'Athènes. Sharon est sûre qu'il aurait décroché l'or. Ensuite, il est passé pro. Soixante-treize combats.

– Waouh. Mais comment il a atterri dans ce quartier chelou ?

– Ça ne gagne pas beaucoup, la boxe, m'a répondu Tarik. Pas chez nous, en tout cas. Et puis, il veut transmettre ce qu'il a reçu. Lui aussi, il s'est entraîné dans un club comme celui-là. Il a grandi dans une cité, comme moi.

– Désolée, ce n'était pas une critique.

Bravo, Fleur. J'avais encore dérapé en ouvrant ma grande bouche. Blossom m'aurait reproché de ne pas être consciente de mes privilèges et, cette fois, elle aurait eu raison.

– Pas besoin de t'excuser. C'est vrai que c'est merdique, ici.

Il a sorti un sachet de noix de cajou de son sac et m'en a proposé. J'en ai pris une poignée.

– Merci.

– Tu devrais en manger tous les jours. Plein de bonnes protéines, parfait pour se muscler. T'habites où ?

– Dans l'est, ai-je répondu, un peu mal à l'aise. Rangers' Wood.

– La classe, a dit Tarik alors qu'on entrait dans le club. Et toi, qu'est-ce que tu viens faire dans ce « quartier chelou » ?

– Boxer.

Dans la salle, un groupe de garçons, dont le gars sympa, bavardaient tandis que Ricky bricolait les cordes du ring.

– … Alors là, elle me sort : « Je veux que tu me fasses me sentir femme », disait l'un des gars au moment où je passais derrière lui.

Le gars sympa a toussoté mais l'autre a continué :

– Alors je lui ai donné ma chemise et je lui ai dit : « Tiens, repasse-moi ça. »

Ils se sont tous marrés, sauf le gars sympa, qui avait l'air un peu gêné.

– Allez, les pipelettes ! a crié Ricky. À l'échauffement !

On était arrivés à la dernière minute et Ricky nous a fait attaquer direct le saut à la corde. Il fallait tenir deux minutes sans s'arrêter, ce qui était impossible, bien sûr. Et chaque fois qu'on se prenait la corde derrière le crâne ou qu'elle s'emmêlait dans nos pieds, on devait la lâcher pour faire un exercice horrible, genre squat jumps (des flexions des jambes combinées à des sauts) ou fentes alternées.

– Plus que vous tenez, moins de séries vous avez à faire ! nous a lancé Ricky.

– On ne dit pas « que », ai-je marmonné par automatisme.

– Quoi ça, Fleur ? m'a demandé Ricky en mettant la main en cornet derrière son oreille.

Je me suis figée en m'apercevant que tout le monde m'observait.

– Euh, « plus vous tenez ». Pas besoin de mettre « que ».

– Si t'as assez de souffle pour me corriger, tu peux faire encore dix squats avec poussée, a grondé Ricky.

Tous les garçons ont rigolé. Je serais devenue rouge de honte si je ne l'avais pas déjà été à cause de l'effort. J'ai exécuté mes dix squats avec poussée. Quand est-ce que j'apprendrais à la fermer ?

– Franchement, je ne pensais pas que tu reviendrais, m'a avoué le gars sympa pendant une petite pause entre deux répétitions. On ne voit pas souvent des filles, ici. Moi, c'est Dan.

– Franchement, je ne pensais pas non plus. Et pourtant, me voilà. Moi, c'est Fleur.

Cet échange m'a un peu réconfortée. Ça aidait d'avoir un visage ami au club, et un nom à mettre dessus.

Alors qu'on démarrait l'exercice suivant, Ricky nous a servi le baratin que j'avais déjà entendu deux fois :

– La place de la boxe, c'est sur le ring et rien que sur le ring. Ce qu'on apprend ici au club se pratique au club et pas ailleurs, c'est clair ? Si j'apprends que l'un de vous s'est battu dehors, il est viré. Si on voit quelqu'un qui a du mal, on ne rit pas, on ne se moque pas. On va l'aider, on l'encourage, on le soutient. Est-ce que c'est compris ?

– Oui, coach, ont haleté quelques garçons tandis qu'on sautait sur place.

La sueur coulait déjà sur ma nuque, et jusque sous le maillot en lycra de ma mère.

– EST-CE QUE C'EST COMPRIS ?

– OUI, COACH ! on a tous braillé.

L'interdiction

– Ne laisse pas sortir le chien ! m'a lancé ma mère quand je suis rentrée par la porte de la cuisine.

Elle était en train de mélanger le contenu d'une casserole sur le feu. Ian Beale avait repéré la porte ouverte et se dirigeait déjà vers moi d'un pas lourd, décidé à s'emparer de la liberté. J'ai refermé rapidement et lâché mon sac pour m'agenouiller et lui faire un câlin de consolation.

– Houlà, Ian Beale, comment tu pues !

– C'est un effet secondaire des médicaments, a signalé ma mère. Ils sont super instables, c'est pour ça que je dois les faire cuire avant de les lui donner.

En me relevant, je l'ai vue verser des paillettes dans la casserole.

– Ravie d'apprendre que ce n'est que ça, ai-je répondu. Pendant une minute, j'ai cru que j'étais entrée dans un labo de crack.

Après m'être servi un verre d'eau, j'ai feuilleté un magazine que ma mère avait laissé sur la table. Ça s'appelait *Femmes et Santé* et on voyait une fille tonique avec une queue-de-cheval en couverture. Peut-être qu'avec l'activité sportive, je finirais par lui ressembler. Ma mère m'a glissé un coup d'œil.

– Tu n'as pas oublié pour samedi ?

– Qu'est-ce qu'il y a samedi ?

– Tu as dit que tu viendrais au cours de pilates avec moi.

J'ai lâché un grognement. Je n'avais aucun souvenir d'avoir dit ça, mais il n'était pas impossible que je lui aie répondu oui sans l'écouter pour avoir la paix. Elle essayait de me convaincre depuis des mois, soi-disant pour qu'on se rapproche, mais je la soupçonnais de vouloir juste me garder à l'œil.

– Le pilates ? Mais c'est pas, enfin, pour les gens... plus vieux ?

– Pas du tout ! Tu serais étonnée. C'est plus dur que ça en a l'air, et beaucoup moins dangereux que la boxe. Et puis tu ferais connaissance avec Carole, la prof. Tout le monde l'adore, elle a une aura très enveloppante.

– Oh, désolée, m'man ! me suis-je exclamée, légèrement prise d'angoisse à l'idée de rencontrer Carole et son aura. J'avais oublié que je dois aider Blossom pour un truc samedi.

Ma mère a eu l'air déçue.

– Ne me dis pas que tu retournes à la boxe.

– Ben c'est pas exclu. Allez, faut que je me douche !

Et je me suis enfuie à l'étage.

– Il faut qu'on en parle, Fleur, a lancé ma mère derrière moi. S'il te plaît !

Quand je suis redescendue, mon père était rentré et la table était mise. Il y avait une soupière fumante sur le buffet et une certaine tension dans la pièce. Avant de commencer à verser la soupe dans les assiettes, ma mère a demandé si on pouvait avoir une petite discussion.

– C'est à propos de tes cours de boxe, a précisé mon père.

– Vous croyez que la soupière va dans le lave-vaisselle ? ai-je demandé dans l'espoir de dévier la conversation en les aiguillant sur leur sujet préféré.

Mais ça n'a pas marché.

– Ta mère et moi, ça nous inquiète que tu pratiques un sport aussi violent.

– Tout ce qu'on fait, c'est sauter à la corde et cogner dans un sac. C'est pas comme si je combattais douze rounds contre Naseem Hamed.

– C'est dangereux, Fleur, a insisté ma mère. Tu ne vois pas que je me fais du souci pour toi ? Je n'ai pas envie de perdre ma deuxième fille.

– Verity est à Dunedin, elle est toujours vivante et en parfaite santé, ai-je rappelé.

– Mais si c'est vraiment important pour toi, on est prêts à dire oui.

– C'est très généreux de votre part.

Je sentais la colère commencer à monter.

– Mais à condition que tu te limites à l'entraînement, a précisé ma mère. Comment tu appelles ça, le… la mise en condition physique ? Je ne veux pas que tu te battes sur un ring.

Malgré la tentation d'argumenter, j'ai réussi à maîtriser mon humeur. Je venais d'entrevoir l'infime brèche qu'elle avait laissée dans la muraille. Je pouvais gagner la partie tout en évitant la confrontation.

– Je n'ai pas l'intention de me battre sur un ring, maman, ai-je répondu calmement. Je n'arrive même pas à cogner douze fois sur un sac sans cracher un poumon. Je me ferais massacrer.

– Alors c'est promis ? m'a-t-elle pressée. Regarde-moi et jure que tu ne te battras jamais sur un ring.

J'ai soupiré mais je l'ai regardée quand même. Au fond, j'avais envie de lui crier que je ferais ce que je voudrais, mais quelque chose m'a retenue, comme toujours. Cette terreur que ma mère éprouvait pour tout était profonde. Je le savais. Elle était énervante, mais ce n'était pas sa faute et ça ne servait à rien de la chambouler encore davantage. Et comme l'idée de combattre un jour sur un ring était absurde, ce n'était pas la peine de la faire stresser là-dessus.

« Bats-toi ! Bats-toi ! Bats-toi ! », m'aurait dit Blossom. Pip, lui, m'aurait dit de choisir mes combats.

Et dans ce cas précis, il aurait eu raison.

– Maman, je te promets que je ne combattrai jamais sur un ring.

Elle a hoché la tête et souri. Elle avait gagné la bataille.

Les hoministes

– S'te plaît, s'te plaît, viens à Battle avec nous, m'a suppliée Blossom lundi. Tu as raté les deux derniers samedis. Pip va encore participer à la répétition.

– Bon. Peut-être.

Je ne m'étais toujours pas décidée. D'un côté, mes amis me manquaient et j'avais envie d'aller à Battle. Sans parler du fric. De l'autre, je venais juste de persuader mes parents de me laisser faire de la boxe. Si je lâchais, ils allaient penser que je me comportais en dilettante, comme d'habitude.

– Ne me dis pas que tu as envie de retourner à la boxe.

– Si. Non. Je ne sais pas. Ça n'a pas été si horrible que ça, samedi.

– C'est toi qui vois, m'a-t-elle dit tandis qu'on entrait en cours d'éducation civique. Mais tu nous manques.

Mlle Theakston, notre prof, nous encourage à débattre. Elle le fait périodiquement en essayant de nous embarquer dans les sujets importants du moment, comme l'Europe, l'immigration, la PMA, etc. Mais au final on retombe toujours sur les questions de genre. Ça, c'est parce qu'on a à la fois Blossom, Bonita, William Capel et Ryan Cook dans la classe. Blossom les a baptisés les hominstes, des hommes qui s'estiment opprimés et qui veulent défendre leurs droits. Un peu comme si quelqu'un militait pour qu'il y ait encore plus de boutiques de souvenirs à Brighton.

Aujourd'hui, Ryan a entrepris de nous expliquer pourquoi les femmes sont inférieures aux hommes.

– Même la femme la plus rapide court une demi-seconde moins vite que l'homme le plus rapide, a-t-il déclaré d'un air satisfait.

– Et c'est super important, ça, hein ? a répliqué Blossom. C'est cette demi-seconde qui justifie qu'en Europe, les femmes soient payées seize pour cent de moins que les hommes ? Que soixante-quinze pour cent des cadres supérieurs et des députés soient des hommes ? Que les femmes consacrent tous les jours deux fois plus de temps à la maison et aux enfants que les hommes ?

– En termes d'évolution, il est vital que les meilleurs morceaux de viande soient réservés aux hommes, a affirmé William. Les protéines sont essentielles pour la formation des muscles et la vitesse. Sans ça, les gnous prennent la fuite et tout le monde crève la dalle. Tu voudrais que tout le village meure de faim, Blossom ?

– Une demi-seconde, ça explique que les femmes n'aient pas le droit de conduire en Arabie saoudite ? Et que Malala Yousafzai se soit fait tirer dessus ? Sûrement qu'elle était trop lente pour esquiver la balle qui l'a touchée. Une demi-seconde, c'est vraiment aussi important que ça ?

– Ça peut faire toute la différence entre capturer un gnou et rentrer bredouille à la maison, a répondu William. Il peut se passer des tas de trucs en une demi-seconde.

– Par exemple, je peux te coller un coup de pied dans les couilles en une demi-seconde, a suggéré Bonita.

– Le voilà, le problème, avec les femmes, a soupiré Ryan. Elles ne font pas appel à la logique. Elles se laissent diriger par leurs émotions. Du coup, il y a des rôles qui conviennent mieux aux hommes qu'aux femmes. C'est comme ça.

– J'en ai une autre pour toi, a repris Blossom. On est au vingt et unième siècle et les filles sont libres de faire ce qu'elles veulent. Ce serait bien moins le bordel si les femmes décidaient de tout. On devrait interdire aux hommes d'occuper des fonctions au gouvernement.

– Ça pourrait marcher au début, a admis Ryan. Mais les femmes du Parlement auraient toutes leurs règles en même temps. Et là, *boum*.

Bonita a ricané bruyamment.

Une question féministe

Finalement, j'ai tranché pour le club de boxe, et j'ai bien fait, parce qu'il s'est passé un truc curieux pendant l'entraînement. Pendant toute l'heure, je n'ai pas eu une seule fois l'impression que j'allais mourir d'une crise cardiaque. Attention, ça restait atrocement dur. Mais je n'ai pas eu envie de vomir du début jusqu'à la fin. Seulement la plupart du temps. J'ai réussi à sauter à la corde pendant presque une minute sans m'arrêter. À un moment, la corde tournait si vite qu'elle sifflait et que j'ai commencé à me prendre pour Joe Frazier, jusqu'à ce que je rate mon timing et que je me la prenne dans la tête.

Puis on est passés à l'échauffement. Ricky a mis sa musique horrible et nous a fait faire des rotations du bassin et lever les genoux.

– Vous ne saviez pas qu'on faisait aussi cours de danse, pas vrai ? nous a-t-il lancé par-dessus un couinement atroce qui ressemblait à du Phil Collins.

J'ai ramé pendant les exercices pour les jambes, et Ricky s'en est aperçu.

– Allez, Fleur. Entraînement difficile, combat facile.

– Je suis *vraiment pas* en bonne condition, ai-je gémi en sentant peser tous les regards sur moi.

– OK, tout le monde ! a crié Ricky. Pause boisson. Ne buvez pas trop ni trop vite.

– Tu devrais courir, m'a conseillé Dan alors qu'on allait chercher nos gourdes. Te mettre des kilomètres dans les jambes. Comme dit Ricky, il n'y a pas de raccourcis, Fleur.

J'ai hoché la tête en portant ma gourde à la bouche et j'ai essayé de boire tout doucement, même si je rêvais carrément de plonger dedans. J'étais reconnaissante à Dan de venir me parler. J'avais remarqué que ce jour-là, les gars commençaient à être un peu plus sympas avec moi. Mais ils restaient quand même entre potes. Je ne crois pas qu'ils m'excluaient délibérément, mais ils ne faisaient pas d'efforts pour m'intégrer. Et quand je passais près d'eux, j'avais parfois l'impression qu'ils arrêtaient de parler ou qu'ils baissaient la voix. Comme si ça les gênait de continuer leurs plaisanteries de vestiaires devant une fille.

– Je te trouve plus en forme qu'au début, en tout cas, m'a dit Dan. Tu as fait tes burpees jusqu'au bout.

– En attendant, je continue à transpirer comme un cochon, ai-je signalé en regardant la mare de transpiration à mes pieds.

– T'en fais pas pour ça, ça va s'arranger. Continue à bosser, à repousser tes limites. Oh, et regarde *Rocky*.

– *Rocky* avec Sylvester Stallone ?

– Ouais.

– En quoi regarder un film pourrait améliorer ma forme ?

Dan a eu un grand sourire.

– Fais-moi confiance.

Je n'aurais pas su dire si tout cet entraînement m'avançait à grand-chose, mais ça me donnait faim, en tout cas. Mon ventre a gargouillé pendant tout le cours d'anglais du lundi et Blossom n'a pas arrêté de me lancer des regards inquiets.

– J'ai l'impression d'être assise à côté de Chewbacca, a-t-elle commenté.

J'ai vu l'heure du déjeuner arriver avec soulagement et j'ai quasiment couru jusqu'à la cafète, avec Blossom essoufflée dans mon sillage.

– C'est quoi, la chanson que tu as fredonnée toute la journée ? m'a-t-elle demandé.

– *The Logical Song* de Supertramp.

– Le quoi ? Qui est super ?

– Supertramp, ai-je répété en commençant à me servir. Ricky est un fan de rock progressif. Il a deux playlists : une avec rien que des chansons qui ont un rapport ou un autre avec la boxe, et une de classiques de prog rock. Ces trucs finissent par te rentrer dans le système. Hier, *Moonchild* de King Crimson m'a trotté dans la tête toute la journée.

– C'est quoi, ton truc ? Un club de boxe ou une secte ?

On s'est assises et Blossom a examiné le contenu de mon assiette. Je n'avais pas fait les choses à moitié. J'avais pris des nuggets de poulet et une escalope viennoise, des spaghettis, des carottes, du maïs et des petits pois, plus un petit pain, une mousse au chocolat en dessert et un cheese-cake en deuxième dessert. J'avais beau être affamée, ça faisait un peu beaucoup.

– Waouh, c'est dingue ! a fait Ryan Cook devant mon assiette pleine en passant devant nous.

William Capel lui a chuchoté un truc à l'oreille et j'ai entendu quelque chose comme « lui tomber direct sur le cul ». Ça les a fait plier de rire.

– Et encore un exemple de sexisme au quotidien, a soupiré Blossom. Personne ne moufte en voyant un homme se goinfrer.

– Ouais, mais c'est un peu la faute des femmes, aussi, ai-je observé. On n'a qu'à arrêter de leur faire la cuisine.

– Pas faux, a-t-elle admis en me piquant un nugget.

Et on s'est regardées avec un grand sourire sans s'arrêter de mâcher.

On n'a plus souri autant quand j'ai montré à Blossom ce que j'avais choisi pour le ciné-club de Bluebell Road.

– *ROCKY?*

– Oui, *Rocky*.

– Tu veux me faire regarder un film sur un crétin de boxeur ?

– C'est un film culte. Deuxième meilleur film jamais réalisé sur le sport, dans le classement de l'American Film Institute. ai-je dit en lisant le dos du boîtier du DVD. Trois Oscars, dix nominations.

– Très bien. Regarde-le. J'en profiterai pour réviser un peu.

– Tu ne veux même pas essayer ?

– Je refuse de regarder un film sur des brutes demeurées qui se balancent des coups dans la tête, m'a-t-elle répliqué en ouvrant son livre de géo.

– Eh bien je trouve ça un peu étroit d'esprit. C'est vrai, la semaine dernière, j'ai bien regardé *Le Chien de la concubine* jusqu'au bout.

– *Le Choix de la concubine*. Et tu ne l'as pas « regardé jusqu'au bout », tu t'es endormie.

– Très bien, parfait, ai-je dit en appuyant sur play.

– OK.

Et elle s'est mise à tourner les pages.

– Ça t'ennuierait de faire un peu moins de bruit ? ai-je demandé quand le générique s'est mis à défiler sur l'écran.

Elle a levé les yeux au ciel.

– Très bien.

Mais je n'ai pas tardé à oublier complètement Blossom. Parce que *Rocky* est un film GÉNIAL. Pourquoi je ne l'avais jamais regardé ? L'histoire est dingue. C'est un champion qui galère pas mal. Un jour, on lui donne l'occasion de combattre contre le champion MONDIAL catégorie poids lourds. Il n'a aucune chance, bien sûr, mais il y a ce petit type qui accepte de l'entraîner et qui lui donne des super conseils. Mon passage préféré, c'est quand le petit type lui dit : « Tu gagneras pas, Rocky. Ce gars-là te tuera. Il te fera ton affaire. » Il m'a un peu fait penser à Joe, le vieil entraîneur du club de Bosford.

Il y a même une histoire d'amour, et quand la scène où ils s'embrassent est arrivée, je dois avouer que j'ai versé une petite larme.

– Mais qu'est-ce qu'elle lui trouve ? a demandé Blossom d'un ton désapprobateur.

– Je croyais que tu révisais.

– Comment tu veux que je révise avec ce mec qui grogne comme un phacochère toutes les deux secondes ? Autre question : pourquoi il passe son temps à cogner dans des quartiers de viande ?

– Chut, elle est cool, cette scène.

Blossom a soufflé et fait semblant de se replonger dans son livre, mais j'ai bien vu qu'elle suivait. Normal. Rocky, c'est le meilleur. C'est ma nouvelle obsession. J'ai décidé sur-le-champ que j'allais regarder tous les *Rocky*, toute seule s'il le fallait.

Sur la sonnerie

Est-ce que je commencerais à me faire accepter ?

Aujourd'hui, Alex, le troisième entraîneur, m'a regardée en haussant un sourcil. C'est sa manière à lui de sourire. Jordan m'a donné des conseils sur la technique de saut à la corde. Simon, le gars au bracelet électronique, a sorti des bandages du sac de Ricky et m'a montré comment les mettre. Il m'a dit que je n'aurais qu'à lui en rapporter d'autres la semaine prochaine. Et, peut-être le mieux de tout, Joe m'a donné une tape sur l'épaule en passant. Pas qu'ils aient été grossiers ou méprisants avant, mais ils se contentaient de m'ignorer.

J'en ai parlé à Sharon.

– Tu sais, il y en a beaucoup qui viennent à un ou deux cours et qu'on ne revoit plus jamais. En règle générale, les garçons ne commencent à parler aux nouveaux que quand ils les considèrent comme des habitués.

Waouh ! J'étais une habituée, alors ? Possible… À un moment, on était en train de faire le plus de burpees possible en une minute. La sonnerie a retenti alors que j'étais à quatre pattes et je me suis relevée.

– Un dernier, m'a dit Ricky.

J'en ai refait un, tandis que tous mes muscles protestaient contre le report de la pause.

– On en fait toujours un dernier sur la sonnerie.

– Compris, ai-je haleté.

– OK, a dit Ricky à la fin de l'échauffement, alors que je ne sentais plus mon visage. Maintenant, on va faire quelques exercices à deux.

Et il nous a remis de la musique atroce en stéréo. Le genre de trucs que mes parents pourraient écouter : Genesis, ELO, et un groupe avec un joueur de flûte dont Jerome m'a dit qu'il s'appelait Jethro Tull. Ricky nous a expliqué ce qu'on devait faire : trois séries de trois minutes en face à face, l'un avec les pattes d'ours et l'autre avec les gants, avant d'intervertir.

– Des questions ?

Je n'ai pas pu me retenir.

– Oui. C'est qui, le responsable de la playlist ?

Tout le monde a ri. Mais pas de moi. De ma blague. Personne ne m'a dit de fermer mon clapet, personne n'a secoué tristement la tête parce qu'une fille épaisse comme une brindille envahissait leur espace. Ils ont ri. Pas beaucoup, n'exagérons rien. Mai je me suis sentie rougir de plaisir. Jusqu'à ce que Ricky me réponde.

– C'est moi, le responsable de cette foutue playlist, a-t-il grondé. Ça donne la patate, non ?

– C'est… éclectique.

Cette fois, personne n'a ri et je me suis demandé si je n'avais pas poussé un peu. Il y avait clairement une limite à ne pas dépasser.

– S'il te reste assez d'énergie pour balancer des mots savants, t'en as aussi pour six pompes de plus. Exécution.

Le temps que je les fasse et que je trouve une paire de gants puants à ma taille, tous les autres s'étaient mis par deux et il ne restait plus que Joe.

– On commence par des jabs uniquement ! nous a lancé Ricky. Trois minutes. On frappe en gardant les poings au niveau du visage et on les ramène devant à chaque fois.

Joe m'a adressé un sourire sans dents et m'a recommandé de tenir ma garde tandis que je commençais à tapoter doucement ses pattes d'ours.

– Plus fort, a-t-il marmonné.

J'ai essayé, mais l'échauffement m'avait épuisée.

– Pas la peine de me ménager, a-t-il repris. Je suis plus costaud que j'en ai l'air.

Il fallait l'espérer pour lui. J'ai redoublé d'efforts. Gauche-droite, droite-gauche, esquive. La sonnerie a retenti et j'ai frappé une dernière fois. *Un coup sur la sonnerie.*

– Et repos ! nous a crié Ricky.

– Tu t'en sors bien, a approuvé Joe.

Je l'ai remercié d'un hochement de tête en prenant de grandes goulées d'air, incapable de parler.

– On passe aux crochets ! a lancé Ricky. Gauche, puis droite.

Un crochet, m'avait-on appris, est un coup un peu plus bas que le jab, qu'on porte en partant du côté, coude écarté, pour essayer de contourner les défenses de l'adversaire. Je me suis remise à cogner dans les pattes d'ours de Joe.

– Plus fort. Continue.

J'ai eu l'impression de tenir pendant environ six ou sept ans avant que la sonnerie retentisse. Je respirais par à-coups, en nage. Comment les boxeurs faisaient-ils pour tenir comme ça round après round ? Il n'y a rien de plus dur que de frapper pendant trois minutes sans s'arrêter.

– Maintenant, les uppercuts ! a dit Ricky. On plie les genoux et on frappe en remontant !

Joe a levé ses pattes d'ours plus haut en les inclinant vers le bas et, au signal de la sonnerie, j'ai commencé à cogner du bas vers le haut. Au bout de quelques coups, j'ai senti toute une série de nouveaux muscles se mettre à protester. Je n'avais jamais ressenti concrètement l'existence d'*aucun* muscle dans mes bras. En fait, il y en a des dizaines, de ces p'tits gars, qui m'en voulaient tous à mort de les avoir réveillés.

– Frappe plus fort, m'a répété Joe en s'approchant jusqu'à ce que son visage ne soit plus qu'à une douzaine de centimètres du mien. Envoie-moi bouler.

Chaque coup me demandait un effort énorme. Je devais rassembler mes forces, me mettre en position en pliant les genoux et frapper vers le haut, un geste qui n'a rien de naturel. Je me préparais pour une droite quand la sonnerie a retenti.

– Et repos, a dit Ricky.

Me souvenant de sa consigne de faire un dernier sur la sonnerie, j'ai balancé ma droite en y mettant tout mon cœur.

Mais Joe, obéissant au signal de Ricky, avait baissé les bras. Mon gant est remonté droit jusqu'à sa mâchoire et il s'est affalé comme s'il avait perdu tous ses os.

– Joe ! a crié Ricky en se précipitant vers lui, tandis que je restais plantée là, sous le choc.

– J'avais dit repos ! m'a rappelé Ricky en me jetant un regard noir.

– Désolée ! Comme ça a sonné... j'ai voulu en mettre un dernier !

– Ça, on peut dire que je suis bien sonné, a commenté Joe sans relever la tête.

– Ça va ? lui a demandé Sharon en arrivant avec la trousse de secours.

La chassant d'un revers de main, Joe s'est relevé avec l'aide de Ricky et il est allé s'asseoir sur une chaise en titubant.

– Je suis vraiment désolée, ai-je dit, consternée.

– T'en fais pas, m'a répondu Ricky. C'est un sport de contact, ça arrive, ces choses-là. Essaie juste de faire attention la prochaine fois.

Ça m'a un peu déculpabilisée et j'ai essayé d'oublier l'incident. Je suis quand même retournée voir Joe avant de partir.

– Tout va bien ?

– Ça faisait une paye qu'une fille ne m'avait pas fait voir des étoiles comme ça, m'a-t-il répondu avec un grand sourire. Mais si je me souviens bien, je me suis plus amusé la dernière fois.

Blossom n'aurait pas approuvé ce genre de blague, mais j'ai été rassurée de voir qu'il semblait remis.

– Je ne suis pas certaine de devenir la prochaine Nicola Adams, ai-je observé.

Alors que je me retournais pour m'en aller, il m'a rattrapée par le poignet.

– Killeuse, on devrait t'appeler. T'as un sacré uppercut.

J'ai attendu qu'il ajoute « pour une fille ».

Mais il ne l'a pas fait.

Tiraillée

À la séance suivante du ciné-club de Bluebell Road, Blossom avait programmé un film yéménite intitulé *La Maison des trois déserts*, qui durait presque quatre heures. Je suis allée me préparer un chocolat chaud en soupirant, avec l'espoir que ça me ferait dormir d'ici la fin du générique.

– Tu crois que Taylor Swift va se remettre avec le mec ? ai-je lancé depuis la cuisine.

– Quel mec ?

– Tu sais, celui de la chanson.

– Quoi, celle où elle dit qu'elle ne se remettra jamais avec lui ? *Never, ever, ever ?* Je ne crois pas, non.

– Tu ne trouves pas qu'elle se défend un peu trop ? Enfin, si elle était aussi certaine de ne jamais se remettre avec lui, elle n'aurait pas besoin de le répéter en boucle.

– Elle ne le répète pas en boucle, a objecté Blossom en prenant la tasse de chocolat que je lui tendais. La chanson dure trois minutes et demie et dit assez clairement qu'elle en a terminé avec lui.

– Mais est-ce que c'est *vrai* ? J'ai quand même l'impression que ce n'est pas totalement réglé entre eux.

– C'est le problème dans les relations où l'un des deux veut tout contrôler.

– Contrôler ? En quoi il veut contrôler ? Ils ne s'étaient pas vus depuis un mois quand il a dit qu'il avait besoin d'un peu d'air.

– Quoi ?

– Où tu vois du contrôle là-dedans ?

– Ton problème, m'a déclaré Blossom, c'est que tu es une romantique. Tu voudrais que les histoires finissent toujours bien, que les couples résolvent leurs problèmes et boivent du chocolat chaud pendant que les enfants dorment à l'étage.

– Les enfants ? Ça dégénère vite avec toi, ai-je signalé en posant ma tasse.

– T'es totalement binaire. Tu veux toujours que le gars chope la fille.

– C'est faux. Parfois, je veux que la fille chope le gars.

Elle a ri en me balançant un coup de poing dans le bras.

– Tu me manques. J'ai l'impression que je ne t'ai pas vue depuis une éternité.

– On se voit tous les jours au lycée.

– Oui, mais on ne fait plus rien ensemble. Tu es… absente, ces derniers temps.

– Je suis pile devant toi. Et on va regarder un film de quatre heures sur l'ennui. L'éclate, quoi !

– Tu dormiras d'ici vingt minutes, s'est-elle plainte.

– Tu n'as qu'à arrêter de choisir des films où il ne se passe rien pendant trois heures et demie et où ils meurent tous dans les dix dernières minutes.

– S'te plaît s'te plaît,viens à Battle avec nous demain. On a envie de te voir pour de vrai.

– Je sais pas. Moi aussi, ça me manque, mais j'adore la boxe, et j'ai le sentiment qu'il faut que je m'y investisse sérieusement.

– C'est bien ce que je pensais. La semaine dernière, je m'ennuyais tellement que j'ai carrément envoyé un message à Magnet. J'ai envoyé un message *à mon mec*, Fleur.

– N'essaie pas de me culpabiliser.

– Allez... a-t-elle insisté. Ça ne te fera pas de mal de rater un samedi, si ?

– La semaine prochaine. Juré, je viendrai.

Parce que oui, j'adorais traîner à Battle, et passer du temps avec Pip et Blossom.

Mais j'aimais encore plus boxer.

Mes parents avaient trouvé un nouveau sujet de dispute. Ouaaais ! Ça faisait des années que ma mère soûlait mon père pour qu'il remplace notre vieux portail tout pourri et il avait fini par en acheter un neuf. Sauf qu'ils n'arrivaient pas à se mettre d'accord sur le sens du montage.

– Tu sais bien que ça m'horripile que le vieux s'ouvre vers l'extérieur. Un portail, ça s'ouvre vers l'intérieur, tout le monde sait ça.

– Dans ce sens-là, ça flinguerait le camélia, a objecté mon père.

– Eh bien, bouge le camélia.

– Je ne peux pas, il a trouvé sa place.

– Donc, tu préfères que le portail s'ouvre vers la route quitte à ce qu'il s'ouvre tout seul et qu'il soit percuté par une voiture ?

– Ce n'est jamais arrivé avec le vieux. On voit passer trois voitures par mois dans cette rue. On parle de Badger Lane, pas d'une autoroute.

– N'empêche que c'est dangereux.

Bref, mon père a refusé de céder et le débat se poursuit, de plus en plus tendu.

Du coup, ça a été une délivrance de pouvoir m'enfuir le samedi. J'avais décidé de me rendre au club en courant. Je m'étais dit que j'allais me faire un petit running tranquille en descendant la colline en douceur, au milieu des chants d'oiseaux, et, pourquoi pas, des petits signes amicaux des beaux gosses des fermes du coin. Bon, ça ne s'est pas passé tout à fait comme prévu. Le temps d'atteindre l'église, j'étais épuisée. M. Palmer, le voisin, m'a bien fait un signe de tête quand je suis passée devant lui en haletant, les poumons en feu et les jambes en compote. Je n'ai pas entendu un seul chant d'oiseau, juste vu deux corbeaux s'attaquer à une carcasse de renard au milieu de la route. C'était mieux que rien. Il n'y avait pas non plus de beaux gosses des fermes du coin, juste une bande d'ados qui rentraient de boîte entassés dans une Nissan Micra. L'un d'eux m'a fait sursauter en passant la tête par la vitre pour m'aboyer un truc que je n'ai pas compris.

Par ailleurs, j'ai réalisé à mi-chemin que j'avais oublié de prendre ma gourde. « Hydratez-vous ! » a lancé la voix de Ricky dans ma tête.

J'ai quand même réussi à gagner le club sans encombre. Heureusement, il y avait une longue file de voitures au feu de la bretelle de contournement, ce qui m'a permis de calmer mon rythme cardiaque. Mais j'étais bien crevée en arrivant. Après m'avoir regardée ramer pendant l'échauffement, Ricky est venu me voir quand on s'est arrêtés pour boire.

– Qu'est-ce qui t'arrive ?

– Je suis venue en courant. Pour me muscler les jambes.

– Tu as fait d'autres exercices pendant la semaine ?

J'ai secoué la tête en buvant une grande gorgée d'eau.

– Tu vois les gars, là ? Ils viennent deux fois par semaine. Ils sont là tous les mercredis soir. Même Simon, qui doit venir au pas de course après son rendez-vous avec son agent de probation à Hastings. Mais il fait l'effort parce qu'il sait que c'est important. Une fois par semaine, ça ne suffit pas, tu comprends ?

– Je ne peux pas venir le mercredi, ai-je répondu. C'est ma soirée Date.

Et ça le resterait sans doute jusqu'au dernier souffle de George.

– Bon. Mais tu ne pourrais pas faire quelque chose un autre soir ? Le mardi ? Essaie de faire un peu de cardio, un truc qui renforce ton endurance.

– Je vais essayer, l'ai-je assuré en songeant à toutes les révisions qu'il me restait à faire, et en me demandant quand je trouverais le temps de voir Pip et Blossom.

Ricky a fait mine de s'éloigner avant de revenir.

– Ah, et tu as pris un petit-déjeuner ?

– Oui.

– Qu'est-ce que tu as mangé ?

J'ai essayé de me souvenir.

– Du pain grillé, du thé et une banane.

– Ce n'est pas assez. Tu mets quoi dans ta voiture quand le réservoir est vide ?

– Je n'ai pas de voiture.

– La bonne réponse, c'était : « de l'essence », a-t-il répliqué patiemment. Si tu veux boxer, tu dois avoir de l'énergie dans le ventre et des muscles sur les os.

– Qu'est-ce qu'il faut manger, alors ?

– Il te faut des protéines. Des calories.

– Genre un milk-shake protéiné au lactosérum ? ai-je demandé en pensant aux magazines santé de ma mère. Des baies de goji ? Du poulet sans peau avec du riz brun ?

Il m'a regardée comme si j'étais tombée sur la tête.

– Les œufs au bacon, ça te dit quelque chose ? C'est pas sorcier, Fleur. Mange, prends un peu de masse.

Soirée Date

Notre soirée Date de cette semaine-là avait lieu dans un resto hipster éphémère près d'Hastings, à côté de l'abattoir. Je ne voyais pas trop à quoi pouvait ressembler la cuisine hipster, mais il s'est avéré que c'était juste des plats normaux auxquels on avait donné des noms prétentieux. Cela dit, le cuisinier avait un gros faible pour le bacon. Gratin de macaronis au bacon, pain de viande enveloppé de bacon avec pickles maison, burgers au bœuf saignant maturé vingt-quatre heures, au bacon. Pain au levain à la confiture de bacon. Et pas n'importe quel bacon, non plus. Celui-là était enrobé de sirop d'érable, fumé au noyer et tranché à la main. En provenance de porcs élevés en plein air, massés et nourris à la main, à qui on faisait écouter Belle and Sebastian tous les jours sur un gramophone à manivelle. Enfin, il y avait des beignets au bacon et au sirop d'érable en dessert, bien entendu.

Il semblait aussi y avoir beaucoup d'abats et de charcuterie : lard de Colonnata, jambon cru italien, os à moelle grillé, haggis et ris de veau. La plupart des plats étaient servis avec une espèce d'écume d'une sorte ou d'une autre. Rien que la lecture du menu m'a donné un peu mal au cœur. George prenait tout ça très au sérieux, bien sûr. On a vu arriver un serveur arborant une barbe splendide. George a commandé un Coca pour moi et une bière Past Blue Ribbon, celle que boivent visiblement tous les hipsters.

– Je ne suis pas sûre que la mode des hipsters dure très longtemps, ai-je observé. À ce rythme, ils auront tous succombé à une maladie cardiovasculaire d'ici quatre ou cinq ans.

– Oh, allez, où est passé ton sens de l'aventure ?

– Manger des beignets de jambon cru fumé au bois de noyer, ça n'a rien d'aventureux. C'est cancérigène, c'est tout.

– Il faut savoir tenter des choses différentes de temps en temps, m'a dit George alors que le barbu revenait nous proposer de consulter le menu des pains.

– Vous pouvez nous dire ce que vous avez ? ai-je demandé.

– Nous avons du pain au levain, de la boule au petit épeautre, du pain à la roquette cuit sur la pierre, de la tresse aux graines de pavot, de la brioche au feu de bois et de l'artisanal doré à l'œuf.

– Pas de pain au bacon ?

– Euhh, non.

– Ça ne fait rien, laissez tomber. Une miche à la rate, peut-être ?

– Désolé, je ne connais pas.

– Ça marche à fond à San Francisco. Mais c'est pas grave. On prendra de la baguette.

George a commandé la truite à l'écume de bacon, et moi la poitrine de porc à la polenta.

– Ce n'est pas léger-léger, la poitrine de porc, a commenté George.

– Je meurs de faim. Je fais beaucoup de sport en ce moment.

– Tu devrais peut-être en faire un peu moins.

Je l'ai regardé en clignant des paupières. Quelqu'un avait-il déjà donné un conseil pareil, auparavant ?

– Je veux dire que tu n'en as pas besoin. Tu as une super silhouette, ce serait dommage de te retrouver avec... des muscles partout.

– Tu as parlé avec ma mère, toi, non ?

– C'est génial de vouloir garder la forme, a-t-il repris. Mais il ne faut pas non plus en faire trop. Il y avait un gars en première année qui était devenu obsédé par la forme physique. Il en faisait toujours plus. Eh bien ça a mal fini.

– Qu'est-ce qui s'est passé ?

– Il est en prison pour détention de drogue.

– Ah, tu vois ? ai-je dit triomphalement. J'étais sûre que vous étiez tous camés jusqu'aux yeux à l'Académie navale.

Il a secoué la tête.

– OK. Pour commencer, c'est faux, ça ne se passe pas du tout comme ça. Ensuite, ce que ce gars a pris, c'étaient des stéroïdes. Tu sais ? Des trucs pour le bodybuilding.

– Hmm, ai-je fait d'un ton sceptique.

– De toute façon, tu vas bientôt pouvoir constater par toi-même à quoi ressemblent mes amis de l'Académie. Je voudrais t'inviter au bal du mess cette année.

– Au bal de l'Académie ? ai-je demandé avec un frisson d'excitation.

– Oui ! Il faudra que tu mettes une robe longue. Ça ne t'ennuie pas ?

– Non, non, bien sûr. Et je rentrerais comment après ? Ou... je resterais sur place ?

– On s'arrangera, m'a répondu George en rougissant légèrement. Pour l'instant, note la date dans ton agenda : le 19 juillet.

– En parlant de date, je me demandais si on ne pouvait pas basculer la soirée Date au mardi. Ou au jeudi. C'est juste qu'il y a un cours de boxe le mercredi et que j'aimerais bien y aller aussi.

Il m'a regardée d'un air à la fois incrédule et choqué, comme si je venais de suggérer qu'on massacre une hyène et qu'on mange son cœur encore palpitant avec de la confiture de bacon.

– Changer le jour de notre soirée Date ? a-t-il dit à mi-voix. Je croyais que ça te plaisait, moi.

– J'adore nos soirées Date. Même celle-ci. Je propose juste qu'on la déplace à un autre soir. Pourquoi pas le vendredi, ou le samedi ? Comme ça, tu n'aurais pas besoin de repartir à Hove ensuite…

C'est le moment qu'a choisi le serveur pour apporter nos plats. La pointe de sa barbe frôlait dangereusement ma poitrine de porc.

– Je vais y réfléchir, m'a répondu George d'un air malheureux.

Je n'avais pas voulu lui faire de la peine. Je ne voyais pas ce que ça changeait pour lui. Mais visiblement, il déteste qu'on touche aux traditions et au confort de ses petites habitudes. J'ai planté ma fourchette dans un pickle rouge.

– Rappelle-toi, George : il faut savoir tenter des choses différentes de temps en temps.

J'ai porté le pickle à ma bouche et j'ai commencé à mâcher sous son regard pensif.

Puis je l'ai recraché.

– Pouah ! C'est dégueu, ce truc !

Les filles ne savent pas cogner

En attendant que George ait réfléchi à la question primordiale de savoir si oui ou non on pouvait déplacer notre soirée Date hebdomadaire, j'ai décidé qu'il était temps de me prendre en main et de faire un peu d'exercice, ne serait-ce que pour brûler les calories de cette polenta. Ricky avait raison : une fois par semaine, ça ne suffisait pas. Ça ne servait à rien d'aller à un cours de boxe si je n'avais plus l'énergie de taper dans un sac après l'échauffement. Après ma première expérience de running pour aller au cours, je n'étais pas très motivée pour recommencer. J'ai préféré me lancer dans quelque chose qui changeait un peu.

– Papa, ai-je demandé à mon père le jeudi à son retour du travail, on peut aller faire quelques tours de roue ?

– Oh, Fleur, je n'ai vraiment pas envie de reprendre la voiture.

– Non, non, pas en voiture. À vélo. On peut faire un tour à vélo ensemble ?

Il m'a regardée comme si je venais de lui proposer d'avoir un lave-vaisselle rien que pour lui.

– Oui, m'a-t-il répondu en hochant la tête avec un grand sourire, comme une marionnette.

Il est rentré en coup de vent dans la maison et en est ressorti radieux avec son maillot de cycliste et ses lunettes de soleil.

On dirait Adam Driver, avec ces lunettes ! me suis-je exclamée.

Son visage s'est illuminé.

– Merci.

– Non, attends : Jeff Goldblum, plutôt.

– Oh.

On est allés dans le garage, mon père courant presque au cas où je me raviserais. Un quart d'heure plus tard, on était sur la route. Je n'avais peut-être pas l'air aussi pro que lui, haletant et soufflant en arrière en essayant de tenir le rythme, dans mon maillot en lycra qui pochait devant et qui me collait dans le dos. Mais on était de sortie tous les deux sur nos vélos. Le père et la fille ensemble, ou presque. Et moquez-vous si vous voulez mais ça a été un moment précieux pour moi. On n'est pas allés loin, ce premier soir. Et on n'a pas beaucoup parlé. J'étais trop essoufflée et aussi, la plupart du temps, cinq cents mètres derrière lui. Mais je crois qu'il était content que je sois là. Et je n'ai peut-être pas totalement détesté ça non plus.

– Regarde ce coup de poing, ai-je dit à Pip en lui montrant mon portable.

Les yeux plissés, il a regardé Nicola Adams asséner un coup de poing sur la tempe de Michaela Walsh. On était à la bibli avec le reste de la classe, soi-disant pour réviser, mais presque tout le monde regardait YouTube – à part Blossom qui prenait des notes en marge d'un livre de Naomi Klein. Les jambes de Michaela

Walsh se sont dérobées sur le minuscule écran et elle a réussi de justesse à rester debout. Adams en a profité pour remonter à l'assaut en sautillant comme une danseuse. Elle a placé deux autres coups de poing avant que la cloche sonne la fin du round.

– C'est dingue. Regarde cette puissance.

Blossom a fait mine de ne pas s'intéresser, mais j'étais prête à parier que l'idée d'une boxeuse accomplissant des exploits dans notre société patriarcale devait quand même sérieusement faire écho à ses convictions personnelles. Elle était assise dans une position qui ne semblait pas du tout confortable, à genoux, les fesses sur les talons. On ne la voit jamais sur une chaise, Blossom. Elle s'assoit dans la position du lotus, ou à la japonaise, ou avec une cheville enroulée autour du cou ou autre position d'harmonie karmique de même catégorie.

– Elle n'a pas une tête de boxeuse, a remarqué Pip. Je l'ai vue dans un talk-show. On s'imagine toujours les boxeurs comme des gens qui ne sourient pas et qui cognent dans des steaks saignants, mais en fait elle a l'air super sympa.

– Elle l'est ! ai-je confirmé. J'ai vu une interview d'elle. Elle était très souriante et je ne l'ai pas vue cogner dans des steaks saignants. Elle a eu la médaille d'or aux Jeux olympiques de 2012.

Blossom a levé le nez.

– Ah bon ? Il y a de la boxe féminine aux Jeux olympiques ?

– Allez, Dory, un petit effort de mémoire. Il y a trois catégories : poids mouches, poids légers et poids moyens. Mais il y en a bien plus en boxe amateur. Tarik pense que je devrais essayer de passer poids moyen, mais ça voudrait dire prendre sept kilos. Ça fait beaucoup de noix de cajou.

Je m'étais pesée au club le samedi précédent, et Tarik m'avait dit que j'étais poids léger.

– Attends, m'a dit Blossom en fermant les yeux pour tâcher de traiter l'information. T'es en train de me dire qu'un mec t'a demandé de prendre du poids sans te faire un enfant?

– Blossom!

Je me suis sentie rougir tandis qu'une image impliquant Tarik surgissait par surprise dans ma tête. Je me suis hâtée de la chasser, même si ce n'était pas si désagréable que ça.

– C'est super branché, la boxe féminine, ai-je repris. Il y a des clubs dans tout le pays, qui regroupent des milliers de membres.

– C'est vrai?

– Mais oui! Bon, la plupart ne combattent pas. Elles y vont pour l'échauffement, la mise en forme.

Blossom a haussé les sourcils d'un air amusé.

– Ah oui, le cours réservé aux femmes.

– Oui. Mais il y en a qui combattent.

Elle m'a pris mon portable pour y jeter un coup d'œil.

– C'est elle, Nicola Adams?

– Oui.

– Mais elle est noire!

– Ben oui.

– Mais c'est... c'est dingue! Un femme, et noire en prime, qui accomplit tout ça?

J'ai failli l'informer que Nicola Adams était également lesbienne, avant de me dire qu'elle risquait de ne pas s'en remettre. J'ai monté le volume et on a regardé l'interview d'après-match.

– C'est dingue, a soufflé Blossom. Tellement intersectionnel!

– Ouais, ça fait beaucoup d'obstacles à surmonter. Elle est noire, c'est une femme et elle... elle vient du Yorkshire.

– Elle fait quoi dans la vie?

– Elle vient de passer pro. On en a quelques-unes.

– Combien ?

– Hmm, quatre.

– Et combien chez les hommes ?

– Cent trente-six, ai-je admis à contrecœur.

Blossom a hoché la tête, comme si elle était satisfaite de découvrir une preuve supplémentaire du système patriarcal.

– Cent trente-six d'un côté et quatre de l'autre. Classique, a-t-elle commenté.

– Bah, va savoir, ai-je déclaré, plus sûre de moi que je ne l'avais été depuis longtemps. Je pourrais peut-être amener l'équilibre à cent trente-six contre cinq.

DEUXIÈME PARTIE

DANS LES CORDES

Nouveau programme

Les semaines suivantes, j'ai mis en place mon nouveau programme et le temps a passé très vite. Le dimanche, bien sûr, c'était déjeuner familial avec dispute entre mes parents, et parfois entre George et Blossom. J'essayais de ne pas m'en mêler en me concentrant exclusivement sur le repas. Ayant de plus en plus d'appétit, j'enfournais deux ou trois assiettes de poulet, purée, carottes, petits pois et maïs avec sauce tandis que Blossom agitait sa fourchette en direction de George en lui expliquant pourquoi l'armée devrait être supprimée et le budget transféré sur les parcs éoliens.

Pendant ces repas, j'avais remarqué que George me jetait des petits coups d'œil clairement stupéfié par la quantité de nourriture que j'ingurgitais. Mais les muscles brûlent beaucoup de calories. Ça demande du carburant dans l'estomac, bla bla bla. Et je me sentais en pleine forme.

Le lundi et le mardi, je rentrais directement chez moi pour réviser. Le mercredi, c'était soirée Date, bien sûr, du moins pour le moment, le plus souvent dans un resto un peu décevant où je devais me charger de mettre l'ambiance. Le jeudi, je sortais faire du vélo avec mon père. Les journées rallongeaient, et on ne rentrait souvent que vers 21 h 30 en allant chaque semaine un peu plus loin. C'est étonnant la rapidité avec laquelle on s'améliore à vélo. Les deux premières fois, j'arrivais à peine à grimper en haut de Badger Hill, mais au bout d'un mois, je montais avec le dérailleur réglé sur grande vitesse. La plupart du temps, je parvenais même à tenir le rythme de mon père. Dans les descentes, il était avantagé par son poids qui l'entraînait, mais je le rattrapais dans les montées. Et sur terrain plat, il avait généralement une avance de quatre mètres, ce qui me poussait à accélérer. Je n'ai pas le souvenir qu'on parlait beaucoup. Les rares fois où il s'arrêtait pour boire ou grignoter un truc, j'étais trop essoufflée et je me contentais de siphonner ma gourde.

Quand il a compris que je prenais l'affaire au sérieux, il m'a emmenée au magasin de vélos. Je n'y étais jamais entrée. Ce que j'y ai découvert m'a ahurie.

– Il coûte *combien*, celui-là ? ai-je demandé en désignant un vélo presque identique au mien, mais 6 000 livres plus cher.

– Il est en fibre de carbone, m'a expliqué mon père en haussant les épaules sans paraître au courant que ça dépassait le revenu annuel de certaines personnes.

– Il coûte *combien*, ce casque ?

Celui que je lui montrais ne paraissait pas différent des autres casques exposés, si ce n'est que l'étiquette affichait 799 livres.

– Il vient d'Italie.

– Les pâtes aussi, et elle ne coûtent jamais ce prix-là, même dans les épiceries de luxe.

Il m'a acheté un maillot en lycra et un blouson waterproof.

– De toute façon, je ne ferai pas de vélo sous la pluie, l'ai-je averti.

Mais j'étais contente pour le maillot. Il pourrait me servir à la boxe. Il m'a aussi acheté des lunettes spéciales dont je dois avouer qu'elles sont assez cool. Là encore, j'ai levé un sourcil en découvrant le prix. Elles n'étaient pas aussi chères que le casque, mais quand même. Une chose est sûre : la boxe revient bien moins cher que le cyclisme.

Et on n'en est pas restés là. On a aussi acheté une gourde ornée du logo SKY, et un porte-bidon métallique, et puis un kit de réparation de pneu hors de prix, des tablettes pour boisson énergisante, et un sachet de barres protéinées ruineuses du genre qu'un champion olympique ferait semblant de manger dans une pub avant de filer au McDo. Et mon père m'a aussi pris un tube de crème.

– C'est pour quoi faire ?

– Tu sais, quand tu restes longtemps sur un vélo… au bout d'un moment, il y a des endroits qui frottent.

– Tu parles du dérailleur ?

– Pas des endroits du vélo, a-t-il rectifié en détournant les yeux. Sur la peau. Des irritations.

– Quoi, derrière les genoux ?

– Euh… ça peut arriver, oui.

J'ai fini par capter.

– Oh, tu veux dire…

Mon père a hoché la tête, rouge comme une tomate.

– Tu en mets, toi ?

– Oui, clairement dans des… zones un peu différentes. Et tu pourrais trouver ça utile pour certaines de ces… zones.

J'ai regardé mon père et attendu qu'il m'accorde toute son attention pour déclarer :

– Je te remercie, je vais suivre ton conseil. Mais mettons-nous d'accord pour ne plus jamais avoir cette conversation ni aucune autre du même acabit.

– Ça marche.

Il a paru visiblement soulagé à l'idée d'avoir rempli ses devoirs parentaux au moins jusqu'à mon mariage, jour où il n'aurait qu'à me conduire à l'autel, ce dont il pourrait espérer s'acquitter parfaitement et sans aucun sentiment de gêne. Ensuite, il m'a acheté des pédales spéciales munies de cale-pieds en affirmant que ça améliorerait mes performances.

– Explique-moi : pourquoi dépenser autant d'argent pour que ce soit plus facile ? lui ai-je demandé. Si c'est ça, l'objectif, autant rouler en voiture.

Sans me répondre, il a pris dans le rayon une paire de chaussures spéciales pour cale-pieds.

– Elles coûtent *combien*, ces chaussures ?

Le vendredi soir, c'était ciné-club avec Blossom. Depuis que je zappais nos visites hebdomadaires à Battle, je ne voyais plus beaucoup Pip. D'après Blossom, il n'y allait plus beaucoup non plus et disparaissait le week-end sous des prétextes assez flous. À la longue, elle commençait à se demander ce qu'il fabriquait. Je les ai invités à venir tous les deux un vendredi pour ~~réviser~~ mater des films, mais Blossom a dû se désister au dernier moment à cause d'une crise avec Magnet et ses potes trotskistes et on s'est retrouvés tout seuls, juste Pip et moi.

J'avais découvert qu'il y avait beaucoup de films sur la boxe sur Netflix et on a fini par se faire un marathon. On a regardé *Rocky II*, puis *Million Dollar Baby*, *Raging Bull* et *When We Were Kings*, un documentaire sur le combat historique entre Mohamed

Ali et George Foreman à Kinshasa en 1974. Les chaussures de boxe d'Ali étaient trop classe.

Ces films ont tous un point commun : à un moment ou à un autre, chaque protagoniste se retrouve dans les cordes. En difficulté. Mais alors que tout se ligue contre lui, il remonte brusquement et triomphe contre toute attente. Enfin, dans tous sauf *Million Dollar Baby*. Arrivé au sommet de la gloire, le personnage joué par Hilary Swank se brise le cou et meurt. C'est le seul film sur une boxeuse et elle meurt.

Pendant que le générique défilait, j'ai regardé Pip, qui restait super silencieux. Je croyais qu'il s'était endormi, mais il était totalement éveillé, et il pleurait.

– Oh, Pip.

Je me suis penchée pour lui faire un câlin.

– Désolé, Fleur. Je ne sais pas trop pourquoi je pleure comme ça, mais je suis un peu déprimé en ce moment. Les répétitions de la reconstitution à Battle ne se passent pas très bien. J'essaie de tenir bon, mais dès que je vois les autres charger, c'est plus fort que moi, je flippe et je me retrouve dans le petit bois, avec des gens qui m'appellent en me disant qu'il n'y a rien à craindre.

– Tu veux que je vienne demain ?

– Tu as boxe.

– Je peux rater. Je m'installerai une hutte et je te regarderai découper les Normands en morceaux.

Il a hoché la tête en souriant.

– Ce serait cool.

Pauvre Pip. C'est dur de se sortir des cordes une fois qu'on est tombé dedans. Sans doute que dans la vraie vie, on ne vainc pas l'adversité aussi facilement qu'au cinéma, même en se battant comme un lion.

Bataille à Battle

Le lendemain, fidèle à la promesse faite à Pip, je suis allée à Battle. Soyons honnête, j'étais un peu déçue de ne pas aller à la boxe. Surtout quand je me suis retrouvée dans la masure avec Blossom et Pip à me tourner les pouces en attendant que les opérations commencent.

– Fleur, tu peux surveiller mon épée et mon bouclier pendant que je vais aux toilettes ? m'a demandé Pip. J'en aurai peut-être pour un moment. C'est l'appréhension.

– OK.

– Ne le dis pas à Garnet, a-t-il ajouté nerveusement. Normalement, on ne doit pas laisser les civils toucher à nos armes. Mais elles sont trop lourdes pour que je les trimballe jusqu'aux toilettes mobiles.

Blossom a essayé de soulever le bouclier.

– Ouch ! C'est vrai que c'est lourd. T'es plus costaud qu'on le croirait, en fait, Pip.

Il est parti, nous laissant seules dans la masure. Il bruinait depuis le matin et il n'y avait pas foule. Blossom avait fait deux circuits des fantômes sans éclat et j'avais encore sculpté une cuillère-zizi. Un bref rayon de soleil a balayé la scène, mais un nouveau nuage noir a aussitôt fait son apparition et la pluie a recommencé à s'abattre sur le terrain boueux. La masure n'était pas totalement étanche et je me suis félicitée de porter une cornette. J'ai frissonné.

– Alors, m'a dit Blossom, c'est pas mieux que la boxe ?

– Hmm.

Je me suis demandé quel exercice ils étaient en train de faire au club, et combien j'allais le payer le samedi suivant. On perd vraiment quand on rate une séance, et Ricky nous en demande toujours plus la fois d'après pour nous punir. J'ai entendu des pas rapides approcher ; peut-être quelqu'un qui cherchait à s'abriter de la pluie. Deux silhouettes ont surgi sur le seuil.

– Bien le bonjour, mes seigneurs… Ah, merde, encore vous, a dit Blossom.

Les nouveaux venus ont plissé les yeux dans la pénombre avant d'exploser de rire. C'était les hoministes, qui d'autre ? Ryan a sorti son portable pour nous prendre en photo et je lui ai fait un doigt.

– Je me souviens pas d'avoir vu quelqu'un faire ça sur la tapisserie de Bayeux[1], a-t-il observé.

– Vous êtes… *ravissantes*, jeunes damoiselles, a ajouté William. Aaah, j'y crois pas.

– Vous pourriez pas aller voir ailleurs ? a soupiré Blossom.

– Et voilà, qu'est-ce qu'on disait ? Les gars sont dehors à se battre pour l'avenir du pays, et vous, vous êtes là à faire la cuisine

1. La tapisserie de Bayeux retrace la bataille d'Hastings et célèbre la victoire des Normands.

et le ménage et… de la sculpture… a dit William en regardant la cuillère.

Il jubilait.

– On pourrait tout à fait se battre aussi, a rétorqué Blossom. Pas vrai, Fleur ?

– Ouais. On pourrait même dégommer plein de Normands.

– Ah ouais, et avec quoi ? a demandé Ryan. En leur balançant une marmite à la figure ?

– Et qu'est-ce que tu dis de ça ? a demandé Blossom en ramassant l'épée de Pip.

Elle l'a brandie en l'air et s'est mise à frapper le toit de chaume en faisant dégringoler une pluie de poussière et d'araignées. J'ai deviné qu'elle avait du mal à la porter, mais entre sa détermination et ses muscles habitués à tenir des pancartes aux manifs, elle donnait bien le change.

Les hominstes ont reculé d'un pas.

– Hé, fais gaffe, a dit William. Elle a l'air super coupante, ta lame.

– Allez, Fleur ! m'a lancé Blossom en me désignant le bouclier d'un coup de menton. Repoussons les envahisseurs !

J'ai obéi en haussant les épaules. Il pesait son poids, ce bouclier, vraiment. Mais les heures passées au club de boxe avaient porté leurs fruits. Je me suis campée à côté de Blossom, sans épée mais avec mon zizi en bois, et je l'ai projeté sur les hominstes, de plus en plus nerveux.

– On devrait marcher sur eux, m'a suggéré Blossom.

– C'est tout juste si Fleur arrive à soulever ce truc, a remarqué William. Alors marcher avec…

– Ce n'est pas la première fois qu'une femme est sous-estimée, a repris Blossom en plissant les yeux. Je pense à une femme humble dont les gens se moquaient parce qu'elle fuyait les paillettes. Une femme qui n'a pas eu peur de dire les choses même si elle savait que ça lui coûterait des millions de votes et la victoire finale.

– Elle parle de Kim Kardashian, ai-je précisé.

– Je parle d'Hilary Clinton.

– Ha! Hilary Clinton est une grosse loseuse, a rétorqué Ryan avec mépris.

Soudain, une vague de colère m'a submergée. J'ai brandi le bouclier, dont le poids faisait brûler les muscles de mon épaule, et j'ai crié:

– C'EST TOI, LE LOSEUR!

Et j'ai bondi en avant en brandissant le zizi. Blossom s'est avancée à son tour d'un pas vacillant en agitant son épée. Les yeux écarquillés, nos ennemis ont tourné les talons. Et on a jailli de la masure sous la pluie à la poursuite des hoministes. Surpris, quelques touristes se sont arrêtés pour nous regarder charger. La plupart ont souri en croyant que ça faisait partie du spectacle.

Or, on n'aurait pas pu être plus sérieuses. On les a pourchassés jusqu'à la boutique de souvenirs, dans laquelle ils se sont réfugiés sans demander leur reste. Blossom et moi nous sommes prudemment arrêtées devant pour ne pas nous attirer des ennuis. On a beau disposer de beaucoup de liberté à Battle, la Commission du patrimoine risquait de ne pas approuver qu'on agresse les visiteurs avec des godemichés en bois.

– Et merde, a sifflé Blossom entre ses dents. Voilà Garnet!

En me retournant, je l'ai vu qui descendait les marches du salon de thé. Il ne nous avait pas vues.

– Vite! Par ici! me suis-je exclamée en poussant Blossom vers une rangée de toilettes mobiles.

Deux cabines étaient occupées mais celle du milieu était libre. On a réussi à s'y glisser laborieusement avec nos armes et on n'en est ressorties qu'une fois le danger écarté.

Puis, encore ivres de notre triomphe sur l'armée des envahisseurs hominístes, on a regardé Pip prendre part à son deuxième combat. On l'a vu peiner à traîner son épée et son bouclier jusqu'à son poste. De nouveau, les Normands ont chargé vers le haut de la colline. De nouveau, Pip a poussé un cri de terreur et a foncé jusqu'au bosquet, qu'on avait fini par baptiser le bois de Pip.

Plus tard, on lui a témoigné notre sympathie en regagnant le parking.

– C'est pas grave, ai-je dit. Je te parie que des tas d'autres soldats se sont enfuis aussi.

– Pas du tout, a-t-il répliqué. C'est justement le truc avec le mur de boucliers des Saxons. Il a tenu bon. Personne n'a pris la fuite. Je crois que je n'ai pas l'étoffe d'un Saxon.

– Ce n'est pas une vraie bataille, Pip, lui a rappelé Blossom alors qu'on arrivait à la voiture. Tu es au courant que tu ne risques pas de te faire fendre le crâne ?

La pluie avait presque cessé mais tombait encore par instants.

– Je n'y peux rien, je ne me sens pas dans mon élément, a repris Pip sombrement en se pliant pour entrer dans la voiture. Ce n'est pas ma place, quoi.

Du coup, on est allés chez Chickos pour lui remonter le moral et il m'a fait tellement rire avec son imitation de Garnet que j'ai recraché du Coca par le nez. J'aimais bien mes dîners avec George, ils me faisaient me sentir adulte. Mais ça faisait du bien aussi de sortir avec des gens de mon âge, de me détendre, de rigoler, de crier et de faire des blagues débiles.

Fleur Waters perd les eaux

– Hé, Killeuse, t'es enceinte ou quoi ? a braillé Simon à travers la salle alors que je récupérais, le souffle court, après environ trois cents burpees.

– Hein ? Mais non !

– Pourtant, on dirait que t'as perdu les eaux.

En baissant les yeux, j'ai effectivement découvert une mare d'eau à mes pieds. Tout le monde s'est marré.

– C'est quoi, ton excuse, à toi ? ai-je riposté en désignant sa mare à lui. Un petit problème de prostate ?

Les autres ont ri de nouveau et il m'a fait un clin d'œil.

– Bon, on n'est pas en cours de biologie, a gueulé Ricky au moment de la sonnerie. Fentes alternées, deux minutes, go !

J'en bavais encore à mort à l'entraînement, à en avoir régulièrement la nausée. Comme le répétait Ricky, « ça ne devient pas plus facile avec le temps. On arrive juste à aller plus loin ». Mais après chaque séance, je me sentais euphorique. J'étais de plus en plus en forme, pour boxer, pour faire du vélo, pour courir ; et je voyais mon corps changer. Les muscles de mes bras et de mes épaules s'étaient dessinés. J'avais le ventre plat et on commençait à y distinguer un début de tablette de chocolat grâce aux exercices. (« Ça s'appelle un abdomen, pas un grabdomen ! ») Mais la plus grosse amélioration était ma puissance de frappe. On faisait beaucoup d'exercices par deux où il fallait frapper les pattes d'ours de l'autre à reculons jusqu'au mur, et continuer en repartant dans l'autre sens.

Mon binôme était généralement Dan le Sympa, ou Joe, parce qu'ils étaient les deux plus petits, et à mesure que le temps passait, j'avais droit à de plus en plus de commentaires comme « Belle puissance », « Joli », « Ouch », etc. La clé était de pousser le coup en roulant et d'y mettre tout son poids.

En revanche, j'avais toujours un problème avec ma garde. Je pouvais cogner fort, surtout avec l'extérieur de la main droite, mais j'abaissais toujours le poing gauche en même temps. Ce n'était pas du tout spontané pour moi de le maintenir juste devant mon visage. Et, à chaque fois, mon partenaire me frappait la tempe gauche pour me signaler mon erreur. Ça me rendait dingue, je passais des heures chez moi devant le miroir à essayer de me corriger, à essayer de donner des automatismes à mes muscles.

Quand il avait le temps, Ricky m'apprenait des exercices pour m'aider.

– C'est une question de jeu de jambes, m'a-t-il expliqué plus d'une fois. Quand tu auras trouvé la bonne position pour tes pieds, tout le reste suivra.

– Même ma garde ?

– Même ta garde. C'est dommage que tu ne puisses pas venir le mercredi. J'aurais plus de temps à te consacrer. C'est le soir qu'il y a le moins de monde.

– Où il y a, ai-je rectifié mécaniquement.

– Ah ouais ? Ben je te conseille de me faire moins la leçon et plus de pompes. Exécution.

Je me suis mise en position en soupirant. Quand est-ce que j'apprendrais à la boucler ? Mais c'était cool de pouvoir faire ma maligne. Je me sentais à l'aise, maintenant. Je faisais partie de l'équipe. Tout le monde s'était habitué à ma présence. Joe, qui n'était pas le plus vif, avait l'air de me prendre pour un croisement entre une star du stand-up et une spécialiste du courrier du cœur, et me demandait conseil sur une quantité astronomique de sujets, allant des moyens de supprimer des applis de son portable à ce qu'il faut dire à une fille lors d'un premier rencard. Ce qui me plaisait par-dessus tout, c'était que le surnom que m'avait donné Joe semblait avoir été adopté. Ils m'appelaient tous Killeuse. C'était sûrement de l'ironie, mais j'aimais bien.

Je m'exerçais aussi avec Alex, le troisième coach, qui communiquait principalement par le biais de ses sourcils. Il levait le droit quand c'était le moment de frapper dans les pattes d'ours et le gauche quand il fallait arrêter. Après une bonne frappe, il levait les deux. Tarik m'aidait bien, il avait toujours un mot d'encouragement ou un conseil à m'offrir. Il me disait que je devais manger plus, et un samedi il m'a apporté un gros tube de protéines de lactosérum.

– On sait comment parler aux filles, en Syrie, ai-je commenté.

– Mets-en dans un milk-shake. C'est excellent pour les muscles.

J'ai rapporté le tube chez moi, où j'ai préparé mon premier shake protéiné, avant de le fixer un moment en me demandant si je comptais vraiment boire ce truc. J'ai avalé une gorgée.

– Pouah ! Super dégueu.

Et je suis allée chercher du miel.

Petite virée entre filles

Juin était arrivé. Période d'examens. Pas les plus importants, juste les épreuves de première, mais rien que l'idée me donnait des sueurs froides. Il fallait que je me concentre. J'ai arrêté les sorties à vélo avec mon père et même les soirées Date, malgré ma passion pour le carpaccio d'artichauts arméniens à la mousse aux airelles rouges. Mais j'ai maintenu les cours de boxe du samedi : j'avais besoin de me défouler et je ne voulais pas perdre le peu de tonicité que j'avais si durement gagnée. En fait, je crois même que ma forme physique m'a aidée à préparer mes exams. D'habitude, je suis épuisée pendant tout le mois qui précède, et pourtant incapable de dormir plus de quelques heures. Or, cette fois, je me sentais beaucoup plus alerte.

Le premier samedi de juillet, après la boxe, ma mère m'a emmenée à Brighton pour m'acheter une robe pour le bal du mess.

– On va en profiter pour se faire une petite virée entre filles, m'a-t-elle dit. Rien que nous deux.

– Ça m'étonnerait qu'on trouve des robes de bal à Brighton, ai-je objecté.

Mais j'avais tort. Non seulement ils vendaient des robes de bal à Brighton, mais ma mère savait où. Quand les gens veulent s'acheter des vêtements un peu classe, ou originaux, ou vintage à Brighton, ils vont généralement dans le quartier des Lanes, ou dans un grand magasin. Mais ma mère avait son point de vue bien à elle. Elle m'a emmenée dans une rue où il n'y avait que des boutiques atroces pleines de robes atroces. Sans compter qu'elles n'étaient pas données.

– Ça coûte *combien*? ai-je bafouillé en examinant l'étiquette d'une horreur turquoise qu'elle m'avait collée sur les bras. Il y a une pénurie mondiale de tissu ou quoi?

– C'est pour une occasion spéciale, a justifié ma mère en me tendant une montagne de barbe à papa qui s'est révélée être une robe. Alors il te faut quelque chose de spécial.

J'ai regardé l'étiquette de celle-là aussi.

– OK, file-moi le fric. Pour cette somme-là, je trouve une robe spectaculaire et il me restera assez pour m'acheter un casque de vélo italien.

La vendeuse est revenue et ma mère m'a fait tourner sur moi-même pour qu'elles m'examinent. Elles ont pincé les lèvres. J'ai fait pareil. La robe était atroce et j'étais totalement démotivée. J'étais consciente qu'il fallait que je fasse un effort, pour le bal, pour George, pour ma mère. Mais j'avais le sentiment de commettre une imposture: me déguiser de cette façon, ce n'était pas moi.

On y a passé deux heures, pour ressortir les mains vides. Ma mère m'a emmenée déjeuner sur le front de mer, même si je l'avais contrariée en refusant de m'habiller comme un champignon en crinoline. J'ai tenté de lui remonter le moral en choisissant le plat le plus cher du menu.

– Tu ne peux pas prendre le homard, m'a-t-elle informée platement.

– On pourrait partager.

Elle a soupiré.

– Je suis désolée qu'on n'ait rien trouvé, m'man. Et c'est très sympa de m'avoir amenée ici. Mais ce n'est vraiment pas mon style, ce genre de robe.

– J'essaie de te rendre service, Fleur, m'a-t-elle répondu en secouant la tête. Toutes les autres filles porteront des robes superbes et très chères. C'est très bien d'être différente, mais il y a un moment pour tout. Il faut parfois savoir faire comme les autres. C'est ça, devenir adulte.

– Je croyais que devenir adulte, c'était pouvoir faire ses propres choix.

– Si c'était vrai, tu pourrais prendre le homard.

134 à ~~0~~ 1 !

Il s'est passé un truc incroyable, aujourd'hui. J'ai marqué un but. Littéralement. Un vrai but, au hockey. Avant le début du match, comme d'habitude, Hannah est venue me demander de rester en défense.

– Si tu vois arriver la balle, n'essaie pas de dribbler les joueuses de l'autre équipe. Tu nous la passes aussi fort que tu peux et on prend le relais.

Quand elle a dit « on », j'ai bien compris qu'elle voulait dire « les filles qui jouent au hockey pour de vrai ».

Heureusement, Hannah, Georgie et Sophie s'en sortent très bien et je n'avais pas grand-chose d'autre à faire que bavarder avec Emily, la gardienne de but. Elle portait un casque et des protections sur tout le corps, et j'avais un peu l'impression de parler avec le bonhomme Michelin. Je lui ai dit que je boxais et elle m'a demandé si j'allais me battre pour de vrai sur un ring.

– Non, je ne fais même pas de sparring. Je ne suis pas très forte. Il faut avoir une super forme pour boxer correctement.

Je n'avais pas envie de préciser que ma mère me l'avait interdit, mais j'ai été étonnée par le nombre d'excuses qu'on peut trouver pour ne pas monter sur un ring.

– Je me demandais si tu t'étais mise au sport, m'a dit Emily. Tu as l'air plus en forme qu'avant et tu te tiens plus droite.

– C'est vrai ? ai-je demandé en me redressant.

– Ouais, avant, tu étais toujours avachie. Maintenant, on dirait que tu as davantage confiance en toi.

– Merci, ai-je dit avec un grand sourire.

– Hé, fais gaffe. Voilà Destiny.

Ce n'était pas le destin mais bien Destiny Abbot en chair et en os qui déboulait sur nous en poussant la balle délicatement. Que ce soit à cause du compliment inattendu d'Emily, ou un effet de l'énergie et de la discipline fraîchement acquises, toujours est-il qu'un élan m'a poussée à courir vers elle. Normalement, j'aurais attendu sans bouger et plongé pour me mettre à l'abri à la dernière minute, mais, ce jour-là, j'ai décidé de la défier.

Destiny a paru surprise de me voir là. Elle a voulu rectifier sa trajectoire, mais elle a perdu le contrôle en tapant un peu trop fort dans la balle. J'ai avancé ma crosse et, incroyable, j'ai réussi à faire repartir la balle dans l'autre sens. Mais Destiny, incapable de s'arrêter, fondait toujours sur moi. Et ce sont mes pieds qui ont pris le relais, conditionnés par les exercices de Ricky.

Gauche, gauche, devant, à droite.

J'ai fait une embardée pour filer derrière la balle, que j'ai frappée de nouveau avant de chercher à qui faire une passe. J'ai entendu Destiny qui me chargeait par-derrière. Devant, trois autres joueuses en chasuble verte me cernaient. Pas moyen de franchir le barrage. La fille la plus proche s'est mise à courir vers moi. Je me suis préparée à frapper un grand coup et elle s'est arrêtée, prête à bloquer la balle. Mais à la dernière seconde, j'ai donné un tout petit coup pour pousser la balle sur sa droite et je l'ai contournée. Le temps qu'elle réagisse, j'étais passée. Une défense en moins.

– Passe! m'a hurlé Hannah depuis l'autre bout du terrain.

Les deux autres chasubles vertes se rapprochaient, le temps pressait. Alors je me suis arrêtée pour faire une passe à Hannah de toutes mes forces. Mais j'ai raté mon coup et la balle est partie vers l'avant et non sur le côté. *Merde.*

– COURS! m'a crié Hannah.

– COURS, FLEUR! a hurlé Sophie.

Il me restait une chance de récupérer la balle. J'ai filé derrière, poursuivie par une chasuble verte, dont j'ai réalisé brusquement que c'était Bonita. Elle allait m'avoir, c'était sûr. Même si on atteignait la balle au même moment, elle me dégagerait. Alors à quoi bon?

Mais, loin de renoncer, je me suis rendu compte que je courais toujours. Et même, encore plus bizarre, que je volais.

– VAS-Y, FLEUR! a crié Hannah. VAS-Y!

Atteignant la balle, je l'ai frappée doucement pile au moment où Bonita arrivait. Elle m'est rentrée dedans avec ses soixante-dix kilos. Le choc a fait vaciller toute ma carcasse, mais mes jambes ont tenu bon. Tous ces squats avec poussée n'avaient pas été inutiles. Je suis repartie en semant Bonita, qui avait trébuché. Maintenant, c'était entre moi et la goal. Je n'avais jamais été aussi près du but de l'équipe adverse et ça faisait un drôle d'effet. J'ai cherché des yeux quelqu'un à qui faire une passe. Deux chasubles roses couraient vers moi, mais elles n'arriveraient pas à temps.

– Frappe! Frappe! m'a lancé Hannah.

Alors je me suis mise en position et j'ai frappé. La balle est passée entre les jambes de la goal stupéfaite. Mais personne n'a été aussi surpris que moi quand la balle a heurté le fond du but. Ou peut-être que si. Il y a eu un silence perplexe sur le terrain tandis que toutes les joueuses essayaient de réaliser que Fleur venait de marquer un but. Puis mon équipe a lancé des acclamations et elles sont toutes venues me taper dans le dos. Dans son enthousiasme, Hannah m'a serrée super fort en me soulevant de terre. On peut dire que j'ai eu le triomphe modeste. J'ai juste sauté en hurlant et en brandissant ma crosse pendant trois ou quatre minutes, cinq max. J'ai croisé Bonita en remontant vers l'autre bout du terrain et je me suis demandé si elle allait me féliciter. Mais elle s'est contentée de me bousculer, rouge de colère.

L'hominisme structurel

Cette belle euphorie a été de courte durée, et j'ai passé un vendredi pourri au lycée. Blossom était absente et on s'est embarqués dans un débat débile en éducation civique. Les leaders hoministes William Capel et Ryan Cook tournaient en boucle sur le fait qu'il ne pourrait jamais y avoir d'égalité parfaite puisque les filles et les garçons n'étaient pas faits pareil et que ça les destinait à accomplir des tâches différentes. « C'est de la biologie de base », n'arrêtait pas de répéter Ryan.

– Les femmes sont faites pour porter nos enfants, a ajouté William.

– Même pas en rêve, a grondé Bonita.

J'ai horreur de l'éducation civique, encore plus quand Blossom n'est pas là. Les hoministes et Bonita monopolisaient la discussion. Bonita a fini par s'énerver et par déclarer que les femmes étaient capables de faire exactement les mêmes choses que les hommes. *Certaines* femmes, en tout cas.

– Il y a des hommes bons en sport et d'autres pas, a-t-elle développé. Comme il y a des femmes bonnes en sport et d'autres pas.

Elle m'a regardée, mais je n'ai pas réagi. J'ai tendance à ne pas intervenir dans ce genre de situation. Blossom les aurait démolis. Elle aurait démonté tous les arguments de Bonita et haché menu les hoministes. Moi, je me suis contentée d'attendre que ça passe. Qu'est-ce que j'en avais à faire de ce qu'ils pensaient ? Ça ne valait pas la peine de se battre.

En rentrant chez moi, je suis tombée sur Blossom devant le supermarché.

– On a toujours ciné-club de Bluebell Road ce soir ? lui ai-je demandé.

– Comédie romantique, j'imagine ?

– Par exemple.

Elle a haussé les épaules.

– Bon, OK.

– Dommage que tu n'aies pas été là en éducation civique. Les hoministes sont regonflés à bloc, et toujours aussi pénibles avec leurs histoires de supériorité physique.

Elle a ricané.

– Pourquoi c'est toujours les pires qui sont les plus persuadés de leur supériorité de genre ?

– J'ai l'impression de t'avoir lâchée sur ce coup-là. Toi, tu les aurais réduits en bouillie, alors que je suis restée là sans rien dire.

– T'en fais pas, j'attends mon heure. Je les égorgerai au moment où ils s'y attendront le moins.

– N'empêche que j'aurais dû intervenir. Tu dois me trouver nulle comme féministe.

– Pas du tout !

– Je le suis, pourtant. Rappelle-toi quand on a abordé le féminisme structurel en cours et que j'ai dû faire une dissert sur Naomi Klein. Je ne savais même pas qui c'était !

– Ouais, tu croyais que c'était une chanteuse, s'est souvenue Blossom en se mordant la lèvre.

– Ah, tu vois ?

– Tu n'es pas une mauvaise féministe, m'a-t-elle assuré. Au moins, tu agis.

En arrivant chez moi deux heures plus tard, Blossom a été horrifiée en découvrant que j'avais déjà lancé *Rocky IV*.

– *Rocky IV* ? s'est-elle exclamée. Je pensais qu'il avait pris sa retraite à la fin de *Rocky III*, moi !

– Ce que tu es naïve !

– Mais il y en a combien ?

– Des tonnes.

– Alors c'est comme ça, maintenant ? Rien que des *Rocky*, finies les comédies romantiques ?

– Je croyais que tu détestais les comédies romantiques, ai-je signalé en préparant le thé. Que chaque film dans lequel jouait Reese Witherspoon était une brique de plus dans l'édifice patriarcal.

– Oui, enfin, ça se discute, a-t-elle admis d'un air suprêmement déçu. On peut aussi les voir comme l'expression d'une affirmation de soi, une illustration de ce que ça recouvre d'être une jeune femme au vingt et unième siècle.

– On peut en dire autant de *Rocky*.

– Mais cinq *Rocky*, quoi ! a-t-elle gémi. Je n'en ai même pas vu trois. Euh, non, deux.

– Tu n'as pas besoin d'avoir vu les premiers.

– Pourquoi, ils se ressemblent tous ? a-t-elle demandé en s'installant sur le canapé.

– Je t'interdis de dire ça. Au contraire, chacun est un chef-d'œuvre en soi. Écoute, si tu préfères, on peut laisser tomber le film et réviser ?

– C'est bon, on regarde le film.

Et waouh ! Franchement, waouh ! C'est le meilleur *Rocky* que j'ai vu. Rocky Balboa se bat contre un adversaire russe, cette fois : Ivan Drago, élevé et formé dans un laboratoire expressément dans le but de le vaincre, lui, le héros de l'Amérique. Mais toute cette technologie se révèle inefficace au final. Toutes les machines d'entraînement biocinétiques du monde ne vaudront jamais le fait de cogner sur une pièce de bœuf dans la chambre froide d'un restaurant de Philadelphie. Tous les compléments nutritionnels et les petites pilules de la planète ne remplaceront pas une assiette de spaghettis bolognaise. Tous les programmes d'entraînement squeletto-musculaires de l'univers ne vaudront pas un running sur les marches d'un musée, accompli les bras en l'air en criant d'une voix rauque.

Pendant tout le film, j'ai jeté des petits coups d'œil à Blossom. Au début, elle faisait la tête et consultait régulièrement son portable. Mais au fur et à mesure j'ai vu qu'elle se prenait au jeu. À la mort d'Apollo Creed, elle a rangé son portable. Elle a laissé refroidir son thé tandis que Rocky se soumettait aux dernières étapes de préparation pour le combat de sa vie. Et quand Drago s'est enfin écroulé, vaincu, Blossom l'internationaliste pacifiste a bondi du canapé en hurlant : « DANS TA FACE, IVAN ! »

J'ai approuvé avec satisfaction. Personne ne peut résister à un *Rocky*.

Parce qu'au final, bien sûr, tout ça parle du cœur. De la passion. C'est ce qui fait gagner Rocky. Le désir humain et l'amour vainquent la science robotique et sans joie des Russes. Il y avait une chose que les scientifiques ne pouvaient pas fabriquer : l'amour d'une femme pleine de bonté et un peu insipide portant le nom improbable d'Adrian.

Cette nuit-là, j'ai rêvé que je combattais une Russe qui ressemblait un peu à Bonita et un peu à Cara Delevingne. C'est devenu un peu bizarre et déroutant à un moment, quand on s'est retrouvées dans un corps à corps et qu'elle a essayé de m'embrasser. Mais c'est moi qui ai gagné.

Dilemme

– J'en ai une bonne : à votre avis, pourquoi ma femme a traversé la rue ? demandait Jordan à la bande des mecs avant l'entraînement du samedi suivant.

Il me tournait le dos et les autres roulaient des yeux effarés tandis que Dan faisait furieusement le signe de se trancher la gorge.

– On s'en fout, a-t-il repris. La question, c'est : pourquoi elle était sortie de sa cuisine ?

Sa blague a été accueillie par un silence de mort.

– Fleur est derrière moi, c'est ça ? a supposé Jordan d'un ton piteux.

Puis il s'est retourné.

– Désolée, Killeuse. C'était qu'une blague.

– Tu devrais faire gaffe avant d'enfermer les femmes dans leur cuisine, ai-je répondu avec un doux sourire. C'est là qu'on range les couteaux.

Ça, ça les a fait rire.

– C'est quoi, cette musique horrible ? ai-je demandé tout en m'étirant.

Ricky m'a fixée, choqué.

– Ça ? Oh, c'est juste les Beatles, le groupe le plus célèbre qui ait jamais existé. Et là, c'est John Lennon qui chante.

– Pas étonnant qu'il se soit fait assassiner.

– Ah ouais, d'accord. Vingt pompes. Exécution.

Mais j'ai bien vu en me mettant à plat ventre qu'il réprimait un sourire amusé.

Alors que je retirais mes bandages à la fi n de la séance, il est venu me voir.

– Tu t'es bien débrouillée à l'entraînement, aujourd'hui, m'a-t-il déclaré.

J'étais à bout de souffle et la sueur fumait carrément sur ma peau brûlante. Mais je me sentais bien. Ricky était plutôt avare de compliments, et il avait raison, je m'en étais bien sortie.

Je l'ai rappelé alors qu'il se retournait pour partir.

– Ouais ?

– J'ai regardé une vidéo de Nicola Adams.

J'en avais même regardé beaucoup, et encore plus de vidéos de *Rocky*. Et j'avais revu *Million Dollar Baby*.

– Nicola Adams. Ouais, elle est géniale. Et donc ?

– Ce que je voulais dire, c'est que… C'est qu'une question, hein. Je crois pas que je sois… enfin, je ne suis pas très sûre, mais tu penses que je pourrais… faire du sparring ?

Il a plissé les yeux.

– Toi ?

– Ben pourquoi pas ? Parce que je suis une fille ?

– Non, a-t-il répondu aussitôt. Parce que… enfin, tu n'es pas très musclée.

– Tu n'as pas vu mes biceps ?

– Tu t'es un peu étoffée, c'est vrai, mais tu n'es pas prête à combattre.

J'ai serré les dents.

– Parce que j'aime pas les Beatles ?

– Pas seulement pour ça. Je pense que tu n'es pas en assez bonne condition physique. Ni assez lourde. Je n'ai personne avec qui te mettre.

Je me suis tue un moment, songeant à Bonita et aux hominstes. J'en avais marre de me sentir faible et sans défense. J'avais besoin de savoir que je pouvais réussir quelque chose de difficile. Un truc dont aucun d'eux ne serait capable.

– Bon. Alors qu'est-ce que je dois faire ?

– T'entraîner plus souvent.

– Quoi ? Je fais du vélo, du running, je soulève des haltères…

– Tu dois venir deux fois par semaine. Ça me permettrait de passer plus de temps avec toi, de te faire travailler ta technique avec les pattes d'ours. Viens le mercredi.

– Le mercredi, c'est ma soirée Date, lui ai-je rappelé.

Il a haussé les épaules.

– À toi de voir ce qui est le plus important pour toi : la boxe ou ta soirée Date.

Brisures de parmesan

Pour notre première soirée Date après les examens, George m'a emmenée dans un resto qui s'appelait À la ligne. C'était ma blague à moi, qui ne l'a pas fait rire. En réalité, le resto s'appelait Point. Sur l'enseigne au-dessus de la porte, il y avait juste un point. L'endroit était furieusement moderne et situé sur une petite route entre le terrain de squash et le garage Volvo. La lecture du menu était stressante. Ce resto était tellement branché qu'ils avaient sauté le pas des copeaux aux brisures de parmesan. Ils servaient aussi de l'écrasée de fenouil, du bœuf lardé et des herbes pulvérisées. Même dans le menu végétarien, ils servaient des pois cassés avec des épinards pressés.

– Du « bœuf lardé » a dit George, pensif. C'est sans doute du steak. Il y a aussi de la poule à la broche, de l'écrasée de pois chiches au curry, des œufs fouettés…

– Tu as su parler à mon cœur avec le steak.

– Du porc en capilotade, du porc lacéré, du porc torsadé…

– Pourquoi tu continues ? Ils ont du steak.

– Tu as trouvé ta robe pour le bal ? m'a demandé George en posant le menu.

– Non, ai-je répondu en grimaçant à ce souvenir.

– Je croyais que ta mère t'avait emmenée à Brighton avec sa carte de crédit.

– C'est vrai.

– Et tu es revenue sans rien?

– Non. Enfin si, avec des gants d'entraînement ProHit de 12 onces.

– Et c'est tout?

– Non, ce n'est pas tout, ai-je répondu, sur la défensive. J'ai pris aussi un protège-dents.

Le serveur est venu nous demander si on avait fait notre choix et j'ai remarqué qu'il n'avait rien pour noter. J'étais d'humeur un peu taquine.

– Mademoiselle?

– Madame, ai-je répondu d'un ton snob. Nous nous sommes mariés à Grenoble il y a trois semaines.

Le serveur a baissé les yeux sur ma main.

– Mon alliance a été malencontreusement avalée par Ian Beale. C'est mon chien. Nous attendons qu'il nous la restitue.

– Le chien s'appelle réellement Ian Beale, est intervenu George avec l'air de s'excuser.

Le serveur a attendu patiemment.

– Bien, je prendrai les pois chiches broyés en entrée.

– L'écrasée de pois chiches au curry, c'est bien ça?

– Oui, voilà. Mais merci de demander au chef de les broyer bien finement. Je tiens à ce qu'ils soient énergiquement maltraités.

– Bien, madame.

Il m'a semblé détecter dans sa voix une note d'irritation. Pour une raison inconnue, personne ne semblait apprécier le service du mercredi soir dans cette ville. George m'observait attentivement, se demandant sans doute si j'allais continuer à lui faire honte. Ou plutôt *comment.*

– Ensuite, je prendrai un steak, s'il vous plaît.

– Le bœuf lardé ?

– Oui, mais alors bien poignardé. Totalement en lambeaux.

– Très bien, madame. Et pour vous, monsieur ? a dit le serveur en se tournant vers George d'un air soulagé.

– Je prendrai la soupe de petits pois pulvérisés.

Le gars a paru un peu perdu.

– Vous voulez dire la vichyssoise de petits pois ?

– Oui, mais proprement écrabouillés, je vous prie, a dit George en me regardant bien en face. Asseyez-vous dessus s'il le faut.

Je me suis retenue de rire. Le jeu était fichu si on ne gardait pas notre sérieux. Une douce chaleur m'a envahie tandis que je me rappelais ce qui me plaisait chez ce garçon.

– Et ensuite ?

– Je prendrai le bœuf aussi.

– Lardé, monsieur ?

– Le plus déchiqueté possible. Allez-y de toutes vos forces, a précisé George en lui rendant le menu.

Son sourire s'est épanoui dès le départ du serveur.

– Alors, ces examens, comment ça s'est passé ?

– Mieux que prévu. Blossom et moi, on a annulé temporairement nos séances de révisions du vendredi soir pour nous mettre à bosser sérieusement au lieu de regarder les derniers *Rocky*. J'ai l'impression que ça a payé.

– Tant mieux.

– À propos de changement d'emploi du temps, je pourrais… on pourrait parler d'un truc ?

– Bien sûr.

J'ai hésité, me demandant comment il allait réagir.

– Alors ? Je suis sur des charbons ardents.

J'ai réfléchi à toute vitesse.

– Bon. Écoute, je sais que tu es contre, mais… je me demandais si on ne pourrait pas faire nos soirées Date le jeudi, à partir de maintenant.

Il a plissé le front.

– Mais nos soirées Date, c'est le mercredi. On en a déjà parlé.

– Pas vraiment, non. Je t'ai posé la question, tu as grommelé un peu, et ça en est resté là. La boxe, c'est important pour moi, et puis c'est bientôt les vacances, c'est peut-être le moment de modifier nos emplois du temps pour qu'ils soient mieux adaptés à nous deux.

– L'idée, c'est que tu ailles frapper dans des sacs ? a-t-il demandé en regardant son portable.

– Globalement, oui. C'est important pour moi.

Il m'a regardée, peut-être un peu étonné par mon insistance.

À ce moment-là, le serveur nous a apporté nos entrées malmenées.

– Il faut que j'y réfléchisse, m'a répondu George au bout de quelques instants. Je vais consulter mon agenda et voir ce que je peux faire.

Puis il n'a plus rien dit. Je voyais que ça le perturbait et je m'en suis voulu, parce que ça se passait super bien et qu'il avait joué le jeu avec le serveur. Et en goûtant mes pois chiches broyés, j'ai failli laisser tomber, lui dire que ça n'avait pas d'importance et que le mercredi, c'était parfait.

Mais je suis contente de ne pas l'avoir fait. Il était temps que je m'affirme.

La fée parrain

J'ai écarté le rideau et je me suis avancée, avec le sentiment de vulnérabilité d'un renard pris dans une chasse à courre à Downton Abbey. J'avais mis du rouge à lèvres et relevé mes cheveux comme je prévoyais de le faire pour le bal. Ma robe était noire avec de la dentelle sur les bras. C'était la septième que j'essayais et Pip était sûr qu'elle m'irait.

Il a secoué la tête.

– Non. On dirait une veuve italienne.

En théorie, j'aurais dû me méfier des conseils de mode de quelqu'un qui s'habille comme Pip. Ce jour-là, par exemple, il portait une espèce de long imperméable flottant muni d'une capuche pendante qui lui donnait vaguement l'allure d'un Détraqueur. Je n'ai jamais vu personne porter un truc qui ressemble à ça, même de loin. À part les Détraqueurs, bien sûr. Mais j'avoue que je ne fréquente pas les boîtes de Brighton autant que je le voudrais. Peut-être que la mode Détraqueur-chic y battait son plein. Quoi qu'il en soit, Pip dégage une telle assurance dès qu'il s'agit des tenues des autres que je pouvais lui faire confiance.

Et les vêtements de deuil méditerranéens, ce n'est clairement pas mon truc. Il m'a passé une robe bleu glacier en satin et j'ai regagné la cabine en soupirant.

– Salut, Elsa ! m'a lancé Blossom avec un grand sourire en me voyant ressortir. Tu n'aurais pas vu mon amie Fleur ?

Je me suis regardée dans le miroir et j'ai lâché un grognement.

– Pourquoi c'est toujours quand on essaie d'être jolie qu'on se rend compte à quel point on est moche ?

– Tu n'es pas moche, m'a assuré Pip. Tu as juste l'air… bizarre.

– Ben voilà. Tant que je m'habille normalement, je me fiche de quoi j'ai l'air. Je n'y pense même pas. Mais dès que je fais un effort, j'ai juste l'air bizarre et à côté de la plaque. Je ne sais même pas quoi faire de mes mains. Je ne suis pas une fille à robe de bal, c'est clair.

– N'importe quoi, a contré Pip. Toutes les filles sont jolies en robe de bal. Il suffit de trouver la bonne.

Soudain, son visage s'est illuminé et il a claqué des doigts.

– Je sais où on va aller. Chez Vintage Vicky's !

– Ils n'ont que des corsets et des dos-nu là-bas, ai-je objecté. Je ne vais pas me pointer au bal de l'Académie navale habillée en prostituée victorienne.

– Fais-moi confiance.

Et il avait raison. Vintage Vicky's est une mine de trucs qui sortent de l'ordinaire, non seulement des vêtements mais toutes sortes d'accessoires et d'objets du passé. Des tourne-disques, des vieilles malles de voyage et des valises décorées d'autocollants rétro voisinent avec des vieilles bouilloires et des machines à coudre à pédale. Une pièce entière est consacrée aux boutons. Pip m'a montré où il avait trouvé son short en soie : dans une pièce grande comme un placard remplie d'accessoires de sport au fond de la boutique. Il y avait de vieilles raquettes de tennis, une rame de barque, un jeu de croquet d'avant-guerre et, tout en bas, sous une pile de chaussures toutes mélangées, quelque chose qui m'a poussée à y regarder de plus près. Je me suis agenouillée pour sortir l'objet de la pile. C'était une bottine, le genre de bottines hautes à lacets que portait Ricky. Une bottine de boxe noire et ivoire. J'ai déniché l'autre et vérifié la pointure. Pas idéal, mais jouable.

À ce moment-là, Pip m'a appelée. Il avait trouvé ma robe : simple, couleur ivoire avec pas trop de dentelle. Je l'ai passée et je me suis regardée dans un miroir. La robe m'allait. Mais ce que j'ai vu surtout, c'était les contours dessinés du haut de mes bras et de mes épaules. Je paraissais en forme, tonique. J'avais clairement pris de la masse, ce que la balance me confirmait. Elle affichait deux kilos de plus et ça aussi, ça m'allait bien. Je me suis mise en position pour balancer quelques coups de poing avec rotation du bassin.

Quand je suis ressortie de la cabine, Pip a approuvé d'un hochement de tête et m'a fait une de ses étreintes à la Groot.

– Remercions les étoiles.

Et, derrière lui, Blossom m'a souri.

Les filles !

Je vous ai déjà dit que je détestais le saut à la corde ? À mesure que j'étais en meilleure condition physique, la plupart des exercices devenaient moins pénibles, mais pas le saut à la corde. Ce truc que je faisais si bien et que j'aimais tant quand j'étais petite était devenu une forme de torture. Je redoutais par-dessus tout la phrase : « Trouvez-vous une corde. »

– Pourquoi les boxeurs font-ils autant de corde à sauter ? ai-je demandé à Tarik ce samedi-là.

– Le plus important pour un boxeur, c'est la condition physique. Et, tout de suite après, la force dans les jambes.

– Et la discipline ? Ricky dit que c'est important.

– C'est vrai aussi, a admis Tarik. Mais la condition physique et les jambes, ça passe avant. Toi, tu as de belles jambes.

– Euh, merci.

Il m'a fait un grand sourire. J'imagine qu'il voulait dire que j'avais *de la force* dans les jambes.

Ce qui était exact. J'avais travaillé dur. Même s'il restait une semaine de cours, les examens étaient passés et j'avais plus de temps qu'avant. J'en profitais pour courir tous les matins et lever des haltères. Et je mangeais du poulet. Beaucoup de poulet.

– Salut, Sharon, ai-je dit en la voyant arriver avec un gros carton. Ça va ?

– Bah, ça peut aller. Mais la fréquentation nous inquiète un peu. Si on ne trouve pas de nouveaux adhérents, on pourrait bien être obligés de mettre la clé sous la porte.

– Quoi ? Vous ne pouvez pas fermer !

– On ne rentre même pas dans nos frais.

– Vous ne pouvez pas augmenter le prix de l'inscription ?

Sharon a secoué la tête.

– C'est déjà très cher pour la plupart des garçons. Les gens ne sont pas riches, par ici. En fait, Ricky en laisse même quelques-uns venir gratuitement.

Ça m'a ramenée sur terre. Et les choses ne se sont pas arrangées quand Ricky m'a annoncé que je ne pourrais pas faire de sparring ce jour-là parce que Joe était à l'hôpital.

– Oh non ! Qu'est-ce qu'il a ?

– Il a des gros problèmes de cors aux pieds. Il doit se faire opérer. Il va être absent quelques semaines.

– Il n'y a personne qui pourrait le remplacer ?

– Non, les autres sont trop jeunes, trop lourds, trop vifs. Et surtout, ils manquent d'expérience. Ils ne savent pas se contrôler, tu comprends ?

– Je ne suis pas sûre, non.

– Ils ne se retiendraient pas.

– Mais je ne veux pas qu'ils se retiennent, ai-je signalé en me hérissant. Je peux faire face.

– C'est une question de sécurité, m'a répondu Ricky. Je ne laisserais jamais un poids mouche faire du sparring avec un poids lourd, garçon ou fille. Je ne te laisserai pas te frotter à ceux-là.

Il m'a désigné le ring où Chris sautillait autour de Jerome. Comme pour donner raison à Ricky, Chris a baissé sa garde et Jerome l'a envoyé dans les cordes d'un coup à la tempe.

Comme il ne restait qu'une semaine avant les vacances, je devais faire vite. J'ai bricolé une annonce que j'ai collée le lendemain matin sur tous les panneaux d'affichage du lycée. On est censé demander l'autorisation, mais personne ne le fait jamais. Il y a un paquet d'annonces qui recherchent des guitaristes de death metal (« pas sairieux s'abstenir ») et des publicités pour des séances de reiki.

Les cours allaient commencer et j'étais en train de scotcher ma dernière affichette quand j'ai remarqué qu'un petit attroupement s'était formé derrière moi.

– C'est pas un peu sexiste ? a demandé Ryan Cook. Et les hommes, alors ?

J'ai soupiré.

– Ta gueule, Ryan. Je suis pas d'humeur.

– N'essaie pas de me censurer, toi. Tu ne m'empêcheras pas de dire ce que j'ai à dire.

– Les hommes peuvent venir aussi, mais cette vague de recrutement s'adresse en priorité aux femmes. C'est suffisamment déséquilibré comme ça, pour l'instant.

– Si je comprends bien, Fleur, discriminer les hommes, c'est pas grave, c'est ça ? a repris Ryan en secouant la tête. Les hommes sont la seule minorité qu'on a le droit d'opprimer ?

BOSFORD

BOXING CLUB

LES FILLES !

LE CLUB DE BOXE DE BOSFORD
VOUS ATTEND !

QUE VOUS CHERCHIEZ
À COMBATTRE SUR LE RING
OU À GARDER LA FORME,
LA BOXE EST FAITE POUR VOUS !

APPELEZ SHARON AU :
01233 5556739

Tel un requin flairant un cas d'oppression par le mâle blanc, Blossom a débarqué pile à cet instant, mâchoires grandes ouvertes.

– Premièrement, les hommes ne constituent pas une minorité opprimée, a-t-elle commencé en pointant l'index sur Ryan. Ensuite, la discrimination positive est une tactique légitime puisqu'elle vise à rééquilibrer une disparité de genre. Personne ne t'empêche de faire de la boxe. Fleur essaie juste d'agir de son côté pour renverser le patriarcat.

– Absolument, ai-je acquiescé. Même si le fond du problème, c'est surtout que j'ai besoin de quelqu'un pour le sparring.

– C'est ça, ouais, a grommelé Ryan en s'éloignant.

Blossom a croisé les bras d'un air victorieux. Elle m'impressionne. Le groupe s'est dispersé, à part une personne, qui avait observé la scène en restant un peu en retrait.

Bonita.

Jar Jar Binks

Le jour du bal du mess de George est enfin arrivé, et je balançais entre l'excitation et la terreur. En arrangeant ma frange devant le miroir, j'ai adressé une petite prière de remerciements à Pip. Au moins, j'avais fait le bon choix pour la robe. Et je me sentais moi-même dans mes bottines, même si je brillais plus qu'à mon habitude.

George a eu un sourire d'approbation en me voyant arriver à l'Académie et j'ai souri aussi, mais de soulagement. On s'est dépêchés de gagner la salle du restaurant et il m'a guidée à travers un dédale de tables, entre des hommes en uniforme et des femmes en robe de bal. Arrivée à la nôtre, j'ai tressailli de surprise.

– Et voilà la bande de réprouvés qui se font passer pour mes amis, a déclaré George.

Ce ne sont pas les gars qui m'ont fait réagir mais leurs petites amies. Non seulement elles étaient blondes toutes les cinq mais elles avaient toutes une frange exactement comme la mienne. Je me serais crue dans *Dans la peau de John Malkovich*. Elles m'ont souri en agitant la main toutes en même temps et je leur ai répondu timidement.

– Je te présente Fadge et Hattie, a repris George en me désignant le couple qui se tenait sur notre gauche. Ensuite, Big Hal et Molly, Bobosse et Chaton , Jar Jar Binks et Eva, et ces deux-là c'est Pete et Sal.

Les couples désignés m'ont saluée en agitant la main.

– Les gars, je vous présente Fleur.

– Salut ! m'ont-ils lancé en chœur.

J'étais encore un peu sonnée par ces présentations quelque peu étranges.

– J'aime beaucoup ta robe, m'a dit Sal.

– Merci. Et tu n'as pas vu mes bottines.

J'ai soulevé ma robe pour les lui montrer.

– Wouah ! s'est exclamée Sal.

– Extraordinaire, a ajouté Fadge.

J'ai cru que les yeux de George allaient sortir de leurs orbites.

– C'est quoi, ça ? m'a-t-il sifflé à l'oreille.

– Des chaussures de boxe vintage. Super tendance à Bosford.

– Je les trouve… incroyables, a dit Sal.

George ne paraissant pas disposé à approuver, j'ai préféré passer à autre chose.

– Tu as bien dit que quelqu'un s'appelle Jar Jar Binks ?

En hochant la tête, George m'a désigné la bouche du fameux Jar Jar qui, en effet, était un peu étirée.

– Et pourquoi Pete n'a pas de surnom ?

– *C'est* son surnom.

– Je m'appelle Dave, m'a expliqué l'intéressé. C'est censé être une blague : j'ai un surnom bateau parce que j'ai un prénom bateau.

– Et toi, c'est quoi, ton surnom ? ai-je demandé à George.

– La Gomme. Parce que j'aime bien que ça aille vite. Je mets la gomme, quoi, m'a-t-il avoué d'un air un peu gêné, mais pas autant qu'il aurait dû l'être à mon avis.

– Ça, ça reste à prouver, ai-je commenté.

Puis George m'a fait asseoir entre Bobosse et Pete, qui m'ont souri, mais sans prendre la peine de me parler. Il y avait du vin, mais j'ai préféré m'en tenir à l'eau parce que je n'avais pas mangé. Et puis, je devais faire attention pour mon entraînement.

Les garçons avaient tous une bonne descente ; je n'avais jamais vu George boire autant. Les filles, elles, sirotaient discrètement. Alors que les gars se vannaient et s'injuriaient à tue-tête, affalés sur leurs chaises, elles se tenaient penchées en avant pour réussir à s'entendre, ce qui donnait une scène un peu étrange. Comme je n'avais pas grand-chose à dire et que je me sentais un peu coincée entre ces deux grands gars, je me suis contentée d'écouter en espérant qu'on allait bientôt nous servir.

J'ai été un peu déçue en voyant arriver l'entrée. Pas par le plat lui-même (je n'ai rien contre les tartelettes au chèvre et à la tomate confite), mais par sa taille, minuscule. Je l'avais boulottée avant que les autres aient pris une bouchée de la leur, en me demandant si ce serait mal élevé de manger aussi le radis découpé en forme de fleur.

Bobosse s'était mis à parler super fort d'un officier du nom de Donald, dont je n'ai pas réussi à savoir si c'était un surnom. J'ai regretté de ne pas avoir mangé avant de venir. À tous les coups, c'était ce qu'avaient fait les autres filles. En jetant un coup d'œil sur leurs assiettes, j'ai vu que deux d'entre elles n'avaient mangé que la moitié de leur tartelette et que Sal et Molly n'avaient même pas touché à la leur. J'ai croisé le regard de Sal.

– T'as pas faim ?

– Je fais une intolérance au gluten. Et puis je fais attention avec les œufs.

– Oh, désolée.

J'espérais qu'elle allait proposer sa tartelette à une Fleur parfaitement tolérante au gluten et affamée d'œufs, mais non. En suivant les conversations des filles, je me suis rendu compte qu'elles étaient toutes un peu plus âgées que moi. En fait, elles étaient toutes en fac à Brighton et parlaient essentiellement de leurs profs. Moi, j'étais le bébé, celle qui va encore au lycée. Je les ai écoutées pendant un moment, puis j'ai mangé le radis.

Enfin, le plat principal est arrivé. Là encore, il était plutôt appétissant mais la portion était trop maigre. C'était un petit blanc de poulet enveloppé dans une tranche de jambon de Parme, avec des pommes de terre et des carottes bouillies et encore un radis en forme de fleur. Quatre cents calories max, sauce à la crème comprise. J'ai essayé de manger lentement en mâchant vingt fois chaque bouchée, mais j'ai quand même réussi à finir avant tout le monde. J'ai bien vu que George me surveillait en pinçant les lèvres et je l'ai recadré du regard : *Toi, tu n'as pas le droit de me juger. Tu ne vois pas que j'ai faim ?*

Sal n'a pas mangé grand-chose. Elle a fini ses légumes mais à peine touché à son poulet.

– Tu es intolérante à la volaille ? lui ai-je demandé.

Moi qui voulais simplement faire une blague, j'ai réalisé aussitôt qu'on aurait difficilement pu paraître plus ironique. Ses yeux se sont posés sur mon assiette.

– Tu veux mon poulet ?

Je sais que j'aurais dû refuser, qu'il doit exister une vieille tradition navale qui n'autorise à passer son blanc de poulet au parme qu'à son voisin de gauche. Mais j'ai acquiescé avec empressement, elle m'a passé son assiette et j'ai fait glisser le poulet dans la mienne. Mes deux voisins ont suivi l'opération avec intérêt et George m'a transpercée du regard.

Ça allait un peu mieux après avoir fini mon plat, mais je comptais encore sur le dessert pour me caler. J'espérais quelque chose d'assez substantiel, comme le traditionnel moelleux aux dattes à la sauce caramel, par exemple, plutôt qu'un sorbet. Les garçons s'étaient mis à parler rugby. Le pays de Galles venait de perdre un match important contre l'Angleterre. Pete-Dave était gallois et les autres se montraient assez vaches avec lui. Même s'il riait avec eux, je sentais que ça ne l'amusait pas vraiment de se faire traiter de bouseux de Gallois. Les filles se plaignaient de la galère que c'était de trouver une coloc à Brighton. Comme je n'avais rien à dire sur le sujet, j'ai envisagé de demander qui avait vu *Rocky IV* récemment.

Le dessert est arrivé sans tambour ni trompette : un moelleux aux dattes sauce caramel, mais ridiculement minuscule. Je l'ai englouti en trois secondes chrono avant de me tourner vers Sal avec espoir. Elle en a pris deux bouchées puis m'a regardée avec l'air de me demander si j'en voulais. J'ai hoché la tête, bien sûr, en me disant que j'aimais bien cette fille, finalement.

– Fleur, m'a dit George tandis qu'elle me passait son assiette. Tu es sûre ?

Il avait sans doute raison, j'y allais peut-être un peu fort. J'aurais dû attendre, lui demander de me commander un croque-monsieur au room service plus tard à l'hôtel. Mais ça semblait idiot de laisser perdre toute cette nourriture. Et j'avais faim là, maintenant ! Et puis, se faire honte à table… bah, c'était une sorte de tradition entre George et moi. Alors j'ai pris l'assiette, mis autant de moelleux que possible sur ma cuillère et enfourné ostensiblement ma bouchée géante sous les yeux de toute la tablée.

Je me suis tout de suite rendu compte que j'en avais pris trop, mais il était déjà trop tard. Alors j'ai mâché, mâché, mais le moelleux m'a vite paru très collant. Tous les autres continuaient à m'observer sans plus se soucier du rugby ni des locations à Brighton. Après un temps fou, j'ai enfin réussi à avaler et j'ai levé les bras dans un geste victorieux à la Nicola Adams. Sal a applaudi et Jar Jar Binks a daigné m'accorder un petit hochement de tête admiratif, mais les autres se sont contentés de me fixer. À part George, qui regardait ailleurs en jouant avec son verre. Jusque-là, la soirée n'était pas vraiment à la hauteur de mes espérances.

Après le dîner, on a dansé au son d'un orchestre de jazz. Les garçons semblaient connaître les pas de base, les filles s'en sortaient vraiment bien, et j'étais nulle, bien sûr. George a pris le contrôle de la situation en prenant ma main droite et en passant son bras autour de ma taille.

– Cale-toi sur mon rythme, m'a-t-il conseillé en m'entraînant sur la piste.

N'ayant aucune idée de ce que je devais faire de mes pieds, je me suis mise à trottiner derrière lui comme un chiot.

– Essaie de suivre ce que je fais avec mes pieds, m'a dit George. Essaie de sentir le rythme.

Alors je me suis rappelé mes exercices de boxe. À la fin du morceau, j'ai répété ce que j'avais appris : avant, arrière, deux pas, tourbillon, jab droit, jab gauche…

– Qu'est-ce que tu fais ? m'a demandé George.

– Je danse comme un papillon, ai-je répondu en donnant des coups de poing à des adversaires fantômes.

Puis je suis retournée m'asseoir. George a dansé avec les autres filles et la femme de l'amiral. À un moment, Sal est venue s'asseoir avec moi.

– Ça va ? m'a-t-elle demandé.

– Je crois que George est fâché contre moi. Et puis j'ai trop mangé, et je ne me sens plus si sûre d'avoir choisi les bonnes bottines.

– Mais non, il n'est pas fâché. J'aimerais bien avoir ton métabolisme. Comment tu arrives à être aussi mince ?

– Je fais du sport. En fait, j'essaie de prendre du poids.

Et je lui ai parlé des cours de boxe. Elle a paru un peu étonnée au début, avant de hocher la tête d'un air approbateur.

– Tu as bien raison.

– Je ne suis pas sûre que George soit de cet avis.

– Sans doute pas, non, a-t-elle admis. Il est comme Dave. Ils sortent tous du même moule. Ils ont besoin que les choses soient faites d'une certaine façon. Ils aiment bien contrôler la situation. Le changement, ce n'est pas leur truc, et encore moins les filles qui mangent beaucoup et qui collent des coups de poing aux autres.

– Je ne l'ai jamais fait pour de vrai, en fait. Sauf à un octogénaire, mais c'était un accident.

On a continué à parler comme ça un moment. Elle avait fait du jujitsu au lycée et on a comparé nos expériences. George a fini par réapparaître. L'orchestre de jazz était parti et un DJ avait pris le relais.

– On réessaie ? m' a-t-il proposé.

Il semblait de meilleure humeur et je l'ai suivi sur la piste de danse. Le DJ passait des chansons connues un peu ringardes et je me sentais plus à l'aise de danser là-dessus, sans être menée par quelqu'un, libre de pouvoir y intégrer des mouvements de boxe. On a dansé en groupe en braillant avec la musique. Les garçons attrapaient les mains des filles pour les faire tourbillonner.

J'ai fermé les yeux pour me perdre dans le rythme comme je le faisais au club, un pas en avant, un pas en avant, arrière, arrière, pivot et jab. Esquive latérale, esquive latérale, tiens ta garde…

Soudain Jar Jar Binks s'est dressé devant moi en balançant son poing en avant. J'ai repoussé sa main à la vitesse de l'éclair, reculé en écrasant les orteils de quelqu'un et je me suis rétamée. George s'est précipité pour m'aider à me relever.

– Pourquoi tu as fait ça ? m'a-t-il demandé.

– Pour me protéger ! Il a voulu me balancer un coup de poing !

– Mais pas du tout ! Il voulait juste te prendre la main !

– Oh…

Je me suis tournée vers Jar Jar Binks, qui me jetait des coups d'œil méfiants en se frottant prudemment le poignet. Je n'y étais pas allée de main morte.

Je me suis excusée.

George m'a lancé un regard chargé de reproches en secouant la tête. Mais au fond, j'étais super fière de moi.

J'avais tenu ma garde.

Retour à la base

George et moi, on était arrivés devant mon hôtel.

– Tu veux monter ? lui ai-je proposé.

Je me sentais patraque, et je commençais à regretter d'avoir mangé les deux feuilletés que j'avais achetés au bar.

– Oui, m'a-t-il répondu en me regardant dans les yeux.

Il était resté super silencieux dans le taxi qui nous ramenait de l'Académie. De toute évidence, il était préoccupé, et j'avais ma petite idée sur ce qui se passait dans sa tête. Notre première nuit ensemble. Sans parents. Sans règlement. Rien que nous. J'avais totalement confiance en lui.

Une fois dans la chambre, j'ai tamisé les lumières et inspecté le contenu du minibar. George restait debout au pied du lit, l'air agité.

– Il y a du vin, si tu veux, ai-je annoncé. Et de la bière.

– Non merci. Écoute, viens t'asseoir, s'il te plaît.

– On a le temps, ai-je répondu, un peu stressée tout à coup. Si on prenait une douche avant ?

– Fleur, a-t-il dit doucement en me prenant la main pour me faire asseoir. Écoute, j'ai beaucoup réfléchi. À nous.

Son haleine sentait le vin, mais ce n'était pas désagréable. J'avais envie qu'il m'embrasse.

– J'ai réfléchi à l'avenir, a-t-il repris.

– Tais-toi, ai-je dit en me collant à lui. Je sais très bien ce que tu veux.

– Non, écoute-moi. Je suis sérieux, Fleur. Je...enfin, je crois qu'on devrait rompre.

Je n'ai pas compris tout de suite.

– Quoi?

– On devrait arrêter, Fleur, a-t-il répété, avec plus d'assurance.

– J'en étais sûre: tu n'aimes pas mes chaussures de boxe. Avoue.

Puis j'ai compris qu'il ne blaguait pas. À la fin de *Rocky III*, il y a une scène au ralenti où on voit Mister T tomber lentement à genoux en face de Rocky, avec une expression d'incompréhension totale. Ce qui s'est passé est pourtant simple: Rocky vient de lui balancer un coup de poing dans la figure. Ça arrive, à la boxe. Mais la surprise vient de la façon dont ça s'est passé, au moment le moins prévisible.

Je ne me rappelle pas précisément ce qu'on s'est dit après, mais on a parlé longtemps, et de plus en plus fort, jusqu'à ce que quelqu'un frappe contre le mur de la chambre voisine.

– C'est la boxe, c'est ça? lui ai-je demandé plusieurs fois. C'est parce que je mange beaucoup?

Il a soutenu que non, mais je me suis souvenue de la tête qu'il avait fait pendant que j'enfournais les restes de Sal. J'aurais sans doute dû comprendre qu'à l'instant où il cesserait de jouer à nos petits jeux à table, ce serait le signe que c'était fini. Quand il est parti, il était 2 h 47 du matin et j'étais sens dessus dessous. Il m'avait demandé dix fois si ça allait, et je lui avais assuré que oui d'une manière qui disait clairement que ça n'allait pas du tout.

J'ai pris le premier train le lendemain matin. Il m'avait envoyé un message. Deux phrases, pour me dire qu'il était désolé et pour savoir comment j'allais. J'ai rédigé une centaine de brouillons de réponse, chacun plus long que le précédent, avant de me rabattre sur :

Ça va, merci.

Blossom aussi m'avait envoyé un message, pour me demander comment le bal s'était passé. Je lui ai proposé qu'on se voie le lendemain. Je n'avais pas envie de lui annoncer la nouvelle dans le train par SMS. Puis je suis revenue à pied de la gare et je suis rentrée par la porte de la cuisine. Ian Beale a remué la queue, mais sans se lever. Trop dur. Ma mère est entrée dans la pièce, m'a jeté un coup d'œil et s'est précipitée pour me serrer contre elle.

– Il a rompu, ai-je déclaré.

Puis j'ai pleuré. Au fond, je savais qu'il avait pris la bonne décision. Mais parfois, même la meilleure décision du monde paraît mauvaise. George me manquait déjà. Son visage, sa voix, le petit regard exaspéré qu'il me jetait quand je faisais un truc idiot. Nos soirées Date me manquaient, et l'idée de tous les trucs débiles qu'on y aurait faits. L'idée que quelqu'un m'aimait malgré mes défauts me manquait. Mais tout cela n'avait été qu'une illusion. Il ne m'aimait pas pour moi-même. Il m'avait aimée tant que j'avais paru correspondre à la découpe en forme de petite amie qu'il cherchait pour remplir un vide dans sa vie.

Mais je ne rentrais pas dedans, ou pas comme il fallait. Je n'étais pas assez bien découpée. Je n'avais pas la bonne forme, ni au dedans ni au dehors.

Terrine de crevettes

– Je ne l'aurai jamais eu, finalement, mon week-end en amoureux, me suis-je plainte à ma mère le lendemain. Il m'avait dit qu'on irait à Hove.

– Oh, Fleur, a-t-elle dit doucement. Je sais que c'est dur, mais un de perdu, dix de retrouvés. Ce n'est pas les poissons qui manquent dans l'océan, comme on dit chez nous.

Et elle a agité la main en direction de la mer, qui semblait passablement trouble derrière la vitre.

– Les étrons non plus, ai-je signalé.

On lunchait, comme elle a appelé ça, au Grand Hôtel. Pas dans le vrai restaurant, bien sûr, on se calme, mais dans le bistrot, avec vue sur la jetée d'un côté et sur une table de famille nombreuse de l'autre. Cette dernière nous gâchait juste un peu le plaisir. L'un des enfants me lançait des petits pois mais je m'en fichais un peu.

– Alors, a repris gaiement ma mère, tu veux un verre de vin ?

– Je m'entraîne.

– Tu t'entraînes pour quoi ?

J'ai ouvert la bouche, mais la réponse n'est pas venue. Bonne question. Pourquoi je m'entraînais ? Pour quoi faire ? Quel sens ça avait de continuer ?

– Pour rien.

– Bon, voyons un peu ce menu. Ooh, de la terrine de crevettes !

Je n'avais pas du tout envie de choisir. J'étais encore assaillie par l'écho de la conversation et des cris de la veille, ça me donnait le tournis. Je devais me retenir de sortir mon portable pour regarder s'il m'avait envoyé un message.

– Qu'est-ce que tu prends ? m'a demandé ma mère.

Ricky m'aurait conseillé l'assortiment de grillades. Quatre différents types de protéines. Puis je me suis souvenue du dîner de la veille. Je me suis revue en train de m'empiffrer tant que je pouvais tandis que les autres filles picoraient comme des moineaux et buvaient du vin du bout des lèvres. Pour la première fois depuis des mois, je n'avais pas faim.

– La salade a l'air bien, ai-je murmuré.

Comme Blossom m'avait envoyé des messages toute la journée pour savoir comment le bal s'était passé, je suis allée la voir en rentrant de Brighton pour la mettre au courant.

– Quel salopard, a-t-elle commenté. Aah, je hais les hommes.

– Honnêtement, il s'est montré très délicat. Très adulte, comme toujours. Attentionné. Et, au fond, je pense que je savais que ça arriverait. Qu'on n'était pas vraiment faits l'un pour l'autre.

– N'empêche, c'est quand même un salopard. C'est dégueulasse de t'avoir menée en bateau pour se défiler ensuite.

– Non, c'est moi qui ai changé. Il n'avait pas signé pour une petite amie boxeuse.

– Ce n'est pas à lui de décider ce que tu as le droit de faire ou pas, Fleur, m'a signalé Blossom.

– C'est vrai. Mais il n'est pas non plus obligé de rester si ça ne lui convient pas. Et il n'a peut-être pas tort. Qu'est-ce que je fous, à boire des protéines de lactosérum, à cogner dans des sacs et à mettre des chaussures de boxe à un bal des cadets ?

– Tu n'es pas en train de penser à laisser tomber à cause d'un crétin de mec, j'espère ? Rocky ne lâcherait jamais.

– Tu rigoles ? Il lâche à chaque film.

– Mais à chaque fois il change d'avis et il y retourne pour un dernier combat.

– Ben là, c'est peut-être moi qui change d'avis, ai-je dit. J'aurais cru que ça te ferait plaisir. Tu me pousses à abandonner la boxe depuis le premier jour.

– Et alors ? Si Rocky et toi, vous pouvez changer d'avis, moi aussi, j'ai le droit. Je vois bien que tu adores ça.

– C'est à cause de la boxe que je me suis fait larguer.

– Non. La boxe t'aide juste à comprendre qui tu es et ça a révélé cette facette de toi à George. Si ça ne lui plaît pas, tu es mieux sans lui.

– Mouais. Je ne suis pas si sûre que ce soit vraiment moi, en fait. Je n'ai même plus l'impression d'être moi-même.

– T'es pas obligée d'être toi-même non plus, m'a assuré Blossom en me serrant contre elle. Tu peux être tout ce que tu veux. Même une boxeuse.

L'avantage d'avoir été larguée, c'est que ça me dispensait du déjeuner du dimanche. J'en ai profité pour aller à Battle avec Blossom. Ce jour-là, il y avait une procession autour du champ de bataille à laquelle on pouvait participer. On était même autorisées à porter des fanions. Le défilé célébrait le mille cinquantième anniversaire de la bataille entre Harold et Harald Hardrada, roi de Norvège, à Stamford Bridge. Harold avait gagné avant de marcher vers le sud pour repousser les Normands. C'était une date importante, un grand jour pour la team Harold.

Blossom et moi brandissions fièrement nos fanions. On avait de solides épaules toutes les deux, et on riait sous cape de voir beaucoup d'hommes poser leur drapeau pour souffler. Nous, on a tenu jusqu'à la fin sans faillir. Pip marchait devant avec les soldats en agitant son épée. Blossom et moi, on avançait derrière en discutant. Elle était super patiente avec moi; elle me laissait vider mon sac.

– Ce qui était bien avec George, c'est que je me sentais protégée, tu vois? Il avait toujours un comportement plus mûr que moi, plus responsable. Pas une seule fois je n'ai ressenti le moindre truc vaguement menaçant chez lui.

– Oui, enfin, il me semble que c'est le strict minimum à attendre d'un petit ami, a observé Blossom. On ne va pas leur donner des points en plus parce qu'ils ne nous cognent pas dessus.

Acclamées par un groupe de spectateurs, on a agité nos fanions.

– Ce n'est pas ce que je voulais dire. J'ai du mal à m'expliquer. J'ai juste l'impression qu'avec certains garçons, on sent... je ne sais pas, un truc un peu dangereux, tu vois? Une sorte d'excitation qui vient du fait qu'ils sont... imprévisibles? Il y a des mecs qui ont ce truc qui fait un peu peur. Et qui les rend sexy.

– Hmm. Et George n'avait pas ce truc?

– Pas du tout.

– Alors il y a qui de sexy qui te fait un peu peur?

– Euh… personne !

– Il y a sûrement quelqu'un, sinon tu n'aurais pas parlé de ça.

– Il n'y a personne, je te dis, soulagée que Blossom la fine mouche ne puisse pas lire dans mes pensées.

Sagesse de Normand

Cette semaine-là, on a décidé d'annuler le ciné-club du vendredi pour aller à Brighton avec Pip, dans un club de cosplay qu'il fréquentait. Le thème était le voyage dans le temps et Pip a insisté pour qu'on se déguise. On pouvait choisir n'importe quoi, de n'importe quelle période.

– Tant qu'on ne me demande pas de m'habiller en Saxonne, a grommelé Blossom.

– Personne ne sera en Saxon, lui a assuré Pip.

– Toi, t'y vas en quoi ? lui ai-je demandé.

– Tu verras, m'a-t-il répondu, les yeux pétillants. C'est une surprise.

Le jeudi, il nous a emmenées chez Vintage Vicky's pour trouver des tenues adéquates. Cette fois, le moment était venu de m'habiller en prostituée victorienne. J'ai jeté mon dévolu sur une robe longue en velours avec corsage à dentelle. Blossom a décidé de se déguiser en soldat de la Première Guerre mondiale. Elle avait déniché une casquette d'officier et un fusil en plastique vraiment réaliste, et Pip m'a trouvé une canne et un haut-de-forme.

Puis on est allés chez lui faire nos essayages. Pip nous avait promis de nous montrer son déguisement en premier. Il nous a fait entrer dans le salon, où sa grand-mère nous a accueillis par des hochements de tête enthousiastes en proposant d'aller nous faire du thé. La grand-mère de Pip est adorable, mais elle n'est pas toujours cent pour cent en phase. Physiquement, elle me fait penser à Mme Doubtfire.

– OK, vous, vous m'attendez là, nous a intimé Pip. Et vous fermez les yeux. J'ai juste quelques… préparatifs à faire.

Pendant qu'on attendait, Blossom est restée assise tout au bord du canapé, les genoux serrés, les pieds écartés. Elle était si excitée qu'à un moment, elle est carrément tombée du canapé.

La grand-mère de Pip faisait son apparition à intervalles réguliers.

– Vous êtes des amies de Pip, nous a-t-elle déclaré la troisième fois.

– Bonjour, madame Harwood.

– Je vous ai déjà vues.

– Oui, a confirmé Blossom. On se voit super souvent.

Comme elle restait plantée là à nous sourire, on a souri aussi.

– J'apporte le thé, a-t-elle fini par dire avant de retourner à la cuisine.

– C'est quoi, d'après toi ? m'a demandé Blossom.

– Bah, de l'Earl Grey, ou peut-être de l'Assam.

– Non, je te parle du déguisement de Pip.

– Aucune idée. Mais il a intérêt à assurer, après tout ce suspense.

– ATTENTION, ON FERME LES YEUX ! a-t-il braillé soudain derrière la porte.

On a entendu un carambolage de tasses de thé à la cuisine. J'ai fermé les yeux et attendu. Une espèce de bruit sourd a accompagné l'entrée de Pip.

– Bon, ce ne sera peut-être pas aussi génial que vous le pensez. Vous pouvez regarder, maintenant.

J'ai rouvert les paupières, et manqué une respiration. Pip s'était métamorphosé. D'un coup de baguette magique, le jeune gars dégingandé et nerveux en imper s'était transformé en chevalier en armure étincelante. Il portait une cotte de mailles, un plastron brillant, des jambières et une grande épée. Mais l'élément le plus frappant était son petit casque conique que j'avais remarqué chez Vintage Vicky's. Je n'en revenais pas.

– Tu es un Normand ? a soufflé Blossom.

– Oui, a-t-il murmuré en tournant lentement sur lui-même. Je suis un Normand.

– Mais… mais… tu n'es pas un Normand, ai-je objecté, incrédule. Tu es un Saxon, comme nous.

Sans répondre, il a continué à tourner pour nous faire admirer sa tenue.

– Ben moi, je trouve ça génial, a fini par déclarer Blossom. Tu es superbe. Pas vrai, Fleur ? Fleur ?

J'ai secoué la tête, toujours incapable de digérer l'énormité de l'information. Pip m'a jeté un regard nerveux.

– Désolé de ne pas vous avoir prévenues, j'avais un peu peur de votre réaction.

– Tu ne peux pas être un Normand, ai-je répété, encore sous le choc. Tu es un Saxon.

– Je peux être les deux.

– Mais non, tu ne peux pas ! me suis-je exclamée. Je n'ai jamais rien entendu d'aussi absurde ! On est soit l'un soit l'autre, point !

– Ne sois pas si binaire, a lâché Blossom entre ses dents. Tu as le droit d'être ce que tu veux, Pip.

– Je suis désolé, Fleur, a-t-il repris d'un ton ferme. Je me doutais que ça te chamboulerait. Mais ça fait déjà un moment que je me rends compte que je ne suis pas un Saxon dans l'âme. La dernière reconstitution, ça a été la goutte d'eau qui a fait déborder le vase. Je ne veux plus faire partie du mur de boucliers. Ce n'est pas ma place.

Après avoir pris une grande inspiration, je me suis levée pour me diriger vers lui en luttant contre l'envie de faire tomber son casque d'une chiquenaude. Je voyais bien qu'il tremblait dans son armure. Je l'ai regardé droit dans les yeux en y cherchant le Pip que je connaissais. Et il y était. Tout pareil qu'avant. La gorge nouée, je l'ai serré contre moi. Blossom avait raison : il n'y a pas que deux catégories de gens sur terre ; il n'y a pas que deux façons de voir les choses.

– Je te demande pardon, ai-je dit. Tu peux être tout ce que tu veux. Et quoi que tu sois, tu seras toujours mon Pip.

On avait des looks d'enfer, même si ça a été chaud de faire rentrer tous nos accessoires dans la Clio. Le fait d'être Normand semblait rendre la conduite de Pip plus hasardeuse que jamais, et pas plus rapide. On aurait cru un fou du volant sous somnifère.

On n'a pas tardé à se retrouver à la tête d'une longue procession de voitures, empêchés de doubler par l'étroitesse des routes, et aussi par les zigzags permanents de Pip. Blossom et moi, on poussait de grands cris de joie hystériques à l'arrière, persuadées qu'il ne pouvait rien nous arriver dans nos costumes.

On a dû faire la queue trois quarts d'heure devant le club, mais c'était trop marrant de regarder tous les dingues de Brighton déguisés en vampires ou en ramoneurs du dix-neuvième siècle. Il y avait un gars en tenue d'officier avec un gramophone en bandoulière qui jouait des marches militaires.

C'était encore plus délirant à l'intérieur. D'énormes dirigeables télécommandés flottaient paresseusement au-dessus de la piste de danse, une dame se baladait en soufflant des bulles géantes dans un tromblon, j'ai vu passer des hommes des cavernes et une équipe de ghostbusters victoriens, des robots du futur, des dinosaures, des casques coloniaux et beaucoup, beaucoup d'Anne Boleyn. Un groupe jouait sur la scène, un mélange de cuivres et d'electronica fusion.

– Ce n'est pas fantastique? nous a demandé Pip, les yeux brillants.

Oh si, ça l'était. Et totalement délirant. Tout le monde avait l'air ridicule et c'était précisément l'idée: personne n'en avait rien à faire qu'on ne rentre pas dans le moule, puisqu'il n'y en avait pas. Apparemment, il n'y avait aucune obligation de porter une tenue historique – il y avait plusieurs stormtroopers et j'ai aperçu au moins un zombie. Ça n'avait aucune importance. Tout le monde était le bienvenu. Passé, présent ou futur, gay, lesbienne, bi, trans, queer, intersex, asexuel, cis, steampunk, stormtrooper, zombie, Saxon ou Normand. Ou tout ce qu'on voudra.

– C'est dingue, ici! ai-je crié dans l'oreille de Blossom. Pourquoi on n'était jamais venues?

Elle m'a répondu par un grand sourire et on s'est dirigés vers la piste de danse pour rejoindre les autres dingues. Ici, tout le monde se fichait que je ne sache pas danser et que je ne connaisse pas les pas. On s'est contentés de sauter partout en bousculant des soldats du tsar et des as de l'aviation de la Première Guerre. Puis on a vu arriver Professor Elemental, un chanteur de hip hop qui habite dans le coin. Il était trop drôle avec son déguisement d'explorateur.

La soirée s'est terminée, bien trop tôt. Pip avait entendu dire qu'il y avait une autre fête après et j'ai failli me laisser tenter, avant de me souvenir que j'avais boxe le lendemain.

– Allez-y, vous, leur ai-je dit. Je vais demander à mon père de venir me chercher.

– Non, non, on reste ensemble, a décrété Pip. De toute façon, je suis crevé.

J'ai été contente de l'apprendre. Alors on est repartis par le quartier des Lanes pour aller récupérer sa voiture. Il était tard, mais Brighton n'est jamais complètement mort et il y avait encore des gens dehors.

– Vous avez vu le gars avec la cabine du Dr Who sur le dos ? nous a demandé Pip. Du pur génie.

– Moi, j'ai bien aimé la course de dirigeables, a dit Blossom. Surtout le moment où il y en a un qui est rentré dans le lustre.

J'ai souri à ce souvenir, et je m'apprêtais à répondre lorsqu'on a été interrompus par un cri.

– Hé, les barges !

– Des ivrognes, a supposé Pip. Ignorez-les.

– Hé, les barges ! a répété la voix, suivie par un bruit inquiétant de bottes qui couraient vers nous.

J'adore Brighton, mais on y trouve des crétins comme partout ailleurs. En me retournant, j'ai vu arriver quatre garçons, qui se sont arrêtés à quelques mètres pour nous dévisager. J'aurais bien aimé que ma robe soit un peu plus longue, tout à coup.

– C'est combien ? a demandé l'un des gars en lorgnant directement mes jambes.

– Hé, mon colonel, montre-nous ton pétard, a lancé un autre à Blossom.

Le troisième lui a murmuré quelque chose à l'oreille et ils ont rigolé.

– Allez, viens, Fleur, a dit Pip en me tirant par la manche. On avance.

– Je la kiffe, ta robe, a repris le premier en me désignant.

Il portait un blouson noir et il avait visiblement passé beaucoup de temps à fignoler sa coiffure. Aucun des trois ne devait avoir plus de quinze ans.

– Elle t'irait peut-être, ai-je rétorqué. C'est une coupe spéciale gros culs.

Je me sentais forte, invulnérable. Je n'allais pas laisser ces demeurés nous gâcher la soirée.

Il a fait un pas en avant en ricanant. J'ai brandi ma canne instinctivement, mais il me l'a arrachée et l'a levée bien haut, menaçant de l'abattre sur mon crâne. Puis, on aurait dit que la scène se déroulait au ralenti. J'ai vu son autre main le long de son corps, qui tenait son portable. Il avait totalement baissé sa garde. Je n'ai hésité qu'une demi-seconde.

Puis Blossom a poussé un cri aigu et j'ai vu le gars se rouler par terre en toussant et en luttant pour respirer.

Je l'avais frappé en plein plexus solaire ; il n'allait pas se relever de sitôt. J'ai regardé les trois autres en jubilant et je me suis mise en position, les poings devant mon visage. Les gars m'observaient prudemment. J'ai haussé un sourcil. J'ai eu un coup de stress quand l'un d'eux a fait mine d'avancer. Je ne pouvais pas les combattre tous les trois. Puis, sans me quitter des yeux, il s'est baissé lentement pour aider son copain à se mettre debout.

– Venez, on se tire, a-t-il dit aux autres.

Et ils sont partis en tirant leur copain blessé.

– Hé ouais ! a lancé Blossom dans leur dos. Vous croyez que les filles, ça sait pas cogner ? Erreur, les mecs !

– La ferme, Blossom, ai-je dit. On se casse d'ici.

L'adrénaline avait cessé de faire effet, et je m'étais mise à trembler.

Sonnée

– Boum, paf, crac ! Tu lui en as collé une bonne ! a crié Blossom à l'arrière de la voiture. Tiens, prends ça, sale violeur !

– Il n'y a pas de quoi se réjouir, Blossom. Je viens de frapper quelqu'un.

– Mais c'était de l'autodéfense ! Pas vrai, Pip ?

– Ouaip ! Je suis témoin.

Mais était-ce vraiment aussi simple que ça ? J'étais dans une sorte de brouillard et je continuais à trembler, à la fois effrayée et excitée par ce que je venais de faire. Je n'avais pas réellement pris de *plaisir* à frapper le gars, même s'il l'avait cherché, mais le sentiment de puissance que ça donnait était jouissif. Et c'était entièrement nouveau pour moi. D'où était donc sorti ce coup de poing ? Quand je tapais sur un sac au club, mes coups me semblaient faiblards et inoffensifs. Mais là, dans la rue, j'étais brusquement devenue un croisement entre Wonder Woman, Poison Ivy et Black Widow.

Tandis que j'essayais d'y voir clair malgré mon cerveau et mon corps bourdonnants, Blossom s'activait à envoyer des messages pour raconter à tout le monde ce qui s'était passé. Enfin, pas à ceux du lycée, bien sûr, juste à Magnet et ses copains trotskistes. Mais Bosford est une petite ville, et les nouvelles s'y répandent comme une traînée de poudre. Quand je suis allée sur Twitter avant de me coucher, j'avais quarante-trois notifications, toutes sur l'incident de Brighton. Et l'histoire semblait avoir enflé en cours de route. Quelqu'un avait compris que j'avais été attaquée par un violeur et que je l'avais repoussé. Le discours tournait autour du thème « Fleur Waters a frappé un mec ? Comment c'est possible ? » Verity m'a envoyé un message de Nouvelle-Zélande pour me dire que j'étais la meilleure. J'ai même reçu un mot de George qui me demandait si ça allait.

Le samedi matin, j'ai été réveillée par la sonnerie de mon portable. J'ai regardé l'heure d'un œil vitreux : qui pouvait m'appeler un samedi à 7 h 53 ? Qui était même levé à cette heure-là, en pleine la nuit ? C'était un numéro inconnu.

– Allô ?

– Fleur ? C'est Ricky.

– Oh, bonjour…

– Tu as frappé quelqu'un hier soir ?

– Tu es au courant ?

– Oui, je suis au courant.

Mon cerveau s'est activé pour déchiffrer son ton. Logiquement, ça aurait dû l'épater, mais quelque chose clochait dans sa voix.

– Je sais ce que tu penses, ai-je risqué.

– Ah ouais ? E je pense quoi ?

– Que je suis prête à me battre contre les gars du club.

– Ce n'est pas ce que je pense, non, m'a-t-il répondu posément.

– Non ?

– Ce que je pense, c'est que je devrais te virer du club.

Je me suis assise dans mon lit, le cœur battant. Je n'arrivais pas à croire que j'avais bien entendu.

– Tu connais les règles, a-t-il repris. Ce qu'on apprend au club ne sort pas du club. On ne se bat pas dans la rue.

– Mais là, c'était différent ! Enfin, à quoi ça sert que j'apprenne à boxer si je ne peux pas l'utiliser pour me défendre ?

– Tu n'es pas Karaté Kid. Il s'agit d'un sport, ça se pratique sur un ring et pas ailleurs. Tu aurais pu blesser ce garçon gravement. Imagine s'il était tombé et qu'il s'était fracturé le crâne ?

– Ça ne serait jamais arrivé !

– Mais si, ça arrive, Fleur ! a-t-il riposté. Je l'ai vu arriver. Je suis désolé, mais je n'ai pas vraiment le choix. Tu ne fais plus partie du club.

Et il a raccroché.

Savoir se battre

– Le bon côté, a déclaré ma mère au petit-déjeuner, c'est que maintenant, tu peux venir au cours de pilates avec moi.

– Super, ai-je dit, incapable de cacher mon ironie.

À sa décharge, elle faisait des efforts désespérés pour ne pas rayonner de bonheur à l'idée que j'étais interdite de boxe.

– Je vais appeler Carole pour lui demander si elle peut te caser dans le cours de ce matin.

– Génial.

Pendant qu'elle allait chercher son portable, je suis restée assise à la table de la cuisine à touiller mes céréales, les yeux sur le paysage derrière la fenêtre.

Je ne comprenais toujours pas. Je devais quand même avoir le droit de me servir de ce que je savais faire pour me défendre ? Ce n'était pas comme si je faisais la tournée des clubs pour coller des pains à tout le monde. Je nous avais juste protégés, mes amis et moi, d'une situation potentiellement dangereuse. Ma mère est revenue au bout de quelques minutes.

– Carole dit que c'est bon, m'a-t-elle annoncé avec un sourire de malade.

– Super nouvelle.

J'ai repoussé doucement mon bol de céréales et laissé tomber ma tête lourdement sur la table en chêne.

– Allez, Fleur, fais un essai. On ne sait jamais, ça pourrait te plaire.

Je me suis forcée à lui sourire. Elle n'y était pour rien. Elle faisait de son mieux.

– Merci, maman.

– Et, autre avantage, a-t-elle ajouté avec entrain : au moins comme ça, on n'aura pas acheté ce maillot pour rien.

À propos de maillot, je n'aurais jamais cru qu'il y avait autant de lycra sur terre. Au cours de pilates, il disposait littéralement de kilomètres de chair molle auxquels s'agripper. Ma mère m'a présenté Carole et son aura enveloppante avant d'aller bavarder avec ses copines. Le système audio diffusait un air de flûte de Pan péruvien très bizarre.

– Ravie de te rencontrer, m'a dit Carole. Ta mère m'a beaucoup parlé de toi.

Elle a penché la tête sur le côté pour me fixer intensément, perçant mon âme de son regard bleu glacier. Je me suis raidie aussitôt.

– Vraiment ?

– Oui, elle m'a expliqué que tu étais un peu stressée, ces temps-ci.

– Ah bon ? ai-je dit, étonnée.

– Tu as rompu avec ton âme sœur ?

– Je ne l'appellerais pas comme ça, mais…

– Elle m'a dit aussi que tu avais des problèmes à régler.

– Ma *mère* a dit ça en parlant de *moi* ?

– Tu vas voir, les cours de pilates vont t'aider à apaiser tes tensions. Ça ne se limite pas à une discipline physique, c'est une approche holistique de la vie en général.

– Et c'est très bénéfique pour le centre abdominal, non ? ai-je demandé, histoire de l'éloigner de mes problèmes personnels pour la ramener dans le vrai monde.

– Absolument, a-t-elle acquiescé en approchant son visage tout près du mien. Ton *centre abdominal*.

En même temps, elle a posé sa main sur mon abdomen en appuyant légèrement et je n'ai pas pu réprimer un frisson. Puis elle s'est éloignée en me laissant avec l'impression qu'il venait de se passer un truc. Mais quoi ?

– Elle est géniale, non ? m'a demandé ma mère en revenant, les yeux brillants d'enthousiasme. Tellement en phase !

– On ne peut pas en dire autant de la musique.

Bon, je ne peux pas dire non plus que le pilates soit l'activité la plus fun que je connaisse. Les mouvements sont super lents et l'idée générale semble être de prendre des positions bizarres et légèrement inconfortables. Tout le monde grinçait et soupirait en même temps, comme des rameurs sur une galère. Il y a même quelqu'un qui a pété. Mais Carole nous assurait qu'on faisait travailler notre centre abdominal et qu'on purifiait notre aura. Et honnêtement, à ce stade, elle aurait pu nous faire faire n'importe quoi.

Bref, je n'ai pas détesté le pilates.

Mais c'était loin de valoir la boxe.

Ce ne serait pas ton anniversaire ?

Je crois que j'ai dû avoir l'anniversaire le plus décevant qui ait jamais existé. Mes fêtes d'anniversaire ont toujours été sobres. Étant née en plein milieu des vacances, soit je suis absente le jour J, soit ce sont les autres qui ne sont pas là. Cette année, le fait que je m'étais levée la veille d'humeur massacrante n'aidait pas. Ma mère avait essayé de réveiller mon enthousiasme, sans grand succès.

– Alors, c'est quel jour, demain ? m'avait-elle demandé au petit-déjeuner.

– Vendredi.

– Quelle date ?

– Le treize août.

– Et ça veut dire quoi ?

– Ça veut dire que le lait est périmé, ai-je répondu en désignant le pack.

– Non, je veux dire, il n'y a rien de spécial demain ?

J'ai sorti mon portable pour consulter le calendrier.

– Si, ai-je répondu la bouche pleine de céréales. C'est la journée internationale des gauchers.

– Et tu as dix-sept ans !

– Super.

– Franchement, Fleur, a-t-elle soupiré. Je fais tout ce que je peux, je t'assure.

Blossom a tenté sa chance un peu plus tard dans la journée en me proposant de participer à une manif sur l'égalité des salaires hommes-femmes avec Magnet et ses copains.

– Allez, Fleur. Si tu ne viens pas, je vais être obligée de défiler avec Magnet. Tu ne vas quand même pas me forcer à faire ça ?

– C'est ton petit ami, lui ai-je rappelé.

– Justement.

– Excuse-moi, Blossom, mais ça ne me dit rien du tout. Désolée de te laisser tomber mais tout ce que j'ai envie de faire en ce moment, c'est de lire dans mon lit.

Finalement, elle s'est forcée à sourire.

– OK, Fleur. Peut-être demain, alors ?

– Ouais, peut-être.

Je savais que je réagissais comme une idiote. Mais j'étais au fond du trou et le dernier truc que je voulais, c'était subir les tentatives de ma mère ou de Blossom de m'égayer par leurs gazouillis. À croire que plus les autres essaient de me faire penser ou ressentir ceci ou cela, plus je résiste. En tout cas, je n'étais pas du tout d'humeur à faire la fête. Le vendredi, je me suis levée tôt pour faire un grand tour à vélo. Sur le coup, je ne savais pas trop ce que je voulais, à part que j'avais besoin d'avoir la paix. Il faisait doux et je devais garder la bouche fermée pour ne pas avaler des dizaines d'insectes. Cela dit, ça aurait peut-être été un moyen d'augmenter ma consommation de protéines.

En partant, j'étais tendue, morne et en colère. Je pensais à George, à ma mère et au fait que je m'étais fait virer du club. Je pédalais comme une brute en grimpant les collines en vitesse haute et ça me tirait dans les cuisses. Mais peu à peu, à mesure que mes muscles se détendaient et que mes poumons commençaient à me brûler, j'ai senti ma mauvaise humeur me lâcher. Je respirais plus profondément, j'étais plus calme, délivrée de la tension par l'effort physique. Je suis rentrée après avoir parcouru quatre-vingts kilomètres en un peu moins de quatre heures, épuisée mais avec les idées beaucoup plus claires. Je savais ce que je devais faire.

Je devais retourner au club et me battre pour retrouver ma place. Je ne pouvais pas renoncer comme ça. Le lendemain matin, j'irais voir Ricky pour l'obliger à me reprendre.

Mais j'avais aussi d'autres choses à arranger, et ça m'a fait plaisir de voir la Clio de Pip, avec Blossom agrippée au tableau de bord, se garer devant chez moi au moment où je rentrais. Ils sont sortis de la voiture pendant que je rangeais mon vélo.

– Quelle distance ? m'a demandé Blossom.

– Quatre-vingts.

– Wouah ! T'es vraiment impressionnante.

– Non, je ne suis pas impressionnante, ai-je répliqué en enlevant mon casque. Je suis une personne horrible, nulle avec mes amis et avec mes parents. Et une féministe lamentable.

Blossom a haussé les sourcils.

– Il n'y a pas une seule affirmation vraie là-dedans. On en a déjà parlé. En quoi serais-tu une féministe lamentable ?

– Je ne vais pas aux manifs avec toi. Je ne déconstruis rien. Je fais des blagues débiles au lieu de te soutenir. Et j'ai bloqué le compte d'Emma Watson sur Twitter.

– Et voilà, m'a-t-elle répondu en secouant la tête. C'est ça, le résultat du patriarcat. Ça nous fait douter de nous et nous disputer. Tu es une super-féministe, Fleur. Tu as juste choisi une autre voie que moi. Et que tous les autres. Mais où est le problème ? Il y a mille manières d'être féministe. Et c'est justement ça qui est génial, parce que ça nous permet de choisir celle qui nous convient.

En regardant mon amie, la meilleure de toutes, j'ai fondu en larmes. Les dernières semaines m'avaient secouée. Il y avait eu le stress des exams, la rupture avec George, l'expulsion du club, les tensions avec ma mère. Blossom s'est approchée pour me serrer dans ses bras.

– Tu te comportes comme si tu t'en fichais, m'a-t-elle murmuré. Comme si tu voulais éviter la confrontation, comme si tu avais peur tout le temps. Mais moi, je sais que tu es une coriace, Fleur.

– N'empêche, c'est vrai que j'ai peur.

– Eh ben tu as le droit, m'a-t-elle répondu en me serrant plus fort.

Ensuite on est allés déjeuner tous les trois à Brighton. C'est Blossom qui a payé. Puis on a passé un moment assis sur la plage. Mais comme le ciel n'a pas tardé à se couvrir, on s'est réfugiés au cinéma. Le seul film qu'on n'avait pas vu était un Pixar et on est allés voir celui-là, avec un millier de gamins tout petits et leurs parents éreintés. C'est toujours comme ça pendant les vacances. Moi, ça ne me dérange pas.

De retour à Bosford, Blossom m'a demandé si je voulais aller chez Chickos.

– Non, ai-je répondu. Je dois passer un peu de temps avec ma mère. Je crois qu'elle a prévu un truc spécial pour le dîner.

– Tu veux venir regarder un film chez moi après ? On pourrait se faire un marathon *Rocky*.

– On peut peut-être s'en faire juste un. Ou deux. J'ai boxe, moi, demain matin.

Elle a fait une petite danse de la joie.

– C'est quoi, déjà, la réplique géniale dans *Rocky* ? Sur le fait de frapper fort ?

– « C'est pas d'être un bon cogneur qui compte. L'important, c'est de se faire cogner et d'aller quand même de l'avant, c'est de pouvoir encaisser. »

– « C'est comme ça qu'on gagne ! » a-t-elle achevé triomphalement.

L’épreuve de force

En arrivant au club, je suis tombée sur Tarik devant la porte. Il était en avance, comme moi, et il lisait un *Club des cinq*, assis sur un petit banc au soleil. Je me suis installée à côté de lui et j’ai attendu qu’il ait fini son chapitre pour lui dire bonjour.

Puis Sharon est arrivée, on est entrés et on l’a aidée à tout mettre en place : il y avait les cordes à sauter à sortir, les sacs à fixer au plafond… Puis c’est Joe qui est arrivé en boitillant.

– Salut, Killeuse. Ça va ? m’a-t-il demandé.

Ensuite ça a été le tour de Ricky. Je suis allée le voir aussitôt, pressée de régler le problème.

– Ricky, ai-je dit en m’efforçant de rester calme, je suis désolée d’avoir frappé ce gars, même si c’était de la légitime défense. J’adore la boxe. Et je pense que je progresse. Je me sens plus en forme, plus forte, ça me donne confiance en moi et ça me fait du bien. Et je crois que je suis une vraie boxeuse, même si tu penses que je ne suis pas encore prête pour le sparring.

Il était en train de réparer un truc et il s’est arrêté de visser pour me regarder, avec son rictus habituel.

– Je suis ravi que tu me racontes tout ça, Fleur. Et aussi que le club t'apporte quelque chose. On y récolte toujours ce qu'on y a semé. Mais il y a une chose dont tu ne parles pas dans ce que tu as appris ici, et c'est justement ce que j'essaie de t'enseigner depuis le début.

Je ne voyais pas du tout de quoi il parlait.

– Ça commence par un D.

– La danse?

– La discipline! Tu veux devenir une boxeuse? Alors apprends un peu la discipline, nom de Dieu!

J'entendais Tarik, Joe et Sharon aller et venir à l'autre bout de la salle en faisant semblant de ne pas nous écouter. Ricky m'a foudroyée du regard.

– C'est pour ça que tu as frappé ce gars: parce que tu n'as pas su te contrôler. Et c'est pour ça que tu baisses toujours ta garde. Parce que tu manques de discipline.

J'ai avalé péniblement ma salive. Il avait raison. La discipline n'avait jamais été mon point fort – la danse non plus, d'ailleurs.

– Deux choses, a repris Ricky: si j'entends dire encore une fois que tu t'es battue dehors, tu es virée pour de bon. Direct.

J'ai hoché la tête, et il s'est retourné pour recommencer à visser.

– C'est quoi, la deuxième chose? ai-je demandé.

– Tu peux faire du sparring, si tu en as toujours envie.

– Quoi?

– Tu es prête. Ou tu le seras bientôt, si tu bosses assez dur et que tu écoutes ce que je te dis.

J'étais submergée par les émotions, tout à coup: le soulagement d'avoir été reprise dans le club, la surprise devant ce rebondissement inespéré, la terreur absolue à l'idée de cogner pour de bon sur le ring. Ou, plus probablement, de me faire cogner.

– OK. Dis-moi juste ce que je dois faire.

Dans la bande des gars

J'étais stressée. Ce soir-là, c'était ma première fois sur le ring. On était en septembre, je venais deux fois par semaine depuis un mois et Ricky avait enfin accepté de me laisser monter sur le ring pour un « avant-goût », comme il disait. Mon partenaire était Joe, qui m'avait promis qu'il ne me frapperait pas. Mais je ne savais pas si je pouvais le croire. Il avait quand même une revanche à prendre pour la fois où je lui en avais collé une. J'attendais mon tour, gants au poing, pendant que Jerome et Chris se balançaient des jabs en sautillant sous les encouragements et les conseils techniques de Ricky. Certains des gars semblaient être d'une force et d'une vitesse terrifiantes. Dan est venu me rejoindre pendant que je les regardais.

– Euh, juste comme ça, je me marie dans deux mois, m'a-t-il informée. Alors j'organise une soirée d'enterrement de vie de garçon. Le truc simple, hein, juste quelques bières.

– Oh, c'est cool, ai-je répondu en me demandant pourquoi il me racontait ça. Amuse-toi bien.

– Ça te dit de venir ?

Il y a eu un blanc.

– Tu m'invites à ta soirée d'enterrement de vie de garçon ?

– Ben ouais, si t'as rien de prévu.

– OK, pourquoi pas.

– Killeuse ! C'est à toi !

C'était Ricky qui m'appelait. Il a levé les cordes et je suis montée sur le ring, suivie par Joe. On s'est campés l'un en face de l'autre, harnachés tous les deux d'un casque, d'un protège-dents et de gants de 12 onces. Ils étaient trop lourds pour moi et trop légers pour Joc, mais Ricky voulait qu'on soit le plus possible à égalité. On mesure à peu près la même taille, mais Joe est sec et musclé. Je crois que le qualificatif qu'on emploie généralement pour ce genre de physique, c'est « vif ».

Mon estomac moulinait comme une bétonnière, mais c'était peut-être dû aussi aux deux énormes bols de porridge que j'avais pris au petit-déjeuner. Je me suis demandé si les Saxons se sentaient comme ça la veille de la bataille d'Hastings. Bon, ils ne portaient pas des super chaussures de boxe noir et ivoire ornées de lacets roses à paillettes tout neufs, mais à part ça, j'éprouvais un vrai sentiment de fraternité pour ces vaillants guerriers.

Les autres continuaient à sauter à la corde ou à cogner dans leurs sacs en faisant semblant de ne pas faire attention à nous, mais je les ai sentis qui nous regardaient à la dérobée quand je me suis mise en position.

– Bien, m'a dit Ricky. Maintenant, vas-y doucement et maintiens ta garde. Je ne veux pas me retrouver avec quelqu'un dans les vapes.

– T'inquiète, a grogné Joe.

– C'est pas à toi que je parle, lui a répliqué Ricky. Elle t'a déjà assommé une fois.

Ça m'a fait rire. Ricky avait le don de nous balancer des blagues pour nous encourager.

Joe s'est avancé et a lancé un petit jab, doucement. J'ai bloqué le coup. Jab du droit. Bloqué aussi.

– C'est bien ! m'a lancé Ricky. Rappelle-toi les exercices !

J'ai continué à bloquer en reculant et en tournant tandis que Joe balançait des jabs. C'était du boulot, même sans avoir à frapper moi-même. Mais Joe n'arrivait pas à franchir mes défenses.

– Stop, a dit Ricky. Qu'est-ce que tu fais, Fleur ?

– Ben, quoi ? Je fais comme tu m'as toujours dit : je maintiens ma garde.

– Tu dois essayer de le frapper. On fait de la boxe, pas du self-défense.

– Mais comment je peux le frapper s'il n'arrête pas de me balancer des coups ?

– Tu bloques son jab et tu lui en retournes un. Allez, recommence.

Je m'y suis remise en tâchant de faire ce qu'il me disait. J'attendais que Joe balance un jab, je bloquais et j'essayais de riposter. Mais, entre-temps, il m'en avait déjà balancé un autre avec sa droite et je devais bloquer celui-là aussi. Mes coups n'avaient aucune chance de l'atteindre. Je n'arrivais pas à maintenir ma garde tout en poussant mes coups assez loin pour le toucher.

– Tu ne peux pas arrêter de frapper une seconde et me laisser riposter ? ai-je demandé en haletant.

– Tu ne m'auras pas une deuxième fois, m'a répondu Joe en lançant un nouveau jab.

Ça devenait de plus en plus frustrant. Enfin, j'ai décidé que ça commençait à bien faire et j'ai balancé un large swing du droit.

– Ça va ? m'a demandé la voix de Ricky qui venait de juste au-dessus de moi.

Apparemment, j'étais étalée sur le dos.

– Désolé, a dit Joe.

– Qu'est-ce qui s'est passé ?

– Tu as baissé ta garde, m'a dit Ricky. Gros swing, zéro impact. C'est passé complètement à côté et tu as baissé ta main gauche. Joe t'a donné une tape sur le côté de la tête et tu t'es affalée.

– Juste une tape ?

– Eh oui.

Ricky m'a aidée à me relever et à sortir du ring. Je suis allée m'asseoir et Sharon m'a apporté un verre d'eau.

– Comment tu te sens ? est venu me demander Ricky quelques minutes plus tard.

J'ai cligné des yeux et bougé la tête pour m'assurer qu'elle tenait toujours.

– Je suis juste un peu secouée, mais pas autant que j'aurais cru.

– C'est la première fois la pire, m'a-t-il assuré. Au bout d'un moment, tu ne sentiras plus rien. Une fois que tu n'auras plus de cerveau. On devrait peut-être se concentrer sur la défense, pour l'instant. On va continuer à travailler un peu ta garde avant de te faire passer en attaque la prochaine fois.

– La prochaine fois ?

– À ton prochain combat d'entraînement. Si tu es prête à continuer, bien sûr.

Surprise !

– Trois nouvelles adhérentes ! a exulté Sharon à mon arrivée le mercredi suivant. Rien que des filles. Et tout ça grâce à tes affichettes.

– C'est génial ! ai-je lancé, ravie.

Je suis entrée dans la salle en cherchant des yeux les filles en question. Et j'ai cruellement déchanté en les voyant.

Destiny.

Taylor.

Bonita.

Les Icènes.

– Euh, salut… Qu'est-ce qui vous amène ? ai-je demandé en faisant de mon mieux pour prendre un ton sympa, tandis qu'un concert d'alarmes se déclenchait dans ma tête.

– C'est toi qui as mis des affiches au lycée, tu te rappelles ? m'a dit Bonita. On cherchait justement un truc à faire.

– Super.

Mais pourquoi faut-il qu'elles choisissent la boxe ? ai-je songé. *Elles ne pouvaient pas aller mettre à sac les villages alentour, plutôt ?*

– Sharon a dit que tu cherchais un sparring-partner, a ajouté Bonita. Alors me voilà.

Elle s'est marrée et Taylor et Destiny en ont fait autant, jouant docilement le rôle de ses âmes damnées.

– Vous devrez d'abord faire quelques séances d'échauffement, ai-je précisé. Ricky ne vous laissera pas monter directement sur le ring.

– Oh, ça ne va pas traîner, a pronostiqué Bonita en balançant quelques coups de poing dans ma direction.

Ricky nous a donné la nouvelle du jour pendant l'échauffement :

– Ah, et n'oubliez pas le tournoi. Tous ceux qui sont intéressés doivent me prévenir, ça nous laissera le temps de parler catégories de poids.

– C'est quand ? a demandé Bonita.

– Le 10 décembre.

– Les filles peuvent s'inscrire aussi ?

Il a hésité quelques secondes et son regard est passé furtivement sur moi.

– Pourquoi pas ? Mais je ne prendrai que celles qui seront prêtes.

– Je serai prête, a assuré Bonita.

Elle m'a fait un clin d'œil et j'ai avalé ma salive de travers.

Inutile de dire que les Icènes ont beaucoup moins souffert que moi au cours des premières séances. Il faut dire qu'elles étaient déjà en bonne condition physique. Je les ai évaluées pendant qu'on courait sur place en me demandant s'il y en avait une à laquelle je pourrais me mesurer. Taylor était la plus petite, à peine plus grande que moi. Mais elle était puissante et rapide, et sans doute la plus en forme des trois.

Destiny me dépassait d'une dizaine de centimètres, mais elle ne paraissait pas avoir l'endurance des autres. Et elle ne faisait pas autant d'efforts. Si je devais affronter l'une des trois, c'était celle que je redoutais le moins. Cela dit, en regardant ces filles baraquées et sportives, je n'étais plus aussi emballée à l'idée de me battre, tout à coup. Ça m'a rappelé les paroles de Ricky: « Personne n'est obligé de se battre. Si vous préférez juste travailler votre condition physique, c'est très bien aussi. » Rien ne m'obligeait à les affronter. Il valait peut-être mieux que je joue la prudence et que je m'en tienne à l'échauffement.

– Allez, du nerf! nous a lancé Ricky alors qu'on était en train de faire un milliard de squats. Quand on prend un coup, c'est les jambes qui lâchent en premier. Elles doivent être solides comme des chênes.

Les filles ramaient quand même sur deux trucs: les abdos et les levers de jambes. Vous pouvez faire autant de hockey et de hand que vous voulez, ça ne vous préparera jamais à un niveau de torture pareil. Allongés sur le dos, on devait soulever les pieds à quinze centimètres au-dessus du sol et garder la position. Tout le monde galérait, ça soufflait et ça sifflait comme des locomotives.

– J'aurais pas dû manger de chips, a haleté Jerome.

– Je sais pas comment tu le vends à ta fiancée, Dan, mais ça, c'est pas quinze centimètres! a braillé Ricky.

Bonita a eu un petit rire bruyant.

– C'est comme ça qu'on repère les nouveaux, a commenté Sharon. Ils rigolent aux blagues de Ricky.

À la fin, Bonita a surgi à côté de moi et m'a balancé un coup de poing dans l'épaule.

– À samedi, Magnolia.

– Aïe. Vous allez venir le samedi aussi ? ai-je lâché, consternée.

– Ouais ! On s'est éclatées.

Et elle est partie après m'avoir décoché un nouveau clin d'oeil, Taylor et Destiny sur les talons.

Du lourd

– Allez, papa! ai-je crié du haut de la pente.

Après un petit étirement, j'ai bu une gorgée d'eau dans la gourde la plus chère du monde. Il faisait chaud et j'ai savouré la petite brise qui venait des collines. On avait fait environ la moitié de notre circuit de cent soixante kilomètres et je me sentais super bien. On s'était planifié cette pause sur une zone de pique-nique en haut de Jump Hill. On voyait très loin, de là-haut.

On avait pris la tête à tour de rôle pour profiter chacun notre tour du sillage de l'autre. On ne parlait pas beaucoup, se contentant d'écouter le sifflement des pneus sur la route, le bruissement du vent et les bruits des petits animaux dans les haies. Sur le dernier kilomètre, on s'était «cogné quelques bosses», comme disait mon père, ou «des putains de montagnes super hautes» selon ma définition à moi. Mais curieusement, et avant que j'aie pu m'en rendre compte, j'avais gagné du terrain jusqu'à le devancer de huit cents mètres.

Mon père est arrivé en soufflant et en crachant ses poumons. Il a déverrouillé ses pédales et il est descendu de vélo en me jetant un regard suspicieux.

– Depuis quand tu es aussi en forme, toi ?

– C'est rien que du muscle, ai-je déclaré en me tapant les cuisses. Et puis, j'ai trente ans de moins que toi.

Après avoir bu, il est allé s'asseoir sur un banc.

– C'est la boxe, pas vrai ?

– Ouais, ça et toutes les protéines que je m'enfile. Je suis à soixante kilos.

J'ai ouvert un sachet de bœuf séché dont je lui ai offert un bout, mais il a refusé en sortant une banane de la poche arrière de son maillot.

– Ce n'est pas ça qui va t'aider, ai-je objecté. Il te faut un truc qui tienne au corps. Tiens, prends du pâté en croûte.

– Ta mère se fait du souci pour toi, m'a-t-il déclaré tout à trac.

J'ai haussé les épaules.

– Elle se fait toujours du souci pour moi. Elle stresse même quand je vais à l'hypermarché parce qu'elle trouve que les caddies géants sont dangereux.

– C'est vrai qu'ils peuvent prendre de la vitesse quand ils sont remplis de sacs de croquettes pour chien, a-t-il argumenté en mari loyal. En attendant, elle est persuadée que tu vas finir par monter sur le ring. Elle passe son temps à chercher des trucs sur les boxeurs morts au combat à la bibliothèque. Et il faut reconnaître que les coups à la tête, ça peut causer beaucoup de dégâts.

– Il y a des tas de trucs qui peuvent causer beaucoup de dégâts. Tu préférerais que je traîne à Brighton avec des potes, à me prendre des cuites et à fumer des joints tout l'été ?

– Ce n'est pas moi qu'il faut convaincre. Hier, elle a rapporté la photocopie d'un article sur un jeune gars devenu paraplégique après un match de boxe. Il va passer le reste de sa vie dans un fauteuil roulant.

– Écoute, c'est bon, j'ai compris. Si maman est aussi…

– Protectrice ?

– … casse-bonbons, c'est parce que Verity l'a « abandonnée » pour aller vivre en Nouvelle-Zélande et qu'elle ne veut pas perdre la fille qui lui reste.

– Il n'y a pas que ça, a dit mon père.

Il s'est tu pour contempler la vue, ses cheveux gris agités par le vent. Il avait l'air fatigué. J'ai attendu qu'il se décide à reprendre la parole.

– Tu sais que ta mère et moi, on a eu du mal à avoir des enfants.

– Oui, je sais. Maman a fait deux fausses couches avant d'avoir Verity.

– Et une autre ensuite. En fait… ce n'était pas une fausse couche. Tu as eu un frère. Pendant une journée.

Le vent avait un peu forci et traînait des nuages rétifs dans le ciel. Je suis restée sonnée, à essayer de digérer l'information. Pourquoi m'avoir caché un truc pareil ?

– Ta mère ne voulait pas que je t'en parle, a ajouté mon père comme s'il lisait dans mes pensées. Mais je trouve ça important, que tu le saches.

– Et Verity, elle est au courant ?

– Oui, c'est sorti pendant une dispute. Pas franchement au meilleur moment.

– Vous lui aviez donné un nom ?

– On l'a appelé Ben. On savait qu'il ne vivrait pas. On y était préparés. Enfin, autant qu'on peut l'être. Un problème cardiaque. Pauvre petit gars.

J'ai vu une larme rouler sur la joue de mon père et je n'ai pas trop su quoi faire. J'ai fini par passer mon bras maladroitement autour de ses épaules, même si ça me paraissait un peu dérisoire.

– Il s'est battu de toutes ses forces. Il a tenu toute une journée, plus que ce que les médecins avaient prévu. Un obstiné. Un peu le même genre que toi.

– Tu trouves que je suis obstinée ?

– Pour les choses auxquelles tu tiens, c'est clair. Enfin bref, c'est pour ça que ta mère est… comme elle est. Au moins en partie. Elle était déjà un peu comme ça avant, mais la mort de Ben n'a rien arrangé. Alors essaie d'y aller doucement avec elle, d'accord ?

J'ai hoché la tête, incapable de parler. Je pensais à ce frère brusquement surgi du passé. On est restés assis longtemps sans parler. Quelques voitures sont passées et les gens nous fixaient, étonnés de voir une fille assise là, le bras autour des épaules de son père, tous les deux immobiles dans leurs maillots de cycliste.

Au bout de ce qui m'a paru une éternité, j'ai repris :

– Il s'est battu de toutes ses forces, alors ?

– Oh oui.

– Je parie qu'il aurait fait un bon boxeur.

– J'en suis sûr.

TROISIÈME PARTIE

AU TAPIS

Vole comme le papillon, pique comme le papillon[1]

Destiny a balancé un jab.

Je l'ai bloqué.

Destiny a balancé un autre jab.

Je l'ai bloqué.

Ça a duré comme ça un bon moment. J'avais pas mal stressé avant de monter sur le ring, sachant que c'était le grand jour. Celui de mon premier vrai combat d'entraînement. Ricky m'avait demandé de me concentrer sur ma garde sans trop chercher à attaquer.

Destiny a balancé un jab du droit.

Je l'ai bloqué.

– Très bien, Fleur ! a braillé Ricky. Maintiens ta garde !

– Frappe-la, Destiny ! a croassé Joe.

Il était l'homme de coin de Destiny et Ricky était le mien.

Jab du gauche de Destiny.

1. Référence à « Vole comme le papillon, pique comme l'abeille », Mohamed Ali.

Je l'ai bloqué.

– Je suis content, a repris Ricky. Tu as pigé le truc.

Destiny a envoyé trois autres jabs, que j'ai encore bloqués. Ce n'était pas aussi terrible que je le craignais, finalement. Tant que je gardais une bonne position et mes gants devant mon visage, Destiny ne pouvait pas grand-chose contre moi.

Soudain, elle a reculé en baissant les bras.

– Bon, tu ne vas jamais essayer de me frapper, alors ?

– Pardon ?

– On est censées se battre, et tu n'as pas essayé de me frapper une seule fois.

– Ricky dit que je dois travailler ma garde.

– Allez, quoi, cogne ! a-t-elle insisté en levant les yeux au ciel.

Alors je me suis avancée et je lui ai balancé un swing du droit.

– Ta garde ! m'a crié Ricky.

Trop tard. Destiny a esquivé mon poing en reculant et m'a frappé le côté de la tête d'un coup du gauche. J'avais baissé ma garde, une fois de plus. Dès que je portais un swing du droit, je baissais automatiquement le bras gauche. Systématiquement.

– Ça va ? m'a demandé Ricky.

Je l'ai rassuré d'un hochement de tête.

Prise de vertige, j'ai reculé pour me mettre hors de portée de Destiny. Elle m'a suivie, décidée à pousser son avantage. Jab. Bloqué. Nouveau jab, bloqué.

Puis elle a envoyé un gros swing bien lourd.

Bloqué.

À la fin de la séance, Ricky m'a fait signe d'approcher.

Et c'est parti, me suis je dit. *Il va encore me prendre la tête parce que j'ai lâché ma garde.*

– Alors, qu'est-ce que t'en dis ? m'a-t-il demandé.
– De quoi ?
– Du tournoi.
– J'en pense que je ne suis pas prête.
– Tu n'es pas prête pour Bonita. Mais pour Destiny, peut-être.
J'ai froncé les sourcils, sceptique.
– Écoute, Fleur, ma priorité, c'est la sécurité de mes boxeurs. Je ne laisse personne se battre contre un adversaire plus fort que lui, ni contre quelqu'un de beaucoup plus petit ou de plus léger. Rappelle-toi ça : on peut frapper vers le haut, on peut frapper sur le côté, mais jamais vers le bas.
– Mais je suis prête, alors ? Je n'ai pas touché Destiny une seule fois.
– Ce n'est pas ce que je t'ai demandé. Je voulais juste que tu tiennes ta garde. Je voulais être sûr que tu étais capable de te protéger.
– Mais à quoi ça rime de se battre si l'un des boxeurs ne frappe pas ?
– C'est un combat d'exhibition. Trois rounds de trois minutes, une minute pour les filles. Je veux inciter les femmes à s'y mettre.
– Ah bon ? C'est nouveau, ça.
Ricky a haussé les épaules.
– Moi, j'entraîne tous ceux qui montrent qu'ils s'investissent. Jusque-là, je n'avais pas vu beaucoup de filles qui avaient les tripes pour ça. Jusqu'à ce que tu arrives.
Je n'ai pas su quoi répondre.
– La presse sera là, a repris Ricky. Je veux que tout le monde voie que la boxe est un bon moyen de faire de l'exercice pour les femmes et que ce n'est pas dangereux.

– OK. Autrement dit, tu veux que je boxe parce que je ne risque pas de frapper qui que ce soit.

– En gros, ouais. Tu y réfléchis, OK?

Puis il est parti et j'ai voulu dire au revoir à Tarik. Mais Bonita le noyait de questions sur la technique et ne le lâchait pas. Après leur avoir tourné un peu autour, j'ai laissé tomber et je suis rentrée chez moi en contournant la cité Gladwell.

K-O

Le dernier week-end de septembre, on a tous décidé de ne pas aller à Battle et j'ai invité Blossom et Pip à déjeuner chez moi. Je voulais faire des efforts avec ma mère, et comme j'avais peur que le repas dominical soit un peu morne sans George, je comptais sur Pip pour égayer les choses. J'avais juste oublié qu'il est d'une timidité maladive dans ce genre de circonstance. Il a même peur d'Ian Beale, qu'il a vu des milliers de fois.

– Tu es vraiment sûr qu'il n'est pas dangereux ? m'a-t-il redemandé nerveusement.

– Il ne mord pas, l'ai-je assuré. En revanche, il peut te passer ses microbes.

Ian Beale grognait doucement, couché dans son panier avec une collerette vétérinaire autour du cou. L'une de ses pattes était rasée, là où le véto avait dû lui faire une piqûre.

– Quoi qu'il arrive, ne le laissez pas sortir, a dit ma mère en apportant la purée.

Pip avait aussi vu mes parents un millier de fois, mais n'arrivait toujours pas à les regarder en face. Il a passé presque tout le repas à fixer son assiette et à renverser des choses sur la table avec ses longs bras avant de se répandre en excuses. Il a mangé du début jusqu'à la fin avec une petite cuillère, ce qui est un peu étrange, même venant de lui.

La dispute idiote du jour est tombée sur les pronoms, en particulier l'usage du pronom « iel » pour désigner quelqu'un sans distinction de genre. Ma mère était contre. Elle n'aime pas le changement. Blossom a fait l'avocate de la défense et je me suis débrouillée pour filer à la cuisine le plus vite possible à la fin du repas.

– Tu penses que les cuillères en bois vont au lave-vaisselle ? ai-je demandé à Pip, qui « aidait » à débarrasser.

– Oui. Non. J'en sais rien.

Après hésitation, j'ai décidé de faire ma rebelle et je l'ai mise dedans.

– Alors, comment ça se passe, la boxe ? m'a-t-il demandé.

– Ce serait super s'il n'y avait pas Bonita ! ai-je grondé. C'était mon truc à *moi*, tu comprends ? Mon espace vital. Le domaine dans lequel j'étais meilleure qu'elle.

– Je croyais que tu n'avais pas l'esprit de compétition.

– C'est juste que je ne veux pas qu'elle soit meilleure que moi à la boxe, ai-je répliqué en balançant une poignée de couverts n'importe comment dans le casier du lave-vaisselle.

– Dans ce cas, tu n'as qu'à te battre contre elle et l'assommer. Tu as dit que tu avais un bon jam droit.

– Un jab.

– Oui, aussi. Alors où est le problème ? Tu sais faire. Tu as bien dégommé le violeur.

– Le problème, c'est que Bonita est plus grande et plus lourde que moi, lui ai-je expliqué. Ses coups portent plus loin et elle frappe plus fort. C'est pour ça qu'il y a plusieurs catégories en boxe.

– « Tu gagneras pas », m'a sorti Pip en imitant hyper mal l'entraîneur de Rocky. « Cette meuf-là te tuera. »

– Absolument. Pour la battre, il faudrait que je prenne du poids.

– Eh ben fais-le, m'a-t-il répondu en haussant les épaules.

Je l'ai regardé jeter le reste du crumble à la poubelle. Certaines personnes ont toujours besoin de tout compliquer, mais, pour Pip, les choses sont simples.

– Les coupes à dessert, ça va en haut ou en bas ?

– On s'en fout. Mets-les où tu veux et tant pis si tu te trompes.

– Quatorze, quinze, seize, ai-je haleté en faisant mes pompes.

Je courais environ huit kilomètres tous les matins en traversant Bosford Park à mi-parcours. Je m'arrêtais toujours sur le pont qui passe au-dessus de la mare aux canards pour effectuer une série de pompes, de squats et de burpees. À la vingtième pompe, j'ai vu une paire de baskets vertes surgir dans mon champ de vision.

J'ai relevé la tête en plissant les yeux dans le soleil et découvert le visage moqueur de Bonita. Elle m'a tendu la main, j'ai fini par la prendre et elle m'a aidée à me relever. Elle portait un maillot en lycra, comme moi. Vert. Le mien était rose.

– Alors, tu vas participer au tournoi ? m'a-t-elle demandé.

– Comme disent les Kinks : *I'm a lover, not a fighter*[1], ai-je répondu avec un sourire enjôleur.

– Ouais, c'est pour ça que tu t'es inscrite au club de boxe. Oh, oups, non, c'est pas pour ça.

1. « J'aime l'amour, pas la bagarre. »

– C'est juste pour avoir la forme.

– J'ai entendu Ricky, quand il t'a dit que tu étais prête.

– S'il le dit, c'est que c'est vrai. Mais ça n'arrivera pas. Et en quoi ça t'intéresse, d'ailleurs ?

– Et pourquoi toi, ça ne t'intéresse pas ? m'a demandé Bonita en me pointant du doigt. T'es trop lâche, c'est ça ?

Je me suis sentie rougir. Je savais parfaitement qu'elle essayait de me provoquer, qu'elle cherchait les points sensibles sur lesquels appuyer pour me faire réagir.

– Écoute, ce n'est pas parce que tu es puissante, rapide et sportive que tu vaux mieux que moi. Les filles n'ont pas besoin d'être sportives, pas plus qu'elles n'ont besoin d'être des princesses. Ce n'est pas à toi de décider ce que je dois être.

– Mais t'es quoi, alors ? T'es *quoi*, exactement ?

Il était temps que j'y aille.

– À plus, Bonita.

Et je me suis éloignée à petites foulées, en me surprenant à m'interroger sur sa question.

Je n'étais pas du tout sûre de connaître la réponse.

À la une

Des gouttes de sueur coulaient du bout de mon nez. La séance avait été dure et l'échauffement n'était même pas encore terminé.

– Bon, je vais vous montrer un nouvel exercice, nous a annoncé Ricky.

Il a disposé un médecine ball avec soin par terre et s'est baissé péniblement. Son dos le faisait clairement souffrir. Mais une fois au sol, il a démontré sa bonne forme physique en posant les pieds sur le ballon et en faisant une série de dix pompes rapides, ramenant à chaque fois un genou à angle droit sur le côté.

– Les pompes Spider-Man. Tout le monde a bien regardé ?

Les gars ont hoché la tête tout en continuant à reprendre leur souffle et Ricky s'est relevé en grognant sous l'effort.

– Non, pardon, moi, je n'ai pas regardé, ai-je déclaré. Tu peux recommencer ?

Ricky s'est rallongé en soupirant.

– Je blaguais, ai-je précisé.

Tout le monde a rigolé sauf lui.

– S'il te reste assez de souffle pour blaguer, tu peux refaire trois séries de pompes, m'a-t-il répliqué.

Et tout le monde a rigolé sauf moi.

Un peu plus tard, alors que je frappais sur un sac en binôme avec Destiny, j'ai vu entrer un gars qui portait un cartable. Il a regardé tout autour de lui avec curiosité. Ricky s'est précipité pour lui serrer la main, le gars a sorti un carnet et ils sont allés s'installer à une table.

– C'est qui ? ai-je demandé à Sharon qui passait à côté de moi.

– Un journaliste. Il écrit un article sur le club et sur le tournoi.

À ce moment-là, Ricky s'est retourné pour nous désigner, Destiny et moi, puis Bonita et Taylor à l'autre bout de la salle. Le journaliste a hoché la tête et noté quelque chose dans son carnet.

Après la séance, j'ai cherché Tarik en me disant qu'on pourrait faire un bout de chemin ensemble. Je l'ai trouvé dans la petite cuisine avec Bonita et Taylor, qui rigolaient d'un truc qu'il venait de dire. Croisant son regard, je lui ai fait un petit signe d'au revoir avant de m'éloigner. J'ai essayé de ne pas m'énerver. Tarik et Bonita pouvaient bien être amis, non ? C'est vrai, je n'avais pas de droits sur lui. Mais une fois de plus, elle déboulait à coups de coude dans mon espace personnel.

J'avais parcouru une centaine de mètres quand j'ai entendu quelqu'un courir derrière moi dans la rue. Mon cœur a fait un bond dans ma poitrine. C'était Tarik.

– Hé, tu ne m'as pas attendu ! m'a-t-il dit en me rejoignant.

– Désolée. Tu avais l'air… occupé.

– Elle est trop marrante, Bonita.

J'ai fait une grimace qu'il n'était pas censé voir, mais qu'il a remarquée quand même.

– Tu ne l'aimes pas ?

– C'est pas ça… Disons qu'on n'est pas… le même genre de personne. Elle, c'est une guerrière.

– Toi aussi.

Je me suis arrêtée net. Il a encore fait quelques pas avant de se retourner pour me dévisager avec curiosité de ses yeux noirs.

– Tu trouves que je suis une guerrière ?

– Mais oui. Tu reviens semaine après semaine, tu essaies de te surpasser, tu progresses tout le temps. Tu écoutes, tu réfléchis. Et quand Ricky t'a virée, tu t'es bagarrée pour revenir.

– Mais je n'ai jamais combattu contre quelqu'un, ai-je signalé.

– Qui a dit qu'il fallait se battre contre quelqu'un pour être une guerrière ? Parfois, ton pire adversaire, il est là, m'a répondu Tarik en se tapotant la tempe.

Ce jour-là, après plus de trois mois d'attente, les résultats de mes examens m'attendaient à la maison. Ma mère tournait autour du courrier comme un poids mouche.

– Ceux-là, on s'en fiche, ai-je dit en déchirant l'enveloppe. Ce qui compte, c'est ceux de l'an prochain.

C'était facile à dire, mais un peu plus difficile à croire. J'avais une crampe à l'estomac. Parce que si je m'étais plantée, ça ne serait pas aussi simple que ça de rattraper mon retard en terminale.

J'ai lu le papier, enregistré les informations et dégluti.

– Alors ? a demandé ma mère d'une voix tremblante. Alors ?

– Putain…

– Oh c'est pas vrai, a-t-elle soufflé en s'affalant sur une chaise. C'est pas bon, hein ? Je le savais ! Toute cette histoire de boxe, ça t'a déconcentrée.

– Non, maman. J'ai déchiré, j'ai quatre A.

Elle m'a arraché la feuille des mains et l'a regardée, stupéfaite. J'ai balancé quelques coups de poing dans le vide en rebondissant sur mes orteils. Elle a levé les yeux vers moi, le visage éclairé par un grand sourire, s'est levée comme un ressort et m'a serrée très fort.

– Oh, Fleur, quel soulagement ! Avec cet entraînement intensif que tu t'es imposé, je me faisais vraiment du souci.

– Je sais, maman, ai-je répondu en la serrant à mon tour. Mais tu connais le proverbe.

– Non. C'est quoi, le proverbe ?

– *Mens sana in corpore sano.* « Un esprit sain dans un corps sain. »

Campagne de recrutement (et bœuf séché)

– On prend du retard, les gars, a crié Ricky. On n'a plus que dix semaines et je vois trop de mou, trop de gras, trop de pauses. Je veux vous voir aussi affûtés que des chevaux de course. C'est compris ?

Il y a eu quelques « oui » marmonnés.

– C'EST COMPRIS ?

– OUI, COACH ! a-t-on braillé à tue-tête.

Ça faisait partie du cirque. Mais j'adorais le sentiment d'appartenir à une équipe. On était comme un bataillon.

– On a cinq combats de prévus, a repris Ricky. Quatre masculins et un féminin.

– Pourquoi seulement un match féminin ? a demandé Jerome. Il y a quatre filles.

– Mais il n'y en a que trois qui sont prêtes. N'oubliez pas : personne n'est obligé de se battre. Pas de pression.

Mais sous le regard appuyé de Bonita, Destiny et Taylor, je l'ai quand même ressentie, la pression. Je savais que je les lâchais.

– Bien, maintenant, tous ceux qui combattent en décembre, sur le ring, a repris Ricky.

Je suis restée immobile tandis que les autres se mettaient en mouvement.

– Les autres, trouvez-vous une corde, a ajouté Ricky.

Alors, qu'est-ce que ça donne, les adhésions ? ai-je demandé à Sharon à la fin de la séance.

Bonita, Destiny et Taylor étaient toujours sur le ring et bavardaient en rigolant, agglutinées autour de Tarik.

– Pas de quoi pavoiser, a soupiré Sharon. On a plein de monde le mercredi et le samedi, même s'il y en a quelques-uns qui viennent gratuitement. Le problème, c'est le jeudi. On n'avait que trois personnes la semaine dernière.

– Au cours pour les femmes ? ai-je demandé, surprise. Je croyais que la boxe féminine avait la cote.

– C'est vrai, mais ça reste quand même un sport essentiellement masculin. L'embêtant, c'est que globalement on ne touche que les filles du quartier. C'est très bien, mais Ricky espérait qu'on en aurait plus d'East Bosford. Des femmes qui ont du temps libre et qui veulent rester en forme.

À ce moment-là, Ricky s'est joint à la conversation.

– Tu parles du genre *Desperate Housewives* ? ai-je demandé. Celles-là, elles font de la barre au sol et du fitness.

– C'est surtout qu'il y en a beaucoup qui croient que la boxe, c'est dangereux, a observé Ricky. Et donc que ce n'est pas pour elles.

– Vous voulez que je distribue encore des flyers ? ai-je proposé, tout en me crispant à l'idée d'affronter une fois de plus les hoministes.

– Ce serait formidable, a dit Sharon. On s'est dit aussi qu'on pourrait mettre davantage de photos de filles sur le site. Tu sais, sur la page du tournoi.

– Bonne idée, ai-je approuvé.

– Alors tu serais d'accord pour qu'on prenne quelques photos de toi ?

– De moi ? Mais je n'y participe même pas, à ce tournoi. Je ne suis pas vraiment un exemple.

– Je ne suis pas d'accord, a dit Ricky. Tu as travaillé dur et tu as fait de gros progrès. Au début, c'est tout juste si tu arrivais à lever ton gant, et je ne te parle pas de frapper. Maintenant, tu te tiens comme une vraie boxeuse. Moi, je pense que tu es un exemple, Fleur.

– Merci, ai-je répondu en rougissant.

Ça me faisait toujours bêtement plaisir de recevoir un compliment de Ricky.

– Alors tu veux bien, pour les photos ? a repris Sharon, qui ne lâchait pas l'affaire. Tarik a déjà dit oui. Mais ce serait génial avec une fille.

Avec Tarik ?

– Bon… Si ça peut aider le club…

– Et si jamais tu te décidais à participer au tournoi, tu pourrais, a ajouté Ricky. Tu es prête. Comme ça, on aurait deux matchs féminins.

J'ai réfléchi un moment. Ricky et Sharon étaient fermement décidés à promouvoir le club auprès des femmes. Je me suis demandé ce que Blossom en penserait. Malgré son opposition à l'ordre patriarcal, elle me conseillerait de foncer, pour défendre la Cause. Ma mère aurait une crise cardiaque. Mon père dirait qu'il y a du pour et du contre. Pip me dirait d'écouter mon cœur. Mais mon cœur n'en savait rien. En réalité, j'étais terrifiée.

– Je vais y réfléchir, ai-je promis.

Je veux de la colère

Samedi matin, j'ai reçu un message de Sharon qui me demandait de venir en avance pour la séance de prises de vue.

Quand ?

Euh, maintenant ?

J'ai foncé à la salle de bains pour me coller un peu de maquillage sur la figure et j'ai enfilé mon plus joli maillot. Cette histoire m'inquiétait un peu. Pas par peur du ridicule, non – ça c'était un fait acquis –, mais parce que si ma mère tombait sur des photos de moi faisant la promotion d'un tournoi de boxe, elle ne voudrait jamais croire que je ne combattais pas sur le ring. Heureusement elle n'allait jamais sur Internet.

J'ai préféré aller au club à vélo plutôt qu'en courant, un peu pour la rapidité mais surtout pour éviter d'arriver en nage. On peut faire presque tout le chemin en roue libre, en plus. La photographe et Tarik étaient déjà sur place. Il portait son maillot large, celui qui exposait ses trapèzes. Depuis que je faisais des haltères, j'étais devenue incollable sur les noms des muscles. Il y a un truc dans le mot « trapèze » qui me fait perdre mes moyens. Dans « biceps » aussi. Dans « grand glutéal », un peu moins.

Je me suis rendu compte un peu tard que j'avais oublié mon protège-poitrine, ce qui signifiait que mes seins seraient un peu plus visibles que d'habitude. La photographe a d'abord pris quelques portraits standard, des plans du visage et des épaules. En souriant, puis en faisant la gueule. Ensuite, elle nous a demandé de nous regarder d'un sale œil et j'ai commencé à avoir un fou rire, parce que j'étais un peu tendue et que Tarik n'arrivait pas à prendre un air méchant. Son visage est super ouvert. Il ne sourit pas beaucoup, pas avec la bouche, mais ses yeux sont toujours lumineux et chaleureux.

– Je veux de la colère, nous a demandé la photographe.

Tarik a plissé les yeux en avançant la mâchoire inférieure.

– On dirait que tu as envie de pisser, ai-je gloussé.

– *J'ai* envie de pisser. Si tu savais combien de litres de boisson isotonique j'ai avalés depuis ce matin !

– Canalise ton inconfort, lui ai-je conseillé. Exprime-le.

– *Grr…*

Puis il s'est mis à rire aussi et la photographe a levé les yeux au ciel en soupirant.

Le soir, j'ai retrouvé Blossom et Pip chez Chickos. Ils revenaient de Battle et Pip était d'humeur sombre.

– Il s'est encore enfui, m'a informée Blossom.

– Jusque dans le bois ?

– Eh oui.

– Je pensais que ce serait différent dans la peau d'un Normand, a expliqué Pip. Le casque, l'armure, l'épée… Mais j'ai toujours autant la trouille.

– Je suis désolée pour toi, Pip, ai-je dit. Tu veux des frites ? Hé ! Laisses-en un peu aux autres !

– Il envisage de tout laisser tomber, a repris Blossom.

– Peut-être que je ne suis ni un Saxon, *ni* un Normand, a supposé Pip, abattu.

– Ou alors tu es un peu des deux, a ajouté Blossom.

– C'est peut-être la bataille, le problème ? ai-je suggéré. Ou bien la tenue ?

– Mais non, *j'adore* cette tenue ! a affirmé Pip. Mais quand j'ai chargé vers le haut de la colline et que j'ai vu tous ces farouches Saxons qui me fixaient… avec leurs grands boucliers bien solides… j'ai paniqué, quoi. Je me suis dit que je n'avais aucune chance de percer leur mur de défense à moi tout seul ! Et puis quelqu'un a brandi son épée au-dessus de ma tête et tout s'est mis à tourner et je me suis retrouvé en train d'agripper le tronc d'un arbre.

– Pauvre Pip, ai-je murmuré.

– Je ferais mieux de laisser tomber les reconstitutions, a-t-il conclu tristement avant d'aspirer une gorgée de Coca. Je crois qu'ils cherchent quelqu'un à la boutique de souvenirs.

– Au fait, c'est bientôt la Grande Reconstitution, ai-je rappelé. L'anniversaire de la bataille, le 13 octobre.

– Le 14, a rectifié Blossom. Le 13, c'est la journée mondiale de la thrombose.

– Si tu le dis. En tout cas, ce serait un peu bête de rater ça.

Viser plus haut

Le mercredi, on a surtout travaillé avec les pattes d'ours. Ricky les tenait très haut et je devais m'étirer pour les toucher.

– Pourquoi tu les tiens comme ça ? ai-je demandé ensuite.

– On frappe toujours vers le haut. Ça fait travailler les muscles des épaules, ça tonifie. Et puis, je te rappelle qu'on vise la tête de l'adversaire, qui se situe un peu plus haut que nos épaules. Sans compter que, s'il est plus grand, on est prêt.

– Et s'il est plus petit ?

– Alors on frappe vers l'extérieur. On frappe soit vers le haut, soit vers l'extérieur. Jamais vers le bas. Jamais.

– C'est une bonne règle à appliquer dans la vie en général.

– Pas faux, a-t-il acquiescé.

Alors que je descendais du ring, de la musique est sortie de la l'enceinte. C'était une chanson que je connaissais bien, depuis le temps que je venais à la boxe, et la pire qui ait jamais été enregistrée : *Black Dog* de Led Zeppelin. Je la détestais encore plus que le saut à la corde.

Et ce n'est pas peu dire.

Je me suis penchée par-dessus les cordes tandis que Ricky se préparait pour la séance de pattes d'ours avec Jerome.

– Ricky, ça t'ennuie si je change la musique?

– Hein?

– La musique, Ricky, cette horreur qu'on écoute. S'il te plaît, laisse-moi mettre autre chose. Une station de radio où ils passent des trucs récents. Ou même un de tes vieux trucs de rock si tu y tiens absolument, mais pas *encore* Led Zeppelin.

– Personne ne touche à ma musique, a-t-il grondé. Elle est étudiée scientifiquement pour t'aider à faire exploser tes performances.

– Elle est étudiée scientifiquement pour me donner envie de me faire exploser tout court.

– Alors exploite ta colère.

Après l'entraînement, j'ai cherché Tarik. Il n'était pas dans la kitchenette, où je n'ai trouvé que Bonita et Destiny. Elles se sont tournées vivement vers moi.

– Tu as lu le journal? m'a demandé Bonita.

– Quel journal?

– Celui-là.

Elle m'a tendu un exemplaire de *La Gazette de Bosford* ouvert à la page cinq, où s'étalait une photo de moi, les bras levés, souriant comme si j'allais éclater de rire. Aucun signe de Tarik. L'article présentait le club et le tournoi.

– Marrant qu'ils choisissent d'illustrer un article sur le tournoi par une photo de quelqu'un qui ne va même pas y participer, a dit Bonita. Oh, attends, suis-je bête: ils ont préféré mettre une blonde.

– Ce n'est pas un article sur le tournoi mais sur le club, ai-je rétorqué. Le but est d'attirer plus de filles.

– Et alors ? Je suis une fille, je fais partie du club, je participe au tournoi, et personne ne m'a proposé de faire des photos.

Elle est partie et je suis restée plantée là, les yeux rivés sur la photo, avant de lâcher le journal et de courir à sa poursuite. Je l'ai rattrapée dehors.

– Hé !

Elle s'est retournée vers moi d'un air furieux.

– Je croyais qu'ils avaient fait des photos de tout le monde.

– C'est ça, ouais.

Bonita s'est remise en marche.

– Tu veux bien t'arrêter une seconde ? lui ai-je demandé en redémarrant à mon tour.

Elle s'est retournée de nouveau.

– Écoute, je suis désolée, d'accord ? Ça aurait dû être toi sur les photos. Moi, tout ce que je veux, c'est m'entraîner pour avoir la forme. Je voulais juste aider le club. Je n'ai pas envie qu'on se dispute.

Après m'avoir observée attentivement, elle a paru se radoucir et elle a hoché la tête.

– Bah, laisse tomber. De toute façon, je suis grosse et moche.

– T'es pas moche.

– Si, mais merci quand même. On se voit samedi ?

– Ouais. À samedi.

Je suis rentrée chez moi en courant, redoutant le pire. J'avais cru que les photos ne paraîtraient que sur le site, ce qui ne me gênait pas puisque ma mère n'y allait jamais. Mais elle recevait la *Gazette* presque toutes les semaines et la lisait de la première à la dernière page. Aucun récit sur les problèmes de papiers gras dans le parc de Gostrey ou la fermeture d'un café dans la grand-rue n'était trop anecdotique pour elle. Et comme le journal était bourré de faits divers, ça ne faisait que renforcer son pessimisme vis-à-vis du monde extérieur. Mon seul espoir était qu'elle ne l'ait pas encore ouvert et que j'aie le temps de déchirer l'article incriminant. Mais cet espoir s'est envolé dès mon arrivée à la maison. Ma mère était assise à la table de cuisine, le journal ouvert devant elle.

– Bon, a-t-elle dit alors que je m'asseyais en face d'elle. Tu veux bien m'expliquer ?

– Je ne participe pas au tournoi. Ils se sont juste servis de ma photo.

– Mais tu fais des combats. Du « sparring ». Le journaliste dit qu'il t'a regardée en faire. Tu m'avais promis que tu te limitais à l'échauffement.

– Le sparring, ce n'est pas dangereux.

– Tu m'as menti, a-t-elle murmuré.

– Mais maman, tu étais ridicule…

– Ah oui ? Vraiment ? Vouloir protéger son enfant, c'est ridicule ? S'attendre à ce que sa fille tienne ses promesses, c'est ridicule ?

Elle me fixait, les narines dilatées, les joues rouges de colère.

La tension a été légèrement allégée par un long pet plaintif de Ian Beale, couché dans un coin de la cuisine.

– Écoute, je suis désolée de ne pas t'en avoir parlé. J'aurais dû. Mais je savais que tu le prendrais mal. Il n'y a pas de quoi en faire un plat. En plus, ça n'a pas du tout affecté mes résultats aux exams.

– Ça va trop loin, Fleur. Je te vois manger des protéines de lactosérum et embrasser tes biceps. Je te vois dépasser ton père à vélo et soulever des haltères toute la journée. Je te vois aller à un bal d'académie avec des chaussures de boxe.

– Parce que c'est ça, le problème ? ai-je riposté en sentant la colère monter. C'est George, pas vrai ? Parce que *tu* l'as perdu. Tu penses que j'aurais dû rester comme j'étais, toute frêle et pitoyable. Eh bien, j'ai changé, maman. Et tu vas devoir vivre avec.

– Je vivrai avec si je veux, a-t-elle répliqué, furieuse. Je suis chez moi.

– Oh, je vois. Si c'est comme ça que tu le prends, très bien.

Je me suis levée brusquement en renversant ma chaise et j'ai monté l'escalier en courant.

– Fleur ! a crié ma mère.

J'ai foncé dans ma chambre et je me suis laissée tomber sur mon lit, la tête bouillonnant de tout ce que j'aurais voulu dire et de tout ce que j'étais soulagée de ne pas avoir dit.

Puis j'ai pris mon portable et envoyé un message à Ricky. Trois mots :

Je vais combattre.

L'appel de Destiny

– Je refuse de me battre contre Bonita.

– Tu ne te battras pas contre Bonita. Elle te tuerait.

Je tapais sur les pattes d'ours de Ricky sur le ring le samedi suivant. Il m'avait demandé de rester après les autres pour parler du tournoi. J'ai frappé quatre fois, puis j'ai esquivé.

– Tu sais, il n'y a pas d'obligation si tu ne te sens pas prête. Tu n'as rien à me prouver.

– Je sais. L'idée est plus de me prouver quelque chose à moi-même. Je vais me battre contre Taylor, ou contre Destiny.

– Ce sera Destiny. Elle est plus lourde et plus forte que toi, mais elle, au moins, elle te laissera en vie.

Un deux trois quatre esquive.

– C'est quoi, le truc numéro un que je dois faire pour la battre ?

– Prendre cinq kilos.

– C'est quoi, le truc numéro deux que je dois faire pour la battre ?

– T'occupe pas de la battre. Ce n'est qu'un combat d'exhibition. L'important, c'est que tout le monde voie que la boxe n'a rien de dangereux. Que ça permet d'acquérir de la discipline, de la force et de la confiance en soi. Pas question que quelqu'un se retrouve au sol.

Un deux trois quatre esquive.

– Donc, tout ce que tu me demandes, c'est de me défendre pendant trois rounds ?

– Exactement, a-t-il répondu en me tapant le côté de la tête. Ta garde, Fleur.

– Mais ça ne va pas donner un combat palpitant, ai-je objecté. Tu ne veux même pas que j'essaie de gagner ?

– Dis-moi, m'a-t-il demandé en reculant, est-ce que Rocky bat Apollo Creed lors de leur premier combat ?

– Non, ai-je répondu aussitôt. Il perd aux points. Mais il tient les quinze rounds.

– Et qui est le vrai vainqueur quand ils quittent le ring ?

– Rocky.

– Eh ouais.

Il a relevé ses pattes d'ours.

– C'est quand même compliqué, la boxe, ai-je dit en me remettant à frapper. Tu es vraiment sûr que je dois prendre du poids ?

À la fin de la séance, il m'a fait monter sur la balance. Soixante et un kilos. Quatre de plus qu'à mon arrivée.

– Destiny pèse soixante-trois kilos. Ça fait une différence, mais elle reste dans la catégorie des mi-moyens. Toi, tu es dans celle des super-légers. Ce n'est pas très loin, mais deux kilos de plus ne te feraient pas de mal. Beaucoup de protéines. Des œufs, des oléagineux, de la viande.

– Pitié, pas encore des protéines. Qu'est-ce que je ne donnerais pas pour une assiettes de frites !

– Tu peux en manger un peu, mais il te faut des protéines. Et garde un régime équilibré, avec plein de couleurs différentes dans ton assiette.

– Des bonbons Haribo ?

– Ta garde !

J'ai remonté mes gants devant mon visage. Je n'en pouvais plus.

– Excuse. Et Bonita, elle pèse combien ?

– Soixante et onze kilos. Elle est poids moyen. Il te manque huit kilos pour être dans la même catégorie.

– C'est pour ça qu'il n'y a pas de danger que je me retrouve en face d'elle sur un ring ?

– T'as tout compris.

– Ouf, sauvée, alors, ai-je lâché en lui balançant un coup de poing.

Il l'a esquivé et m'a tapé sur le côté de la tête.

– Ta garde !

Tarik

Septembre a filé à la vitesse de l'éclair. L'année de terminale était plus dure que celle de première, mais je me tenais à flot. Je me sentais même en pleine forme, l'esprit vif.

Je dormais bien et mes bons résultats aux exams m'avaient donné confiance en moi. La bonne nouvelle, c'est qu'on n'avait plus éducation civique, et que, du coup, je n'avais plus de cours commun avec les hoministes. Je continuais à les croiser dans les couloirs, mais ils se tenaient globalement à distance depuis la défaite qu'on leur avait infligée à Battle. J'ai intensifié l'entraînement. Comme la nuit tombait plus tôt, mon père et moi, on avait déplacé nos sorties à vélo au dimanche matin. On roulait pendant trois heures, en essayant de rallonger un peu chaque semaine. Après le cours de boxe du samedi, j'allais courir avec Tarik. J'avais réussi assez vite à suivre son rythme, et j'arrivais même parfois à dire quelques mots, en plus de « ugh », « ouh » ou « stop, je vais mourir, là ».

Le mercredi soir, Ricky nous imposait des séances intensives de pattes d'ours, puis on montait deux par deux sur le ring et on essayait d'avoir l'air de boxeurs. L'ennui, c'était qu'à ce stade, j'étais épuisée. On n'imagine pas combien c'est dur de tenir trois minutes avec les gants levés et, en même temps, de décrire des cercles en esquivant et en bloquant les coups d'un adversaire plus lourd. Quand on regarde *Rocky*, ça a l'air facile. Après le sparring, Ricky nous incitait à regarder les autres sur le ring. Certains étaient vraiment bons. Une fois, j'ai tressailli en voyant Jerome frapper Dan en pleine tête. Mais Dan est resté debout et a riposté par deux crochets dans le ventre de Jerome, qui est plus grand que lui. Comme quoi il y a moyen de se faire cogner dur sans s'affaler, si on a les jambes solides. Celui que je préférais regarder, c'était Tarik. Il avait un style fluide comme du velours, et semblait toujours avoir le temps d'esquiver un haymaker ou de bloquer une série de jabs. Il bougeait sans cesse, comme un requin, un vrai requin. Il tournait autour de son adversaire en attendant patiemment qu'il commette une erreur, avant de jaillir et d'asséner un ou deux coups de poing et de se remettre aussitôt en position.

Un soir, alors que je sortais du ring hors d'haleine après mon combat avec Destiny, Joe s'est approché en clopinant pour papoter.

– Ça roule, Killeuse ?

– Ça roule, Joe.

– Tu t'en sors super bien en défense. Mais je crois pas t'avoir vue porter un seul coup depuis trois semaines.

– C'est trop dur ! ai-je répondu en haletant. Même bloquer, c'est horrible !

– Bloquer, ça devient bien plus facile quand l'autre gars est sur le dos.

– Le problème, c'est que dès que j'essaie de frapper, je baisse ma garde. Ricky dit qu'il vaut mieux que je bloque pendant trois rounds et que je perde aux points. Que c'est juste un combat d'exhibition.

– Un combat qui va faire dormir tout le monde, ouais. Tu peux pas passer tout ton temps à bloquer.

– Mais Ricky a dit…

– Oublie Ricky, a dit Joe. Il ne sait pas tout. Il fait toujours passer la sécurité des boxeurs avant le reste. Mais il y a des limites. À toi d'arrêter de l'écouter de temps en temps. Tu me suis ?

– Pas trop, non.

– De temps en temps, il faut que tu baisses ta garde pour balancer un grand swing.

– Au risque d'être mise K-O ?

– Oui, ou de mettre l'autre K-O.

Triple shawarma

Mardi au lycée, j'ai remarqué un truc bizarre. Ou, plus exactement, c'étaient tous les autres qui avaient remarqué un truc sur moi. J'avais l'habitude qu'on m'ignore dans les couloirs. Et encore plus que les profs m'ignorent en cours. Mais ce jour-là, en allant de la bibli à la cafète, j'ai bien vu que tout le monde s'arrêtait pour me regarder. Les conversations s'interrompaient et les gens s'écartaient sur mon passage.

Ce n'est qu'en arrivant devant le tableau d'affichage du hall que j'ai compris pourquoi. Une grande affiche était fixée dessus, dont le haut annonçait :

BOSFORD
BOXING CLUB
TOURNOI JUNIOR
10 décembre
5 combats garçons
2 combats filles

– Beau boulot, ai-je marmonné.

Une moitié de l'affiche était occupée par une photo de Tarik, la mine mauvaise (genre craquant), les gants serrés sur sa poitrine, où ils n'avaient rien à faire. À côté figurait un portrait de moi, sur lequel j'essayais de prendre un air féroce. Mais en me voyant avec un coin de la bouche retroussé vers le haut, je me suis souvenue du moment où elle avait été prise.

– Il m'a l'air bien serré, ce maillot, a commenté Pip en me faisant sursauter.

Ça m'a rappelé que je n'avais pas mis mon protège-poitrine ce jour-là. Et il avait raison, mes seins n'avaient jamais paru aussi gros.

– Toi, la ferme.

J'ai quand même regardé de plus près. Et, si j'étais gênée, un petit coin de mon cerveau, le plus superficiel, a trouvé que j'étais plutôt sexy sur cette photo, finalement.

C'était l'heure du cours d'anglais et on est repartis tous les deux en parlant d'un album de Steampunk, un groupe qu'il venait de découvrir. Je ne l'écoutais que d'une oreille, trop occupée à observer la manière dont tout le monde se tenait à distance prudente. En temps normal, Pip ne pouvait pas se rendre d'un point à un autre au lycée sans se prendre des coups d'épaule ou se faire écraser les orteils trois ou quatre fois.

Il faisait nuit, maintenant, lorsqu'on sortait du club le mercredi soir. Tarik m'attendait et on marchait ou on courait jusqu'au boulevard périphérique. Le premier mercredi d'octobre, il a proposé qu'on aille un peu plus loin.

– Pour se mettre quelques kilomètres dans les jambes, a-t-il précisé.

Quand il avait dit « un peu plus loin », j'avais cru qu'il parlait de faire un tour du pâté de maisons. Or, il s'est avéré qu'il s'agissait de courir jusqu'à la ville voisine. J'étais déjà essoufflée au bout de mille cinq cents mètres, mais j'arrivais encore à le suivre tant que je m'abstenais de parler. C'était lui qui faisait toute la conversation, en fait, et je grognais juste à intervalles réguliers pour lui montrer que j'écoutais et que j'étais toujours en vie.

– C'est horrible ce que ça me manque, les glucides, me disait-il. Le lactosérum, la viande, les noix, les légumes secs, y en a marre au bout d'un moment. Qu'est-ce qu'on fait des plaisirs coupables, dans tout ça ? Ah les pâtes, les frites, le pain blanc…

– Les beignets, ai-je sifflé.

– Oui, les beignets ! J'adore ça ! Et les kebabs. Tu aimes les kebabs ?

J'ai grogné sur un ton qui laissait entendre que oui, mais j'avais un peu de mal à m'exprimer, du fait que j'étais en train de perdre un poumon.

– Quelquefois, après l'entraînement, je traverse le parking Morrison et je m'arrête à la Baraque à kebabs.

– Je croyais que ça avait fermé, ai-je haleté.

– Oui, il y a deux ans, a-t-il soupiré, mais ça a rouvert. C'est comme ça, maintenant que tout le monde est en boucle sur le botulisme par-ci, la salmonelle par-là… N'empêche qu'ils font le meilleur triple shawarma à l'ouest de Damas. On ira ensemble une fois, si tu veux, je t'en paierai un.

Je lui ai glissé un petit coup d'œil. Il courait tout en souplesse en rebondissant sur ses talons, sans fatigue apparente. Avec les kebabs du parking Morrison, on était assez loin des épinards pressés du resto hipster. Mais sur le coup, c'était irrésistible, botulisme ou pas.

– Ça marche, ai-je répondu.

Il a continué à parler en courant à un rythme régulier, toujours avec la même facilité apparente, la foulée légère, en contraste avec l'espèce de claquement produit par mes semelles sur le bitume. Mille cinq cents mètres plus tard, je me suis arrêtée et j'ai demandé qu'on fasse demi-tour. Plus exactement je l'ai mimé en m'effondrant sur le bord de la route, une main sur le cœur et l'autre désignant faiblement la direction de Bosford.

Tarik a paru un peu inquiet devant mon état. Il a inspecté les environs.

– Il y a une épicerie pas loin. Tu veux de l'eau ?

– Je… veux bien. Et… un défibrillateur, s'ils ont ça.

1066 et tout le bazar

Le samedi 14 octobre, j'ai séché le cours de boxe pour la première fois en six semaines. Et il fallait un événement considérable pour m'y décider. Comme tout écolier anglais devrait le savoir, le 14 octobre est la date de la bataille d'Hastings, le deuxième affrontement le plus important de l'histoire britannique après le combat entre Mohamed Ali et Henry Cooper en 1963. Et mon pote Pip y participait. D'accord, il se battait dans le mauvais camp, mais il y a des choses qui comptent plus qu'une menace envers la fierté nationale. L'amitié, par exemple. Alors ce jour-là, exceptionnellement, j'étais prête à acclamer les Français.

Blossom et moi étions en tenue d'époque des pieds à la tête, cornettes incluses, ce qui tombait bien parce qu'il ne faisait pas chaud. Dans le bois de Pip, les feuilles d'arbres avaient pris des centaines de nuances différentes, du vert vif au brun roux. Comme il y avait beaucoup de choses à préparer, on était arrivés tôt. Ce n'était pas la reconstitution habituelle, avec une douzaine de soldats de chaque côté. C'était le grand événement, qui attirait des spectateurs de tout le pays. Le champ de bataille grouillait d'acteurs en armure et de touristes américains qui prenaient des photos. Blossom et moi, on a gagné une petite fortune en pourboire en distribuant des révérences dans tous les coins et en adoptant une sorte d'argot médiévalo-campagnard, bidon mais piquant, qui semblait avoir son petit succès.

– Par ma cornette, madâme, vous me faites bien d'l'honneur en tirant vot' rubis. Poires et pommes de reinette, et un bon vieux cotillon à vous.

On a fabriqué des lampes et des paniers en osier, sculpté des cuillères-zizi, raconté des récits de vie au onzième siècle. Ceux-là étaient presque cent pour cent inventés, incluant des révélations sur le régime macrobiotique de Guillaume le Conquérant, son goût pour la version primitive du baby-foot et sa manie de s'habiller en bonne sœur les jours de fêtes religieuses. Quand le moment de la bataille est enfin arrivé, on était sur les rotules, mais Garnet nous avait demandé de commenter les combats aux touristes. Une petite foule s'était rassemblée autour de nous.

– Saperlotte, c'tait par un jour comme çui-ci il y a mille cinquante ans, a commencé Blossom, que Guillaume est venu en ces lieux s'emparer du plus grand des trésors, oui, la couronne d'Angleterre!

Tandis qu'elle parlait, on regardait les hommes de Guillaume se mettre en formation au pied de la colline. Ils étaient bien plus nombreux que d'habitude, une bonne centaine, avec au moins vingt chevaux. Pip, facile à repérer à sa grande taille, traînait en arrière. Ma gorge s'est serrée. Je voulais tellement que ça se passe bien pour lui! Les Saxons aussi étaient plus nombreux, environ cent cinquante hommes qui formaient le mur de boucliers, reflétant la puissance des troupes de Harold.

– À toi! m'a soufflé Blossom.

– Et v'là que les deux camps se retrouvèrent face à face, humph ! me suis-je exclamée.

Là, je me suis rendu compte que je parlais comme un pirate de Cornouailles, mais maintenant que j'étais partie, je n'avais plus qu'à continuer.

– Mais qui allait lancer le signal ? C'est le ménestrel de Guillaume qu'a eu cet honneur, un certain Taillefer qui chevaucha à fond de train sur les lignes saxonnes en chantant des chants paillards, l'épée au vent, avant de baisser ses braies en se penchant pour leur montrer son postérieur.

Un petit garçon au premier rang a souri de plaisir à cette révélation.

– Mais Taillefer fut bientôt transpercé par une grêle de flèches, humph !

La frimousse du petit garçon s'est crispée.

À cet instant, Garnet a crié « CHARGEZ ! », tout le monde s'est retourné et on a vu les Normands se jeter à l'assaut de la colline. Je me suis tue, le sifflet coupé : Pip chargeait avec les autres, plus du tout à l'arrière, et courait à toute allure en tenant bien haut son bouclier et en faisant tournoyer son épée au-dessus de sa tête. J'ai même cru l'entendre rugir. C'était un nouveau Pip, un Pip fort, déterminé, élégant, méconnaissable.

À l'approche des Normands, les Saxons se recroquevillaient de plus en plus derrière leur mur de boucliers. Comment auraient-ils pu résister à pareille offensive ?

Puis, dans le vacarme du choc des armes, les chevaliers normands sont tombés comme une lame de fond sur le mur des Saxons. La charge s'était arrêtée net, comme elle l'avait fait mille cinquante ans plus tôt, et les deux armées s'affrontaient maintenant dans le cliquetis des épées. À côté de moi, le petit garçon poussait des cris aigus d'excitation. La scène était d'une vraisemblance effrayante et j'ai été prise d'une angoisse subite. Où était Pip ?

– Je ne le vois plus ! s'est exclamée Blossom.

On est montées sur une caisse pour le chercher des yeux.

– Allez, Pip ! T'es où ? ai-je crié.

– Il est peut-être tombé ? a dit Blossom. Il va se faire écraser ! Il est tombé ?

– Je ne sais pas.

Oh non ! Pas Pip !

– Non, attends ! Là-bas !

J'ai suivi l'index de Blossom et vu Pip, débarrassé de son épée et de son bouclier, qui détalait vers son refuge habituel.

– Hum hum, a toussoté l'un des touristes américains, me rappelant qu'on était censées assurer le commentaire.

– Mais le mur de boucliers de Harold tenait bon, ai-je repris. Les Saxons combattaient si ardemment que, euh, certains Normands firent volte-face et s'enfuirent, humph !

– Ils le poursuivent ! a crié Blossom.

Et en effet une poignée de guerriers saxons s'étaient détachés du mur et, dans le feu de l'action, poursuivaient le malheureux Pip vers le bosquet en agitant leurs épées avec force. Pip s'est retourné et a piaillé de terreur. Sur le champ de bataille, les Normands avaient relancé la charge et concentraient leurs forces sur la trouée créée dans le mur de boucliers. J'ai entendu Harold hurler à ses troupes de combler la brèche, mais il était trop tard.

– Ils ont franchi les défenses ! a crié quelqu'un.

C'était vrai. Tout comme dans la vraie bataille, le mur de boucliers avait cédé lorsque des soldats saxons survoltés s'étaient jetés à la poursuite du fuyard normand. Maintenant qu'ils avaient pris le dessus et encerclé les Saxons, les envahisseurs eurent vite fait de briser les défenses des autochtones. Un petit groupe de chevaliers normands repéra le roi Harold qui fut taillé en pièces, et le reste des Saxons volèrent à leur tour se mettre à couvert dans le bosquet, ou au salon de thé. Guillaume avait vaincu.

– Et tout cela, grâce au vaillant chevalier normand qui a fait *semblant* de s'enfuir ! a expliqué Blossom aux spectateurs enthousiastes. Il a poussé les défenseurs saxons à affaiblir le mur. Le reste figure dans les livres d'histoire.

– C'est ben vrai ! me suis-je exclamée, soulevant les applaudissements.

Blossom a fait la révérence en tenant son tablier à deux mains et les gens nous ont lancé des pièces. C'était terminé. Je soupçonne que le déroulement avait été un peu plus rapide que prévu – la bataille avait duré moins d'une heure –, mais comme il s'était mis à pleuvoir, tout le monde était ravi de pouvoir aller déguster une tartelette aux amandes.

Au tapis

Le samedi suivant, Sharon m'a entraînée à l'écart.

– On a un *tas* de filles le jeudi ! m'a-t-elle annoncé avec excitation. C'est grâce au journal et à ta photo !

– Combien ?

– Douze ! C'est la première fois qu'on gagne de l'argent ! Si ça continue, on va pouvoir commencer à rembourser le prêt du local. On ne sera plus obligés de fermer !

– C'est génial !

– Et le journaliste a dit qu'il écrirait un papier sur le tournoi. Il aura sans doute quelques questions à te poser, si tu es d'accord

– Moi ? Pourquoi je l'intéresserais ?

– Pourquoi tu l'intéresserais ? Tu ne vois pas les progrès que tu as faits depuis ton arrivée ? Tu es plus en forme, plus tonique, plus disciplinée. Tu as pris confiance en toi. Tu es un exemple !

– Un exemple ? ai-je répété, incrédule.

– Mais oui ! a confirmé Sharon. Au début, tu rasais les murs, on ne t'entendait jamais. Maintenant, tu te tiens droite, tu poses des questions, tu t'investis. Toujours au milieu de l'action.

– Présentée comme ça, j'ai surtout l'air d'une emmerdeuse.

Ça l'a fait rire.

– Mais pas du tout! Disons que tu t'impliques à la mesure de ce que tu reçois. Que tu combattes ou pas, tu as déjà un tempérament de winneuse, et ça, le journaliste l'a bien vu.

– Ouais, tu crois qu'il le verra encore quand Destiny m'aura dégommée?

– Ça n'arrivera pas, m'a assuré Sharon. Ricky ne te laisserait jamais te battre s'il ne pensait pas que tu es prête.

J'ai froncé les sourcils.

– Ne me dis pas que tu vas te défiler, s'est-elle inquiétée.

– Non, non. Ma décision est prise.

– Et pour l'interview, tu serais d'accord?

– Oui. À une condition.

– Je t'écoute, m'a-t-elle répondu, les yeux pleins d'espoir.

– C'est moi qui gère la playlist.

– Qu'est-ce que tu lui reproches, à ma playlist? a rugi Ricky.

– Elle est sinistre. Trop lente. Franchement, c'est quoi, le morceau qui est en train de passer?

– Simon and Garfunkel. Tu ne sais pas qui c'est?!

– Je sais que ça me donne envie de me pendre avec mes bandages.

– C'est inspirant! a-t-il affirmé, sincèrement surpris. Ça élève l'esprit! Franchement, Fleur, ça ne fait pas saigner ton cœur?

– Non. C'est mes oreilles qui saignent. Pourquoi t'as mis ça sur la playlist?

– La chanson s'appelle *The Boxer*. Ça parle de boxe.

– Ça parle d'un boxeur *raté* au bord du suicide, ai-je rectifié en imitant son inflexion.

Ricky s'est tu un instant en me fixant avec son œil du tigre, avant de craquer et de sourire.

– Si une connerie de playlist te met dans cet état, je voudrais pas combattre contre toi.

Comme Tarik restait tard ce soir-là pour travailler un point technique avec Ricky, je m'apprêtais à rentrer chez moi toute seule, en faisant un détour pour éviter Gladwell. Mais au moment où je sortais, Bonita a déboulé dehors et m'a emboîté le pas.

– On a bien bossé aujourd'hui, a-t-elle déclaré.

– Ouais, tu ne t'es pas ménagée. Tu ne rentres pas avec les autres filles ?

– Non, elles draguent Jerome.

– Toutes les deux ?

– Ouais. Ça pourrait mal finir. Je pense qu'il n'en kiffe aucune des deux. Il les aime bien, mais c'est tout.

– Aïe. Bon ben… à plus !

Et j'ai fait mine de tourner à gauche.

– Tu vas où ? C'est par là, le chemin, m'a-t-elle signalé en désignant la direction de la cité Gladwell.

– Je sais, mais…

Je me suis arrêtée. À deux, c'était jouable.

– OK, on n'a qu'à passer par là.

Et on s'est engagées dans la Vallée de la Mort.

– C'est super que tu participes au tournoi, finalement, a repris Bonita. Destiny a trop hâte.

– Ouais, ouais. Ça devrait bien se passer. Surtout que Ricky nous demande de faire gaffe à ne pas se montrer trop agressives.

– On s'en fout de ce que veut Ricky. Je vais lui faire voir trente-six chandelles, moi, à Taylor.

– On est quand même censées montrer que la boxe n'est pas un sport dangereux…

– Tout le monde est en danger sur un ring avec moi.

– T'as qu'un seul réglage, toi, hein ? ai-je répliqué, exaspérée. Je n'ai jamais vu personne avec un esprit aussi compétitif.

Elle a haussé les épaules.

– Bah oui, la boxe, c'est compétitif. Comme la vie.

– Mais la boxe n'est pas un sport violent. Le but n'est pas de faire mal à l'autre. C'est même assez cérébral, tu ne trouves pas ? Un peu comme les échecs.

– N'importe quoi, a grommelé Bonita. Bien sûr que si c'est violent. Et tu peux me croire, si on jouait aux échecs ensemble, je me servirais de l'échiquier pour écraser ton cérébral.

J'ai soupiré. Un cri a retenti au loin et j'ai frissonné. J'étais couverte de sueur et il faisait froid.

– Ma mère m'a appris qu'on n'obtient jamais rien sans se battre, a poursuivi Bonita. Moi, j'ai trois grands frères qui bouffent comme douze. Si je n'avais pas appris à me battre, je serais morte de faim.

Vu la montagne de muscles qu'était Bonita, elle avait bien appris. À vrai dire, j'ai eu un peu de peine pour ses frères.

– Mais tu ne trouves pas ça important de montrer aux autres filles que la boxe n'est pas forcément dangereuse ? Que ça peut aussi être marrant ?

Bonita a réfléchi un moment.

– Tu vois, c'est *le* truc que j'aime bien chez toi, Fleur. Tu crois que tout le monde peut s'entendre avec tout le monde, sans avoir besoin de se battre pour quoi que ce soit. Et c'est sûrement vrai quand on est intelligente, et jolie, et qu'on habite dans un quartier sympa.

– Ce n'est pas ce que je pense, non, ai-je objecté. Tu ne sais rien de moi, d'abord.

– Je sais que si j'avais ton intelligence, ton look et tes possibilités, j'en profiterais un peu plus.

On s'était arrêtées pour se dévisager d'un sale œil sous la lumière orange d'un lampadaire, devant une petite maison crade avec une moto en pièces détachées sur la pelouse et une citrouille qui pourrissait sur les marches. Je n'avais aucune envie de rester là. J'entendais des garçons qui s'appelaient en criant dans le noir et quelqu'un est passé sur un vélo sans phare. Tout ce que je voulais, c'était m'éloigner de cet endroit.

– Allez, viens. C'est la zone, ici.

Elle a secoué la tête.

– Et c'est tout ? Tu ne vas pas me brailler dessus ? M'insulter ? Me dire d'aller me faire voir ?

– Non. On n'a pas besoin de se battre tout le temps pour tout. Je pense que les filles devraient se serrer les coudes. Bon, tu viens ?

– Non.

– Pourquoi ? Parce que je ne veux pas me disputer avec toi ?

– Parce que j'habite en plein dans la zone, m'a-t-elle répondu en me montrant la petite maison crade.

La porte a claqué derrière elle et je me suis retrouvée toute seule en pleine nuit. J'ai jeté des regards nerveux autour de moi. La chaleur produite par l'échauffement s'était dissipée, et je commençais à avoir vraiment froid. Mon sweat était humide. J'ai encore entendu quelqu'un crier quelque part et j'ai vu que le gars qui venait de passer à vélo s'était arrêté sous un lampadaire cent mètres plus loin. L'espace d'un instant, j'ai eu envie d'aller sonner chez Bonita pour appeler mon père de chez elle et lui demander de venir me chercher.

– Allez, Fleur, me suis-je marmonné à moi-même. Arrête de faire ta trouillarde. On est à Bosford, pas à Mogadiscio.

J'ai mis ma capuche, dans l'espoir que ça pourrait me faire passer pour quelqu'un du quartier. Puis je l'ai retirée et j'ai inspiré à fond. *Affronte tes peurs, Fleur. Tu es forte, tu es disciplinée, tu as confiance en toi.*

Je me suis rappelé ce qu'avaient dit Emily et Sharon sur le fait que je me tenais plus droite, et la façon dont les gens commençaient à me regarder dans les couloirs du lycée : comme on regarde quelqu'un à qui on va éviter de chercher des embrouilles. Puis j'ai descendu Carter Way et coupé par Hutton Close pour rejoindre Belham Street, qui s'est taillée sa petite réputation à Bosford. Quelqu'un s'y est fait poignarder l'an dernier.

J'ai croisé quelques personnes : deux adolescentes qui ont fait comme si je n'étais pas là, une mère qui poussait une poussette d'un air las, et qu'il m'a semblé avoir déjà croisée au club, un homme qui ne m'a même pas regardée. Puis j'ai tourné dans Elizabeth Street, qui menait tout droit au boulevard périphérique. Mais là, à la moitié de la rue, une bande de garçons traînait à un arrêt de bus. L'un d'eux décrivait des cercles sur un vélo de gamin et un autre fumait. M'interdisant de traverser, j'ai pris une grande inspiration et continué mon chemin. Ils ont levé la tête à mon approche et le fumeur a balancé son mégot en arc de cercle jusqu'à mes pieds.

– Hé, t'aurais pas une clope ? m'a-t-il demandé.

Je me suis arrêtée.

– Désolée, je ne fume pas.

Et je suis repartie, le cœur battant. On y était : au moment où ils arrivaient en courant derrière moi.

Mais il ne s'est rien produit de tel. Ça venait peut-être de la façon dont je me tenais, assurée. Sans montrer à quel point j'avais la trouille. Je ne voulais plus avoir la trouille.

Des cas à part

Le mercredi suivant, on attendait que Ricky ait fini de bricoler avec ses vis sur le ring pour commencer la séance. J'avais hâte qu'on s'y mette pour tester la nouvelle playlist.

– Je suis nul pour organiser des trucs, geignait Dan.

– Qu'est-ce que tu as à organiser ? ai-je demandé.

– Mon enterrement de vie de garçon.

– Mais c'est vendredi ! Ce n'est pas encore prêt ?

Il a secoué la tête.

– En plus, c'est ton témoin qui doit s'occuper de ça, pas toi.

– Ouais, mais c'est Jerome.

On s'est tournés vers Jerome, qui était en train de colorier son tatouage sur le biceps avec un bic rouge.

– OK. Ben, emmène-les à Brighton et tu verras bien.

– On ne peut pas, Simon n'a pas le droit de quitter Bosford.

– Qu'est-ce que tu vas faire, alors ?

– Euh, je me demandais si tu ne pourrais pas t'en occuper.

– Moi ?

– Ouais, t'es super organisée, toi. Et puis t'es classe.

– Euh, merci.

– Pas un truc culturel, hein ? a-t-il ajouté à la hâte.

– Non, non, t'inquiète. Je vois mal Jerome aller admirer une installation au musée des Beaux-Arts de Bosford.

– Lui, tout ce qu'il aime regarder, c'est le porno français.

– Alors, une annonce rapide avant qu'on s'y mette, a lancé Ricky à la cantonade. Vendredi, c'est la soirée d'enterrement de vie de garçon de Dan. Il m'a demandé de vous dire que vous êtes tous invités. Garçons et filles.

J'ai eu un petit pincement en apprenant que les autres filles étaient invitées aussi. J'avais cru que j'étais l'élue, la seule autorisée à me glisser dans la tente des mecs.

– Malheureusement, a repris Ricky, je ne pourrai pas être présent. Mais je vous souhaite de passer une bonne soirée. Et pas de bêtises, hein ? Ne buvez pas trop ni trop vite !

– Oui, Ricky !

– C'est compris ?

– OUI, RICKY !

– Je voudrais pas que vous vous retrouviez au poste. Ou que vous y retourniez, a-t-il ajouté avec un sombre coup d'œil à Simon. Bon, c'est parti. Je veux que ça bosse dur, aujourd'hui, les gars. Entraînement difficile, combat facile !

Il a mis la musique et j'ai commencé à sautiller sur place tandis que les accords mineurs du premier morceau de ma playlist s'élevaient dans la salle.

– Wouah, génial ! s'est exclamé Jerome.

– C'est quoi ? m'a demandé Ricky, l'air désarçonné.

– *Kung Fu Fighting.*

– Mais ça n'a rien à voir avec la boxe ! Tu trouves que j'ai la tête de Bruce Lee ?

Je lui ai répondu par un grand sourire.

– C'est ma playlist, c'est moi qui décide.

Ricky a lancé l'échauffement en grommelant et tout le monde s'y est mis. Ça faisait du bien d'avoir de la musique dynamique, pour une fois. Ça changeait vraiment l'ambiance, et je voyais bien que ça motivait tout le monde. Au troisième morceau, on dégoulinait.

– La sueur, c'est votre graisse qui pleure ! a crié Ricky.

– Ben, on dirait que ma graisse vient de se faire salement larguer, a haleté Destiny à côté de moi.

Ricky est venu me voir à la fin du cours.

– Dan me dit que c'est toi qui es chargée d'organiser sa petite fiesta de vendredi ?

– Il paraît, oui. Je pensais peut-être réserver des tables chez Chickos ? Les garçons prendraient une bière et on mangerait un truc. Ils ont un menu spécial ailes de poulet épicées.

– Si tu veux un conseil, m'a-t-il dit en fronçant les sourcils, tu devrais prévoir un autre truc à faire, histoire qu'ils ne passent pas six heures à boire.

– En plus des ailerons de poulet épicés ?

– Ça vaudrait mieux. Tu pourrais les garder à l'œil ? Faire gaffe que personne ne fasse de connerie ?

– Tu exagères, Ricky, est intervenue Sharon. C'est des bons petits gars.

– Y'a pas que les gars qui m'inquiètent, a-t-il répondu en regardant Bonita et Taylor.

Elles s'amusaient à lutter ensemble et se sont affalées lourdement sur le piano, qui a lâché une plainte de protestation.

– Et assure-toi que Simon respecte bien les horaires de son contrôle, a ajouté Ricky.

– C'est quelle heure ?

– Minuit. S'il ne respecte pas ses obligations, je perds l'un de mes meilleurs boxeurs. Et s'il y a de la bagarre, je peux y laisser ma licence.

– C'est sympa de ne pas me mettre la pression, merci.

– Je ne te demande pas de faire la nounou. Juste d'être la voix de la raison, OK ?

Hmm. Moi, la voix de la raison ? Ça, c'était une première.

Faites passer le message

Quand je suis arrivée chez Chickos le vendredi soir, Jerome, Simon et Dan y étaient déjà, chacun avec une pinte de bière bien entamée.

– Vous avez pris de l'avance, ai-je observé.

– Faut bien marquer le coup, a dit Jerome.

– Tu as le droit de boire, toi ? ai-je demandé à Simon en désignant sa cheville.

– C'est un bracelet électronique, pas un alcootest. Et tant que je suis rentré à minuit, ils me fichent la paix.

– OK, Cendrillon. Ce soir, je serai ta marraine la fée. Je ferai gaffe à ce que tu rentres à l'heure. Mais toi, tu devras partir quand je te le dirai, d'accord ?

– Ouais, ouais, OK.

Il a fini sa pinte et a fait signe au barman.

– Qui en reprend une ?

– Je ne plaisante pas, ai-je repris. Ricky a bien insisté pour que je vous surveille tous, mais toi en particulier. Il ne veut pas perdre ses boxeurs.

– T'en fais pas, m'a-t-il répondu avec un grand sourire révélant deux dents manquantes. Je serai sage.

C'est incroyable ce que les hommes aiment boire. Je trouvais que George et ses copains avaient une bonne descente, mais à côté de ceux du club, ceux de l'Académie, c'était l'Armée du salut. Le temps que les autres arrivent, le trio en était à sa quatrième pinte et ça parlait déjà très fort.

Manque de chance, ce soir-là, on avait deux serveurs très prévenants. Ils arrivaient toujours quand on ne les attendait pas, un peu comme le bus. Ils avaient mis au point un système de rotation très efficace avec leurs plateaux chargés de grands verres de bière moussante.

Personne n'a commandé d'ailes de poulet. Rien que de la bière. Beaucoup, beaucoup de bière. J'aurais dit qu'il s'écoulait une éternité avant qu'arrive l'heure d'aller à la boîte de karaoké.

Puis il a encore fallu que je pousse tout le monde à finir sa pinte pour qu'on bouge. Et quand j'ai enfin réussi à faire lever un groupe, le temps de m'occuper des autres, les premiers en avaient commandé « une petite dernière ».

Enfin, avec l'aide de Tarik, on a réussi à partir. Destiny et Taylor, qui étaient déjà un peu bourrées en arrivant, titubaient derrière nous en poussant des cris aigus. Il était vingt et une heures et je crois que Tarik et moi étions les seules personnes sobres à trente kilomètres à la ronde.

Au karaoké, on s'est tous entassés dans un box. Comme on était vingt-deux, j'avais retenu le plus grand. Presque tout le club était présent, plus deux collègues du boulot de Dan et une fille qu'on ne connaissait pas, même si Destiny avait l'air de croire qu'elle s'appelait Fran.

Après qu'on a commandé une nouvelle tournée au karaoké, je suis allée voir discrètement la serveuse.

– Vous pourriez prendre votre temps pour nous servir? lui ai-je demandé. Il y en a qui ont commencé depuis un moment et je préférerais ralentir le rythme, si c'est possible. Vous pourriez aussi apporter une carafe d'eau, s'il vous plaît?

– De l'eau? a-t-elle répété, comme si je lui avais demandé un grand seau de vomi.

Mais elle l'a fait, au moment où s'élevaient les premiers accords de *Is This the Way to Amarillo?*.

– C'est une bonne idée, le karaoké, m'a glissé Tarik en arrivant derrière moi. Ils ont besoin de s'occuper pour ne pas faire que boire.

– Mais toi, tu ne veux pas de bière?

– J'en ai déjà bu deux. Je fais attention à cause de l'entraînement.

– Pareil.

J'allais lui parler du tournoi quand Bonita l'a alpagué pour le pousser vers le micro, et j'ai vu Destiny et Taylor essayer de persuader Jerome d'y aller avec elles.

– Je ne sais pas chanter, répétait-il.

– On va lui prendre une autre bière, a suggéré Destiny. Elle est où, la serveuse?

Au bout d'un moment, j'ai commencé à être plutôt contente de moi. Ils avaient l'air d'avoir freiné sur la boisson. Les garçons étaient occupés soit à chanter, soit à chercher l'inspiration dans la playlist. Tout le monde chantait faux, à part Dan qui se débrouillait bien. Et Bonita, bien sûr, qui sait tout faire et qui semblait connaître toutes les chansons de Beyoncé par cœur.

– Allez, essaie, m'a-t-elle dit soudain en me collant le micro dans la main.

– Oh non, non. Un, je suis nulle, et deux, je ne suis pas bourrée.

Mais c'était trop tard.

– Kil-leuse, Kil-leuse, Kil-leuse ! ont scandé tous les autres.

Paniquée, j'ai regardé l'écran et vu qu'ils allaient passer *Simply the Best* de Tina Turner. L'intro a démarré et je me suis lancée.

Et vous savez quoi ? Je n'étais pas si mauvaise que ça. La musique jouait fort et il y avait une vague piste d'accompagnement qui m'aidait à chanter juste. Et puis ce n'est pas ce qu'il y a de plus difficile à chanter, surtout quand tout le monde reprend le refrain. Au bout d'un moment, j'ai fermé les paupières et je suis laissé porter ; je n'avais même plus besoin de lire les paroles. Quand j'ai rouvert les yeux, j'ai vu Tarik qui me regardait en souriant. Apparemment, je ne suis pas seulement une boxeuse et une cycliste top. Je déchire aussi en chanteuse.

Puis mes yeux se sont posés sur ma gauche et j'ai vu Jerome en train de verser une bouteille de Jägermeister dans le gobelet de Simon.

– *You're simply the*... MAIS QU'EST-CE QUE TU FOUS ?

Jerome a sursauté.

– La serveuse a disparu ! m'a-t-il répondu en criant, le visage illuminé par les lumières du stroboscope. On a soif !

Le karaoké se terminait à dix heures et demie, mais j'ai bien mis vingt minutes à les faire sortir de là.

– On fait quoi, maintenant ? m'a demandé Simon, qui vacillait légèrement.

– Les autres vont danser à L'Ouest. Mais toi, tu rentres chez toi.

– Quoi ? Je ne vais pas rentrer maintenant ! Il est super tôt ! C'est la soirée d'enterrement de vie de garçon de Jerome et c'est mon meilleur pote !

– C'est la soirée d'enterrement de vie de garçon de Dan, ai-je rectifié.

– Lui aussi, c'est mon meilleur pote, a-t-il répliqué, un peu plus mollement.

Les autres avaient commencé à s'éloigner dans la rue, bras dessus bras dessous. Dan marchait un peu en zigzag et Destiny et Taylor encadraient Jerome. Fran avançait derrière en chancelant sur ses hauts talons.

– Écoute, Simon, ai-je repris, le temps qu'on fasse la queue et qu'on commande un verre, il sera l'heure que tu partes.

Moi aussi, j'étais prête à rentrer. J'avais fait mon boulot, et traîner avec des gens bourrés quand on n'a pas bu, c'est moyennement sympa.

– Et tu dois prévoir le temps de rentrer, ai-je ajouté. Je crois vraiment que tu devrais y aller.

– Non ! a-t-il crié en se mettant à courir derrière les autres, son bracelet électronique luisant à la lumière des lampadaires.

– Simon !

Puis j'ai couru derrière lui.

Il y avait un bruit de dingue dans cette boîte. En plus, il faisait très sombre, avec des rayons laser vert vomi qui balayaient l'air et une lampe UV qui faisait ressortir les pellicules sur toutes les têtes. J'ai erré dans la salle, incapable de retrouver qui que ce soit là-dedans.

Sur l'une des pistes de danse, où la ligne de basse martelée par la batterie me secouait les organes internes, j'ai vu Chris qui dansait avec Fran. Il y avait aussi Alex et Jordan et, de l'autre côté, Destiny et Taylor avec leurs mains partout sur le pauvre Jerome.

– TU VEUX DANSER ? m'a braillé un type dans l'oreille.

– Crois-moi, tu le regretterais, ai-je répondu en secouant la tête.

Il a haussé les épaules et il est parti. Derrière lui, j'ai repéré Tarik appuyé à une colonne en brique, avec Bonita qui lui parlait. Leurs visages étaient super proches.

– OK, ai-je déclaré en me retournant.

J'avais autre chose à faire que de m'inquiéter de Tarik et de Bonita. Puis j'ai aperçu Simon, à l'autre bout de la piste avec l'un des collègues de Dan. Matt, ou Stan, un nom comme ça. Ils avaient chacun une pinte à la main. J'ai traversé la piste en flèche en esquivant les danseurs qui tournoyaient et je me suis glissée derrière lui.

– Finis ton verre et on y va ! ai-je crié.

– Je viens à peine d'arriver.

Je lui ai montré l'heure : 23 h 18.

– Ça me laisse encore une heure.

– Tu dois compter le temps de rentrer.

Un peu plus loin, j'ai vu Jerome faire tomber une fille en reculant pour s'écarter de Destiny. Aussitôt, le copain de la fille a bondi et l'a poussé brutalement.

– Oh, bordel, ai-je lâché.

J'étais sûre que Jerome allait cogner. J'allais me précipiter pour m'interposer quand il a levé les mains pour s'excuser.

Puis il a tendu la main pour aider la fille à se relever et elle l'a remercié d'un signe de tête. Il leur a dit un truc et j'imagine qu'il leur a proposé de leur payer un verre parce qu'ils ont secoué la tête, avant de se réfugier à l'autre bout de la piste.

– J'ai cru que Jerome allait le frapper, ai-je dit à l'oreille de Simon.

– Il ne ferait jamais un truc pareil. Personne du club ne ferait ça. Ça ne vaut pas le coup.

– Est-ce que je peux te demander…

Je n'ai pas osé aller jusqu'au bout.

– Comment j'ai eu mon bracelet? Pas à cause d'une bagarre. J'ai piqué une voiture avec des potes, juste pour rigoler, mais on était filmés par des caméras de surveillance

– Oh.

– Je ne savais même pas qu'il y avait des caméras de surveillance à Plimpton.

– Qu'est-ce que tu fichais à Plimpton?

– J'habite là-bas.

– Quoi? Mais c'est à vingt bornes!

– À peu près, ouais.

– Je croyais que tu habitais à Gladwell, moi!

Il a secoué la tête. Je lui ai pris sa bière que j'ai posée sur une table et je l'ai attrapé par le col. Il faisait presque vingt centimètres et quinze kilos de plus que moi mais, à ce moment-là, il a eu l'air un peu effrayé.

– On doit partir maintenant! ai-je articulé distinctement. Et maintenant, ça veut dire TOUT DE SUITE.

Sur le coup, j'ai cru qu'il allait rechigner, mais il m'a regardée dans les yeux et il a paru se rendre compte que je ne rigolais pas.

– OK.

Puis, le prenant par le bras au cas où il changerait d'avis, je l'ai fait sortir de la salle et on a monté l'escalier.

– Ça ira si on trouve un taxi, ai-je dit, avant tout pour me rassurer.

Pied au plancher

Il n'y avait pas de taxi.

– Ils n'aiment pas venir par ici, nous a expliqué le videur. Il y a souvent des bagarres.

J'ai arpenté la rue.

– Au point où on en est, autant retourner s'en jeter un petit dernier, a tenté Simon, pas du tout inquiet.

J'ai de nouveau regardé l'heure.

– On a trente-trois minutes pour te ramener chez toi avant que ton bracelet explose ou je ne sais quoi.

– T'inquiète, m'a-t-il répondu en s'asseyant sur les marches du Centre de bronzage brésilien de Bosford pour examiner son bracelet. Je crois que je sais comment le désactiver.

– NE FAIS PAS ÇA! ai-je braillé.

– Ben, qu'est-ce que tu veux faire d'autre?

– T'inquiète. J'ai une idée.

Douze minutes plus tard, une Clio blanche trois-portes est arrivée en pétaradant dans South Street, avant de monter lentement sur le trottoir en obligeant le videur à se jeter par terre. Elle s'est arrêtée devant nous en faisant une embardée. Le chauffeur portait un bonnet et des lunettes d'aviateur.

– Monte, ai-je ordonné à Simon.

– Dans une Clio ?

– Hé ! a hurlé le videur en se relevant d'un air furieux.

J'ai vite poussé Simon à l'arrière, j'ai rabattu le siège, je suis montée devant et je me suis tournée vers Pip en bouclant ma ceinture.

– Tu as quinze minutes pour aller à Plimpton. Ce soir, exceptionnellement, tu vas devoir conduire comme tu ne l'as jamais fait, Pip : au max de la limite de vitesse.

– Reçu !

Au moment où la tête du videur paraissait derrière la vitre, Pip a appuyé doucement sur l'accélérateur et la Clio est descendue du trottoir dans une secousse. J'ai soigneusement évité de regarder le videur, qui s'était mis à frapper sur la vitre en nous suivant.

Simon a toussoté poliment.

– Dites, on ne pourrait pas aller, genre, un peu plus vite ?

– Peut-être, si, ai-je admis tandis que le videur cognait de plus belle en criant un truc que je ne peux pas répéter.

Pip a dégluti nerveusement et a semé le videur d'un coup d'accélérateur, puis il a tourné à gauche au carrefour.

– Pourquoi tu vas par là ? ai-je demandé.

– Je ne sais pas où est Plimpton.

– C'est dans l'autre sens !

Il a viré en faisant crisser les pneus, et a repris de la vitesse en repartant schématiquement dans la bonne direction.

– Sérieusement, Pip, ai-je insisté en regardant l'heure sur le tableau de bord, il va falloir rouler plus vite que ça.

– Je suis presque à la limite autorisée, là ! s'est-il écrié, le front constellé de gouttes de transpiration.

Mais il a quand même appuyé sur la pédale et l'aiguille est montée doucement jusqu'à un chiffre jamais atteint auparavant.

Simon faisait le copilote, en demandant périodiquement à Pip pourquoi il roulait aussi lentement. Moi, j'étais bien consciente qu'il avait l'impression d'être Jason Bourne dans sa Mini, fonçant à contre-sens dans les rues de Paris. Il a même passé un feu à l'orange et pris le rond-point de Telham dans le mauvais sens, mais je crois que c'était plus à cause du stress que pour gagner du temps.

– On a réussi ! a lancé Simon quand la Clio s'est immobilisée devant une barre d'immeubles.

Je suis sortie de la voiture en remontant mon siège et j'ai aidé Simon à se sortir de là. Il m'a serrée dans une étreinte virile.

– T'es géniale, Fleur. Je t'aime d'amour.

– C'est bon, c'est bon. Moi aussi. Rentre chez toi, maintenant. Va cuver.

Simon s'est penché à la vitre de la voiture.

– Salut à toi, Michael Schumacher, a-t-il lancé à Pip en ponctuant sa dernière syllabe d'un rot sonore.

On l'a regardé gagner sa porte d'un pas vacillant en cherchant ses clés dans ses poches. Une fois la porte refermée, j'ai regardé l'écran de mon portable : 23 h 58. Un poids s'est soulevé de mes épaules. Je suis remontée dans la voiture et j'ai pressé le bras de Pip.

– Tu es un héros.

– Je sais. On va où, maintenant ?

J'avais vraiment envie de rentrer chez moi.

– Je ferais mieux de repasser à la boîte de nuit, histoire de vérifier que les autres ne sont pas en train de faire n'importe quoi.

– C'est parti.

– Pas besoin de foncer, cette fois. Tu peux t'arrêter à l'orange.

La cata

Pip s'est garé au bout de la rue en disant qu'il m'attendait. Coup de bol, le videur qu'il avait failli écraser avait été remplacé par un autre type, tout aussi baraqué, qui m'a fait signe d'entrer.

– Personne n'a cogné sur personne ? ai-je demandé à Tarik une fois en bas.

Je ne voyais pas Bonita, mais Chris et Fran se roulaient une pelle près du distributeur de cigarettes.

– Non.

Mais pile à ce moment-là, on a entendu un cri aigu suivi d'un bruit sourd qui venait de la piste de danse et on s'est précipités. Destiny était sur le dos du gars qui avait poussé Jerome, et dont le verre de bière était brisé à ses pieds. La copine du gars a attrapé Destiny pour lui faire lâcher prise et elles ont roulé par terre en s'empoignant sous les yeux de Jerome, qui semblait totalement désemparé.

Je me suis bien dit que je ne devrais peut-être pas m'en mêler, mais ça valait le coup d'essayer d'arrêter la bagarre avant que ça dégénère. Manque de chance, le temps que j'intervienne, Taylor lui avait déjà envoyé un direct et il s'était affalé comme un sac de briques. Destiny et la fille étaient toujours par terre, en train de se griffer et de se balancer des coups de pied. Puis le videur du début est arrivé, il a empoigné Taylor et Destiny et il les a fichues dehors.

– C'est elle qui a commencé ! a rugi Destiny en désignant la fille, qui saignait du nez.

Mais le videur a continué à les tracter dans l'escalier sans l'écouter.

C'était la catastrophe.

– C'est la cata, a confirmé Ricky. Je ne sais pas du tout comment on va faire.

Il avait l'air aussi abattu que l'attaché de presse de Tyson Fury après son test de dopage. Il avait viré Destiny et Taylor. Ou, plus exactement, il les avait « suspendues le temps de mener une enquête interne », pour reprendre la déclaration qu'il avait faite à la Fédération de boxe.

– C'est pire que quand Rocky apprend qu'Adrian ne l'accompagnera pas en URSS, ai-je observé.

– Tout ne peut pas être une métaphore de *Rocky*, m'a fait remarquerTarik.

– Là-dessus, tu as tort.

– Ce n'est pas le problème, a dit Ricky. Qu'est-ce qu'on va faire, maintenant ? On n'a plus de combats de filles. Le tournoi a lieu dans quinze jours et Fleur et Bonita ne sont pas dans la même catégorie. On a vendu des wagons de billets à des femmes, à toutes celles du jeudi qui veulent venir vous voir combattre. Et il y a aussi le journaliste qui va débarquer en espérant écrire un super article.

Il a pris sa tête entre ses mains et l'a secouée en gémissant.

– Tu ne peux pas leur donner une deuxième chance ? ai-je suggéré. C'est ce que tu as fait pour moi quand j'ai cogné le violeur.

– C'était différent, Fleur, m'a-t-il répondu d'une voix morne. Tu ne t'es pas battue dans une boîte en te roulant par terre. Tu as juste frappé un type qui te harcelait physiquement. C'était de l'autodéfense.

– Je me souviens, merci ! Vu le temps que j'ai passé à te l'expliquer à l'époque.

Puis j'ai réalisé que j'étais en train de m'énerver alors qu'il ne s'agissait pas de moi.

– Et les filles du jeudi ? a demandé Alex, le troisième entraîneur. Il n'y en a aucune qui serait prête ? Avec celles-là, il ne devrait pas y avoir de problème de poids.

– On n'a pas le temps, a répondu Ricky. En admettant qu'elles soient d'accord, il faudrait au moins quatre mois pour les préparer à se battre correctement. Je ne laisserai personne monter sur le ring dans ces conditions.

– Et dans les autres clubs ? ai-je demandé. Ceux d'Hastings et de Brighton ? Il n'y a pas de femmes, là-bas ?

– J'appelle partout depuis une heure, a dit Sharon. Ça ne donne rien. Le seul club du Sussex qui entraîne des filles au combat est celui de Lewes, et aucune n'est disponible ce jour-là.

– Personne à Brighton ? ai-je demandé.

Sharon a secoué la tête.

– Personne qui soit prêt. Vous êtes des cas à part. Je peux continuer à appeler…

– On ne trouvera personne pour dans quinze jours, l'a coupée Ricky. Encore moins juste avant Noël. On n'a plus qu'à se faire une raison et à prévenir tout le monde que les combats féminins sont annulés. Et on rembourse ceux qui le souhaitent.

– On ne peut pas se permettre de faire ça, a protesté Sharon. On a besoin de cet argent.

– On n'a pas le choix.

Un lourd silence s'est abattu.

– Sauf… a déclaré une voix tout à coup. Enfin, il y a peut-être une solution.

Tout le monde a regardé avec espoir la personne qui avait parlé, et qui, curieusement, s'est révélée être moi.

– Sauf si je combats contre Bonita.

Les épaules de Ricky se sont affaissées et il a secoué la tête.

– Écoute, ai-je repris, c'est de ma faute si on en est là. J'étais censée les surveiller. C'est à moi de réparer.

– Je te l'ai déjà dit, Fleur, il te manque trois kilos pour les mi-moyens. Et Bonita en a deux de trop pour entrer dans les super-légers.

– Il reste deux semaines. Quelle quantité de bœuf séché il faudrait que je mange pour prendre trois kilos en quinze jours ?

– Un demi-bœuf ? a suggéré Tarik.

– Ce n'est pas seulement une question de poids, a repris Ricky. Bonita est plus grande que toi. Ça lui donne plus d'allonge.

– Dis toute de suite que je ne suis pas assez forte.

– Bien sûr qu'elle est assez forte, a lancé une voix derrière nous.

C'était Joe qui venait d'entrer.

– Elle est tout à fait capable de dégommer l'autre. C'est pas pour rien qu'on l'appelle Killeuse.

– Personne ne dégomme personne, ici, a rectifié Ricky.

Va expliquer ça à Bonita, ai-je pensé.

– Fleur, a-t-il repris, la vraie question, c'est : es-tu capable de maintenir ta garde pendant trois rounds ?

Je me suis humecté les lèvres, qui étaient toutes sèches, brusquement.

La réponse était « sans doute pas ».

– Oui.

Ricky s'est contenté de me dévisager sans rien dire en m'évaluant, en me *soupesant*. Puis il s'est tourné vers Sharon, qui a hoché la tête. Puis vers Tarik, qui a levé les pouces, ce qui m'a donné un petit frisson.

– Tu vas devoir t'entraîner comme jamais, m'a avertie Ricky.

– Pas de problème.

– Tu vas devoir te concentrer comme jamais.

– Pas de problème.

– Tu vas devoir manger comme jamais.

– Alors là, carrément pas de problème, ai-je assuré en hochant vivement la tête.

Par ici le bœuf séché

Mon réveil sonnait à sept heures tous les matins. Je me levais, j'avalais un shake protéiné et un fruit, et je faisais une demi-heure d'haltères. Puis je mangeais du poulet et des oléagineux. Oui, pour le petit-déjeuner. Je sais. Puis j'allais au lycée en courant, quitte à plonger dans une haie sur le passage de la Clio de Pip alors que Blossom me saluait par la vitre. Je prenais une douche en arrivant au lycée. J'avais toujours des noix de cajou dans les poches et j'en prenais une poignée quand le prof regardait ailleurs. Je mangeais deux repas à midi et du bœuf séché en guise de goûter. Après les cours, je rentrais également en courant, je mangeais des friands à la viande et je faisais du vélo d'appartement dans le garage avec mon casque sur les oreilles en prenant des forces avec des tartines de pain au malt beurrées.

Le gros problème, c'était le dîner. Je ne voulais pas dire à ma mère que je me nourrissais comme une orque en pleine croissance, et elle continuait à me servir des portions de moineau. Je voyais bien qu'elle m'observait tandis que j'engloutissais ces maigres rations avant de relever le nez en espérant avoir du rab.

Parce que j'avais faim TOUT LE TEMPS. Heureusement, j'avais constitué des stocks dans ma chambre, où je passais beaucoup de temps à « faire mes devoirs », à savoir m'empiffrer d'œufs durs.

La seule exception que j'ai faite à ce programme, ça a été la séance du ciné-club de Bluebell Road du vendredi soir. Même si c'était le tour de Blossom de choisir le film, ce jour-là, j'ai zappé l'entraînement pour aller chez elle avec un sachet de bœuf séché et un shake protéiné. Elle m'a tendu un boîtier dès mon arrivée.

– *Creed*? ai-je, fait, surprise.

– Eh oui, le spin-off de *Rocky*.

– T'es sûre? Je croyais que tu voulais regarder *La Danse de la sixième épouse*.

– Trop long.

– Et *Les Vents des steppes rouges*?

– Soporifique.

– Ou *Le Silence des femmes de la rivière de jasmin*?

– Ça n'existe pas, ça.

– Bon, OK, alors. Va pour *Creed*, ai-je dit en lui décochant un grand sourire.

Au bout de huit jours, j'avais encore pris du muscle et mes abdos formaient de vraies tablettes de chocolat. Mais je ne prenais pas assez de poids. Je n'avais pris qu'un kilo, il m'en fallait deux de plus. Quand je me suis pesée au club le samedi matin, Ricky a secoué la tête.

– Ça ne marchera pas.

– Il faut qu'elle prenne du Bulkup, a dit Joe en frottant son crâne aux cheveux ras.

Ricky a froncé les sourcils.

– C'est quoi? ai-je demandé.

– Des calories en boîte, m'a répondu Ricky. Ça sert à prendre du poids rapidement. Mais il faudrait que tu en prennes vraiment beaucoup…

Au secours ! Le Bulkup, c'est infect. C'est visqueux et super sucré avec un petit arrière-goût de vase. J'ai commencé à lire la liste des ingrédients, mais j'ai arrêté au bout de deux minutes tellement c'était terrifiant. J'ai préféré me concentrer sur le seul argument publicitaire positif écrit sur le pot : « Nouvel arôme à la fraise ! » Je l'ai mélangé avec du lait entier, j'en ai bu un verre et je me suis sentie instantanément ballonnée. Puis je suis allée me regarder dans le miroir et j'ai essuyé l'espèce de pâte rose gluante que j'avais sur la joue. Mais qu'est-ce que je fichais à prendre du poids exprès et à m'épuiser jour après jour en claquant toutes mes économies dans de la bouffe ? Tout ça pour monter sur un ring avec une fille qui ne rêvait que de m'arracher la tête en m'abreuvant d'injures…

Il fallait que je sois complètement dingue.

Cramée

– Tu peux rester un peu plus tard, ce soir ? m'a demandé Ricky le mercredi à la pause boisson.

C'était mon dernier jour d'entraînement. Ricky m'avait dit de me reposer les deux jours qui précédaient le combat en tâchant de prendre les deux kilos qui me manquaient. Je ne voyais pas comment, mais il m'a répondu qu'il avait encore quelques ruses en réserve.

À la fin du cours, j'ai attendu que les autres s'en aillent en faisant quelques étirements, Bonita avait encore coincé Tarik dans la cuisine et je les entendais qui rigolaient. Ma seule envie était de rentrer chez moi. J'avais faim, et j'avais presque terminé le demi-sachet de bœuf séché que j'avais apporté. Bonita a fini par ressortir de la cuisine.

– Tu veux qu'on rentre ensemble ? m'a-t-elle proposé.

Depuis qu'il avait été décidé qu'on combattrait l'une contre l'autre, elle était devenue… je ne dirais pas amicale, mais légèrement plus humaine.

– Je peux pas, je dois voir Ricky.

Elle lui a glissé un coup d'œil soupçonneux. Ça paraissait assez injuste qu'il m'accorde toute son attention, mais le combat ne pourrait pas avoir lieu s'il n'était pas sûr que j'étais opérationnelle. Elle a haussé les épaules et elle est partie.

– Bien, a dit Ricky dès qu'il n'est plus resté que Tarik et moi. Montez sur le ring, tous les deux.

– Pourquoi ? a demandé Tarik.

– Fleur est presque prête. Mais il lui manque encore quelque chose et c'est toi qui vas le lui donner.

– Il n'est pas censé m'inviter à dîner avant ? ai-je demandé.

– Ha ha. Si t'as le temps de faire des blagues, t'as le temps de faire dix pompes, m'a dit Ricky.

J'ai obéi en soupirant et Tarik m'a imitée par esprit de solidarité. Puis Ricky nous a expliqué ce qu'il voulait tandis que je reprenais mon souffle.

– Il y a de bonnes chances pour que Bonita t'en colle une en plein dans la mâchoire sur le ring.

– Je te remercie pour ta confiance.

– Ça n'a rien d'agréable de se prendre un coup de poing dans la tête, mais ça arrive. Tu dois t'y préparer. Savoir quel effet ça fait, pour être capable d'encaisser pendant le combat.

– Destiny m'en a déjà collé un. Et Joe aussi.

– Être frappé par quelqu'un de sa taille, c'est une chose. Mais par quelqu'un de plus grand et de plus fort…

– Une petite minute. Je commence à deviner : tu veux que Tarik me donne un coup de poing dans la figure.

– Oui. Il pèse à peu près le même poids que Bonita, même taille, même allonge. Je veux que vous fassiez un peu de sparring. À un moment, Fleur, tu devras baisser ta garde et lui laisser une ouverture.

J'ai regardé Tarik. Présenté comme ça, ça ne paraissait pas si terrible.

Alors on s'est mis à sautiller sur le ring en s'observant, les poings devant le visage, chacun attendant que l'autre prenne l'initiative. Il a fait un pas vers moi et j'ai bondi en arrière. Puis j'ai avancé en glissant et il a battu en retraite. On ne s'est pas quittés des yeux pendant tout ce temps. Les siens étaient noirs et sans fond. Mais ce n'était pas le moment de remarquer ce genre de chose.

– Frappe-la, a dit Ricky.

Tarik a avancé un gant que j'ai repoussé doucement.

– Pas comme ça. Cogne !

Tarik a tenté un crochet du droit, mais si lentement, si mollement qu'il m'a suffi de me déporter et de laisser son poing frôler ma poitrine sans la toucher.

– Bon, OK, frappe-le, toi, Fleur. Ça le décidera peut-être.

J'ai dégluti, puis j'ai fait un pas en avant et lancé des petits jabs sans trop pousser. Je ne voulais pas le frapper.

– ALLEZ ! a rugi Ricky.

J'ai tenté un uppercut, mon point fort selon Joe. Mais j'ai frappé doucement et en prenant mon temps, ce qui lui a permis de le bloquer sans difficulté.

– Elle a baissé sa garde ! s'est écrié Ricky.

Je me suis rendu compte qu'il avait raison. Mais Tarik n'a pas mordu à l'hameçon. Au contraire, il a reculé en baissant les bras.

– Je n'ai pas envie de la frapper.

Puis il s'est retourné et il a commencé à retirer ses gants.

– Très bien, a dit Ricky. Puisque c'est comme ça, je vais le faire !

Il est monté sur le ring et mon cœur s'est mis à palpiter. Ricky était deux fois plus grand que Tarik. Il avait des bras comme des branches d'arbre et des jambes comme des troncs.

– T'inquiète pas, a-t-il précisé en se mettant en position. Je ne vais pas frapper fort. Maintenant, essaie de me balancer un swing.

J'ai inspiré à fond, hésité, puis haussé les épaules. Si je voulais rentrer chez moi et pouvoir manger un jour, il fallait qu'on en finisse. J'ai fendu l'air et lancé mon meilleur crochet du droit en pliant les genoux.

Apparemment, il n'avait pas prévu que je tenterais ça dès le début, parce que j'ai quand même réussi à toucher sa cage thoracique. Mon gant s'est enfoncé dans sa chair et j'ai été assez fière de moi pendant trois bonnes nanosecondes, jusqu'à ce qu'un camion de livraison me fonce dans la tête dans une explosion d'étoiles. J'ai fait quelques pas en titubant.

– Reste debout ! m'a braillé Ricky. Ne tombe pas, Fleur !

– Tiens bon ! m'a crié Tarik.

Sa voix venait de très loin. Tout tournait, la salle, les lumières, les sacs de frappe et les visages inquiets. J'ai vacillé en me tenant à distance de Ricky, tout en essayant de garder les poings devant mon visage. Si c'était ça qui se passait quand on lâchait sa garde, ça ne me disait rien du tout.

Mais mon travail sur les jambes avait payé.

Je suis restée debout.

– Voyons si j'ai bien compris, m'a dit Blossom. Tu as craqué pour un mec parce qu'il a dit qu'il ne voulait pas te frapper ?

– Je n'ai pas dit que j'avais craqué pour lui. Juste qu'il était super sexy.

– Et il ne veut pas te frapper ? T'en es bien sûre ?

– Ouais.

– Oh, ben ça, c'est l'homme idéal, alors.

– OK, je suis d'accord que, hors contexte, ça peut paraître un peu léger comme raison, mais…

– C'est complètement débile, tu veux dire. Qui c'est, ce Tarik, d'abord ? C'est quoi, son background ?

– Il n'a pas de background, il ne sort pas d'un roman de fantasy !

Mais elle n'avait pas tort. Avec le recul, toute la soirée était un peu confuse et je ne savais plus quoi penser. Tarik était canon, on ne pouvait pas dire le contraire. Quand il me souriait, mon estomac bondissait comme un saumon remontant une rivière. Et cette façon qu'il avait de me sourire… Mais je n'étais pas sûre de vouloir m'investir tout de suite dans une nouvelle relation. Je n'avais pas envie de revenir à la routine des soirées Date.

En même temps, ce n'était pas le genre de Tarik. Il n'était pas sécurisant comme George. Ce n'était pas ce que je ressentais en le regardant. Plutôt l'inverse. J'avais le sentiment que si je baissais ma garde, il risquait de me faire vraiment mal.

Le grand combat

Il avait beau être minuit passé, ma mère n'était pas couchée quand je suis rentrée. En revanche, ce n'était plus un journal qu'elle avait devant elle, mais son ordinateur portable. Une alarme s'est allumée dans ma tête.

– Bonsoir, ai-je dit.

– Bonsoir, m'a-t-elle répondu à mi-voix.

C'était clair, il se passait un truc.

En passant derrière elle pour me servir un verre d'eau, j'en ai profité pour jeter un coup d'œil sur son écran et mon cœur s'est arrêté net quand j'ai vu qu'elle était sur le site du club.

BOSFORD BOXING CLUB

ACCUEIL / COURS / HORAIRES / TARIFS / COACHS / À PROPOS DE NOUS / CONTACT

TOURNOI JUNIOR

BONITA CLARK / FLEUR WATERS

– Tu peux venir t'asseoir, s'il te plaît ? m'a demandé ma mère de la voix qu'elle prend quand elle flippe.

– Et merde, ai-je marmonné pour moi-même.

J'ai rempli mon verre au robinet et je suis revenue me poser en face d'elle.

– Si c'est pour ma liste de Noël, je préfère avoir de l'argent.

– Tais-toi ! La ferme !

Je l'ai dévisagée, un peu choquée par sa réaction.

– Tout est toujours une blague avec toi ! Ou une pique, ou… ou un mensonge !

– C'est parce que tu dramatises toujours tout, ai-je répliqué, le cœur battant.

Voilà ce que Blossom n'avait pas compris, la raison pour laquelle je ne ripostais jamais. La vérité, c'est que j'avais peur de ma mère, peur qu'une fois le combat engagé, je me retrouve piégée dans une lutte à mort.

– Maman, je ne peux jamais avoir une discussion rationnelle avec toi…

– Ah, je suis irrationnelle, maintenant ?

– Avec toi, je dois toujours faire attention à tout ce que je dis.

– Si seulement tu t'en tenais à ça ! Tu me mens. Tu te moques de moi dans mon dos. Tu n'as aucun… aucun respect pour moi ni pour ce que je ressens.

– Ce n'est pas vrai. Papa m'a parlé… Il m'a dit.

– Qu'est-ce qu'il t'a dit ?

– Il m'a expliqué pourquoi tu es toujours… aussi inquiète pour moi.

Elle a plissé les yeux.

– Qu'est-ce qu'il t'a raconté ?

– Il m'a parlé de Ben.

Elle s'est adossée à sa chaise comme si je lui avais tiré dessus, blanche comme un linge. La pendule a égrené les secondes une à une tandis que j'attendais qu'elle réagisse. J'ai compté jusqu'à vingt-deux avant qu'elle rouvre la bouche.

– Il n'avait pas le droit.

– C'est toi qui aurais dû le faire.

J'ai su tout de suite que ce n'était pas le bon truc à dire.

– Je voulais te protéger.

– Je n'ai pas besoin que tu me protèges, ai-je murmuré.

Son visage s'est crispé, et elle a paru soudain immensément fatiguée.

– N'y va pas, Fleur. S'il te plaît. Ne participe pas à ce combat. Fais ça pour moi.

– Je suis désolée, maman. Je ne le fais pas contre toi. Je comprends ce que tu ressens, et je suis désolée de ne pas avoir été honnête avec toi.

– Mais pourquoi tu ne l'as pas été, alors ?

– Par lâcheté. Parce que je fuyais la confrontation. Mais je ne fuirai plus. Je me bats demain.

Elle a secoué tristement la tête. La pendule continuait à faire tic tac.

– Eh bien ne compte pas sur moi pour assister à ça, a-t-elle fini par déclarer. Je ne pourrais pas le supporter.

J'ai haussé les épaules, ne voulant pas montrer combien j'étais chamboulée.

– Comme tu voudras. Je vais dormir chez Blossom, cette nuit.

Compte à rebours

Il faisait horriblement froid quand je me suis réveillée. J'ai posé la main sur le radiateur. Il était éteint. La chambre d'amis ne servait pas très souvent chez Blossom. Et évidemment, j'avais oublié de prendre ma robe de chambre. Mais plus important que le froid, il fallait que je me remplisse l'estomac. Je me suis rendue à la cuisine. Personne n'était levé.

J'ai mangé quatre Weetabix. J'avais droit aux glucides, maintenant, et franchement, je n'en pouvais plus du bœuf séché. Ma priorité était désormais de prendre du poids. Je montais sur la balance dans huit heures, et si je n'atteignais pas soixante-quatre kilos, le combat serait annulé et on aurait fait tout ça pour rien.

J'ai repris un Weetabix.

C'était apaisant d'être assise là à mâcher des céréales, sans me faire prendre la tête par ma mère ni devoir écouter mon père m'expliquer les deux méthodes pour nettoyer un dérailleur. Ni sentir les prouts de Ian Beale. Mais il restait quand même un vide dans mon ventre, et, celui-là, je ne pouvais pas le remplir. Un endroit où tournait du regret mêlé de culpabilité. J'étais en colère contre ma mère, mais je savais au fond que c'était ma faute. Je lui avais menti. Je l'avais trahie. Je l'avais blessée. Par peur. Parce que je n'étais pas capable de m'affirmer. Parce que j'avais fui la confrontation.

Blossom a fini par apparaître. Blossom n'est pas du matin. Elle m'a saluée d'un grognement, s'est assise et a enfoui sa tête entre ses avant-bras.

– Tu veux du café ?

– Ouais.

Elle a ouvert un œil qu'elle a posé sur ma boisson.

– C'est quoi ?

– Du Bulkup avec du yaourt et des myrtilles.

– Du café, ça ira très bien. Alors, parle-moi de cette dispute avec ta mère.

– Ah non mais au secours. Tout est de sa faute. Si elle n'était pas aussi protectrice avec moi, je ne serais pas obligée de lui mentir tout le temps. Je te jure, elle m'étouffe. C'est comme si j'étais piégée dans une pièce remplie de ballons : j'ai beau les crever les uns après les autres, il y en a toujours autant.

– C'est dingue ce que vous vous ressemblez, ta mère et toi, vous vous ressemblez trop ! s'est-elle exclamée en riant.

Je l'ai fixée, pétrifiée.

– Pourquoi tu dis ça ?

– Vous êtes faites exactement sur le même moule, toutes les deux.

– N'importe quoi. Pas du tout. C'est pile le contraire.

– Vous êtes super prudentes, et aussi têtues l'une que l'autre, vous vous ressemblez physiquement, vous avez les mêmes tics et vous êtes toutes les deux obsédées par la ponctuation.

Ça m'a laissée sans voix, et j'ai secoué la tête en pinçant les lèvres. Elle avait carrément tout faux.

J'avais éteint mon portable la veille au soir, et j'avais reçu une dizaine de messages et manqué plusieurs appels de mon père. Rien de ma mère. J'ai écrit à mon père que j'étais chez Blossom et que tout allait bien. Puis Pip est passé nous prendre vers dix heures et on est allés se balader à Brighton, chose que j'avais l'impression de ne pas avoir faite depuis des mois. Pip a passé une demi-heure chez Vintage Vicky's, Blossom encore plus longtemps à la librairie féministe de South Street, puis ça a été mon tour de choisir.

– Chez Greggs ? a soupiré Blossom. Tu sais ce qu'ils mettent dans leurs feuilletés à la saucisse ?

– Non, mais moi je sais où je vais les mettre, ai-je répondu en en prenant deux.

– Alors, c'est à quelle heure, le combat, ce soir ? m'a-t-elle demandé alors qu'on ressortait de la boulangerie.

Il gelait, dehors.

– On passe en dernier, ai-je répondu. Autour de huit heures et demi, neuf heures, je pense.

– On va être aspergés de sang si on s'assoit au premier rang ? s'est inquiété Pip.

Je les ai regardés avec étonnement.

– Parce que vous venez ?

– Évidemment ! a dit Blossom en riant. On ne voudrait pas rater ça !

La pesée

Je me suis dandinée jusqu'à la balance, prête à exploser. Ricky m'observait nerveusement. Il venait de me faire boire deux litres d'eau et je mourais d'envie de faire pipi. À côté de lui, Sharon se tordait les mains. Bonita venait de se peser et elle était descendue à soixante-huit kilos, juste sous la limite des poids moyens. Personne n'avait été surpris qu'elle atteigne son objectif. Quand Bonita voulait quelque chose, elle faisait ce qu'il fallait pour l'obtenir. Et elle était partie avec moins de poids à perdre que je n'en avais à prendre.

Je suis montée sur la balance en inspirant un grand coup. Brusquement, j'ai paniqué à l'idée qu'un surplus d'air dans les poumons me rende plus légère et je me suis dépêchée de souffler, avant de me rendre compte combien c'était débile. J'aurais pu avaler une montgolfière que ça n'aurait rien changé à mon poids. J'ai repris une grande bouffée d'air.

– On dirait une carpe, a observé Tarik. Respire normalement.

Je l'ai foudroyé du regard. Tout le monde s'était penché sur la balance pour lire le verdict, à commencer par Bonita.

Soixante-quatre kilos deux.

Deux cents grammes au-dessus du poids minimum.

Des acclamations ont explosé. Tarik m'a donné une grande tape dans le dos. Sharon m'a serrée dans ses bras. Dan m'a fait un check. Et Alex a haussé les deux sourcils.

– Bravo, Fleur, m'a dit Ricky, l'air immensément soulagé.

– Ouais, c'est cool. Je peux aller faire pipi maintenant ?

Alors que j'allais partir en courant, je me suis retrouvée nez à nez avec Bonita. Elle m'a fait un clin d'œil, et je me suis demandé dans quoi je m'étais fourrée.

La salle était blindée. Bonita et moi suivions les opérations depuis l'un des deux vestiaires que Ricky avait fait installer sur l'estrade, derrière le rideau. La salle était petite mais pleine à craquer. J'ai repéré Blossom et Pip au premier rang, puis l'arrière du crâne de mon père, en bordure de l'allée qu'on descendrait d'ici quelques minutes. Il y avait une place vide à côté de lui, celle de ma mère. Ça ne m'a pas étonnée. Bonita et moi, on s'est aidées à mettre nos bandages et nos gants sans vraiment se parler, chacune fuyant le regard de l'autre.

– Tu mets des Hit Pro ? m'a-t-elle demandé.

– Ouais, pourquoi ? Tu mets quoi, toi, comme gants ?

– Des RDX, m'a-t-elle répondu avec un sourire satisfait. C'est les meilleurs pour la compète.

Ça m'a énervée.

– Ce n'est pas une vraie compète, ai-je rappelé.

– Oh *si*, c'est une vraie compète.

Les combats masculins s'étaient bien passés. Tarik avait battu Jordan sans difficulté. Jordan s'était agité furieusement pendant le premier round, et Tarik avait tranquillement attendu qu'il se fatigue pour l'achever avec quelques droites bien placées. Le public, assez calme au début, était devenu de plus en plus bruyant, d'autant plus que Sharon vendait des bières à la buvette. Chaque fois qu'un boxeur prenait un coup, la foule rugissait. L'attente me donnait des fourmis partout. Bientôt, c'était moi qui serais sur le ring. Bonita avait Alex comme homme de coin et le mien était Joe. J'aurais voulu que ce soit Tarik, mais Ricky avait préféré prendre quelqu'un d'expérimenté. Après le dernier combat, opposant Jerome à Simon, Ricky est venu nous voir.

– Bon, écoutez-moi bien. C'est votre premier vrai combat à toutes les deux. Ne foncez pas tête baissée, d'accord? C'est juste un combat d'exhibition. Montrez vos capacités, ça, oui, mais le but n'est pas de vous entretuer. Vous avez des amis et de la famille dans la salle.

Le discours s'adressait à nous deux, mais il regardait surtout Bonita.

Puis il est parti et nos regards se sont croisés. J'ai souri bêtement mais elle s'est détournée. Si elle était nerveuse, ça ne se voyait pas. Je me suis éclairci la gorge.

– Eh ouais, notre premier combat.

– Ouaip.

– Avec nos amis et nos familles dans la salle…

– Toi, oui, a-t-elle rectifié. Ma mère n'a pas pu venir.

– Je… Je voulais juste être sûre que…

– Que quoi? s'est-elle impatientée.

Je l'empêchais de se préparer.

– On est d'accord que ce n'est qu'un match de démo? On ne va pas se taper comme des sauvages?

Elle m'a jeté un regard noir doublé d'un demi-sourire narquois.

– Je ne sais pas pourquoi t'es là, mais moi, je peux te dire que c'est pour me battre.

Puis les lumières se sont allumées.

Le public s'est tu tandis qu'un son aigu dû à l'effet larsen résonnait dans la salle. Ricky avait apporté un ampli de guitare et un micro pour les annonces. J'ai jeté un coup d'œil par la fente entre les rideaux pendant que Bonita boxait dans le vide en soufflant et en poussant des grognements.

– Mesdames et messieurs, a tonné la voix de Ricky, alors que Sharon se précipitait pour baisser le volume, nous avons gardé le meilleur pour la fin ! Ce soir, pour votre plaisir à tous, nous vous proposons d'assister au premier match féminin du club de boxe de Bosford. Le combat sera composé de trois rounds d'une minute. Bon, assez de blabla, voici donc le dernier combat de cette soirée ! Daaans le coin bleu, avec soixante-huit kilos, le Poing de Bosford, Bonitaaa… Clark !

Bonita a franchi le rideau en me bousculant sous une salve d'applaudissements. Elle a descendu les marches puis l'allée en courant, tout en lançant des coups de poing dans le vide. Il y a eu quelques sifflets et quelques huées. Je l'ai regardée monter sur le ring où elle a été accueillie par Alex, qui a pris sa serviette et versé un peu d'eau dans sa bouche.

– Eeeeet dans le coin rouge, a repris Ricky, avec soixante-quatre kilos, voici Fleur Waters, alias : Killeuuuse !

La foule a applaudi poliment. J'ai entendu quelques acclamations et des sifflets. Ça y était. Dans mon ventre, les battements d'ailes de papillon se sont changés en trépidations quand j'ai franchi le rideau et descendu les marches. Je ne savais pas trop quelle contenance prendre, mais comme tout le monde me regardait en attendant que je fasse la boxeuse, j'ai parcouru l'allée en bondissant latéralement, tournée d'abord d'un côté puis de l'autre, en tâchant d'avoir l'air de savoir ce que je faisais. J'ai entendu Pip siffler bruyamment et Blossom crier mon nom. Joe a soulevé la corde et je suis montée sur le ring, éblouie par les lumières. Mon cœur battait comme une ligne de basse. J'ai fait un tour complet sur moi-même en regardant les spectateurs. J'ai vu Pip et Blossom, les dames du jeudi qui poussaient des cris de malades, et les garçons, qui avaient retiré leurs gants et leurs bandages pour applaudir.

J'ai vu mon père, qui me souriait pour m'encourager.

Et, à côté de lui, ma mère. J'étais sûre qu'elle ne viendrait pas. Mais elle était là. Je me suis senti rougir. D'un côté, j'étais soulagée et heureuse qu'elle soit venue me voir, même si elle n'avait jamais rien dû faire d'aussi terrifiant de toute sa vie. De l'autre, ça me rendait encore plus nerveuse. Ça me mettait un maximum de pression.

Plus qu'à ne pas me faire tuer, maintenant, ai-je songé. *Plus qu'à ne pas me faire tuer!*

Elle était assise là et elle me fixait, blanche comme un linge, en serrant un mouchoir dans sa main. Je lui ai fait signe en agitant un gant et elle s'est forcée à sourire. Mon père lui a pris la main.

– Allez, Killeuse, c'est le moment de se battre, m'a annoncé Joe.

Puis il m'a conduite dans le coin rouge et il a levé mon bras.

– Prêtes? nous a lancé Ricky. Touchez-vous les gants, regagnez votre coin, et le combat pourra commencer.

Alors je me suis approchée de Bonita et on s'est touché les gants. Si j'avais espéré lire un minimum de clémence dans ses yeux, ou même de nervosité, j'aurais été déçue. Son regard était totalement dénué d'émotion. Comme Drago, le boxeur russe dans *Rocky IV*. Elle ne me ferait pas de cadeaux. Ce n'était pas dans son ADN. J'ai dégluti nerveusement. Mon cœur me martelait la poitrine comme s'il avait voulu s'échapper. On a regagné chacune notre coin.

Puis la cloche a retenti.

Premier round

Je ne pourrais pas expliquer ce qui s'est passé dans ma tête. On s'était touché les gants. Ricky avait lancé le signal du début du combat. Mais quand je me suis avancée, je n'étais pas prête. Comme si je n'avais pas vraiment compris qu'il s'agissait d'un vrai combat, cette fois, que ce n'était plus du sparring ni un exercice. J'ai marché tout droit sur Bonita sans lever mes gants et elle m'a collé un coup de poing en pleine figure.

Le public a retenu son souffle et j'ai reculé en vacillant, mais j'ai réussi de justesse à rester sur mes jambes. Sans me laisser le temps de récupérer, elle est revenue aussitôt sur moi d'un air mauvais, clairement décidée à en finir avant même qu'on ait commencé. Bonita ne voulait pas juste me battre, elle voulait m'enfoncer dans le sol.

Mais moi aussi, je m'étais entraînée dur. Si elle croyait que je n'étais qu'une chiffe molle qui n'avait jamais eu à faire d'effort pour obtenir quoi que ce soit, elle se mettait le doigt dans l'œil. J'avais couru, pédalé, soulevé des haltères jusqu'à ne plus pouvoir les voir en peinture. J'avais tout fait : enduré tous les exercices, cogné dans des sacs, frappé dans des pattes d'ours, travaillé mes abdos, et mangé. Tellement mangé.

Alors j'ai tenu sur mes jambes et je ne l'ai plus laissée me frapper. J'ai levé mes gants et tenu ma garde. Bonita m'a asséné une pluie de coups furieux. Elle était puissante, et avec son allonge, je n'avais aucune chance de l'approcher assez pour l'atteindre. Mais je savais parer les coups. J'étais une Saxonne, oui ou non ? Peu à peu, mes idées se sont éclaircies et je me suis rappelé comment bouger les pieds. Je me suis décalée et j'ai tourné autour d'elle en m'éloignant des cordes.

Ponk, ponk, ponk faisaient ses gants contre les miens, mes bras absorbant l'impact. J'ai entendu un cri aigu dans la salle, peut-être ma mère. J'étais en position de faiblesse, ça oui, mais je savais que si j'arrivais à tenir jusqu'à la fin du premier round, j'avais une chance de récupérer, de reprendre mon souffle et mes esprits.

Boum, boum, ponk-ponk.

Les coups tombaient toujours, presque des jabs, lancés à partir du visage, mais elle a aussi tenté quelques crochets, dont l'un m'a chopée en plein dans le sein gauche. Ça m'a fait super mal, mais j'ai serré les dents et maintenu ma garde. J'entendais les cris qui montaient de la foule.

– Vas-y ! Frappe-la !

– Allez, Fleur ! a crié quelqu'un, qui pouvait être Blossom.

Du coup, j'ai réalisé que je n'avais pas encore essayé de frapper Bonita. Je n'en avais pas tellement eu l'occasion.

Une minute, c'est long quand on se fait bombarder de coups. J'ai encore atterri deux autres fois dans les cordes, mais j'ai réussi à me dégager. Je voyais que Bonita commençait à s'impatienter.

Ça, c'était bon signe. À vrai dire, ses coups manquaient de plus en plus de précision et elle baissait ses gants, laissant sa tête à découvert. Et si je… ?

Puis la cloche a sonné.

Deuxième round

– Tu ne l'as pas frappée, m'a dit Joe en faisant couler un peu d'eau dans ma bouche.

– Je suis trop occupée à essayer de garder ma tête sur mes épaules, ai-je haleté.

– T'as manqué deux ouvertures, a-t-il ajouté en m'essuyant le menton. Elle a de la force, mais elle n'a aucune discipline. Elle part dans tous les sens.

– C'est aussi ce que vont faire mes dents si je baisse ma garde.

– J'ai cru que tu allais tomber quand elle t'a frappée. Qu'est-ce qui t'est passé par la tête de lui foncer dessus comme ça, gants baissés ?

– T'aurais pas un conseil *utile* ? ai-je demandé, exaspérée.

– Ne baisse pas ta garde.

– Ouais, ça, je connais. Et sinon ?

– Je sais pas. Essaie de la frapper ?

La cloche a sonné et j'ai dû me hisser sur les pieds pour me relever. Essayer de la frapper pouvait paraître logique mais ce n'était pas du tout dans mes intentions. Ricky m'avait dit qu'en maintenant ma garde, j'avais une chance de tenir les trois rounds. Je perdrais aux points, mais l'honneur serait sauf et ce serait un bon moyen de montrer au public que la boxe n'est pas un sport dangereux pour les femmes.

Bref, le deuxième round a commencé comme le premier avait fini. Je tournais autour du ring en gardant mes distances et en bloquant les attaques permanentes de Bonita. Maintenant que je m'étais remise du choc de son coup de poing, je me sentais plus apte à m'en sortir. Elle était puissante, mais plus lourde et plus lente que moi. Je lui donnais du fil à retordre. Du coup, je sentais monter sa frustration. Elle était toute rouge et respirait de manière de plus en plus hachée.

Une ou deux fois, entrevoyant une ouverture, j'ai lancé un jab, et l'un de mes coups a même porté. J'ai peut-être carrément marqué un point, mais je n'étais pas trop sûre. Mon problème, c'était son allonge, bien supérieure à la mienne. Il fallait que je m'approche très près pour franchir ses défenses. Chaque fois que j'essayais, ses attaques redoublaient et me forçaient à battre en retraite. Même si j'avais l'impression de boxer beaucoup mieux, Bonita me balançait vingt coups quand j'en tentais un. Vers la fin du round, alors que je commençais à me demander si la cloche était cassée, Bonita s'est projetée en avant et m'a poussée violemment dans les cordes. Ricky a bondi pour nous séparer, mais elle avait eu le temps de me coller quelques bons coups dans le ventre. J'ai riposté instinctivement tout en sachant que je n'aurais pas dû, et senti non sans satisfaction mon crochet du droit toucher sa cible. Bonita a lâché un grognement de douleur.

Puis la cloche a sonné.

Troisième round

– Plus qu'un, ai-je dit, pantelante. Je peux le faire.

– Faire quoi ? m'a demandé Joe. Pour le moment, c'est pas brillant.

– Hé, j'ai quand même placé deux coups, ai-je répliqué, un peu vexée.

– Ben je les ai pas vus. Sauf ton crochet, mais ça, ça ne compte pas. Tu devrais peut-être essayer quand t'es pas au corps à corps.

– Ça laisserait une ouverture. Je ne peux pas lâcher la cavalerie tout en tenant le mur de boucliers.

– Qu'est-ce que tu racontes ?

– Je veux dire que je peux tenir jusqu'à la fin du round à condition de maintenir ma garde.

– Mais pour quoi faire ? À quoi ça t'avance si c'est juste pour tenir jusqu'à la cloche ?

– C'est la vie, Joe.

– Pas du tout. Écoute, oublie ce que Ricky t'a dit. Ça a été un grand boxeur, Ricky. Il aurait pu devenir champion. Mais il a toujours été trop prudent, il la jouait aux points, tu vois ? Parfois, il vaut mieux lâcher sa garde et cogner un bon coup.

Puis la cloche a sonné de nouveau, et je me suis remise sur mes pieds.

Je n'étais toujours pas convaincue par les conseils de Joe. Si je me laissais assommer par Bonita devant ma mère, elle ne me laisserait plus jamais boxer, ça n'arrangerait pas les affaires du club, et surtout, ça me ferait super mal. Non, le truc prudent, la voix de la raison, c'était de continuer à bloquer et laisser Bonita gagner aux points. Il n'y avait aucune honte à ça.

Elle est remontée sauvagement à l'attaque et je me suis protégé la tête en formant un bouclier avec mes deux gants. Les Icènes pouvaient toujours foncer tête baissée si ça les amusait, je n'avais pas l'intention de leur laisser créer ne serait-ce qu'une fissure dans l'armure. Si je serrais bien les coudes, Bonita ne pouvait pas non plus atteindre mon torse, et, étant plus légère qu'elle et vive comme un puma, je pouvais continuer à bouger pour l'épuiser.

À mesure que les secondes s'égrenaient, elle cognait toujours plus fort en haletant de plus en plus. Elle arrivait à placer un coup de temps en temps et m'a collé deux crochets circulaires dans les flancs, mais rien de sérieux. Je perdais juste des points ici et là.

Puis elle s'est de nouveau jetée sur moi pour me bloquer dans une attaque au corps.

– Allez, Magnolia, bats-toi, a-t-elle sifflé. Balance-moi un putain de swing.

Comme Ricky nous séparait, elle m'a encore envoyé un jab dans la poitrine. La douleur m'a coupé le souffle et tout mon côté droit s'est pétrifié. Immobilisée par le choc, je n'ai rien pu faire quand elle a fondu sur moi et m'a collé son gant en pleine figure.

La foule a rugi tandis que je reculais en trébuchant. Si on avait été dans un dessin animé, des étoiles et des petits oiseaux auraient tourné au-dessus de ma tête. Et je me serais sûrement affalée si je n'avais pas été retenue par les cordes. Nouveau rugissement du public. Dans le brouillard de visages, j'ai vu mon père ouvrir la bouche dans un O horrifié. À côté de lui, ma mère paraissait totalement épouvantée. Il fallait que je réagisse.

En me retournant, j'ai vu Bonita charger, bien décidée à m'achever. Ma tête tournait. Elle a levé le poing avec un grand sourire. « Garde tes gants devant tes joues », a dit la voix de Ricky dans ma tête. « Frappe à partir du visage. » Or ce n'était pas du tout ce qu'elle était en train de faire. Elle avait replié le bras en arrière et laissait sa tête complètement exposée tandis que son autre bras pendait sur le côté, totalement inutile. Dans sa hâte de porter le coup fatal, elle venait d'oublier la leçon qu'on nous enseignait depuis le début. Soudain, une décharge d'adrénaline a couru dans mes veines et j'ai eu les idées parfaitement claires.

T'aurais dû écouter Ricky, Bonita, ai-je pensé en avançant dans un pas de danse au ralenti, avant de la frapper du gauche de toutes mes forces. Pas avec un crochet du droit, mon point fort, mon uppercut légendaire. Juste un bête direct du gauche, parce que c'était ce qui convenait le mieux à la situation.

Il n'y avait jamais eu de coup aussi délicieux que celui-là. Ni Mohamed Ali, ni Joe Frazier, ni ce bon vieux Rocky Balboa n'avaient jamais mis autant de cœur dans un coup de poing que moi dans ce direct. Chaque kilomètre parcouru à vélo, chaque pas fait en courant, chaque lever de jambes effectué, chaque foutu sachet de bœuf séché était dans ce coup.

Alors que Bonita s'effondrait, j'ai réalisé qu'elle n'avait jamais dû recevoir un coup de sa vie. Pas ce genre-là, en tout cas.

Moi, Destiny m'en avait déjà collé un bon, et Ricky m'avait « tapée » la semaine précédente ; je savais quel effet ça faisait. Bonita, non. Elle a heurté violemment le sol, dans un grand silence. Apparemment, personne n'en revenait, exactement comme quand j'avais marqué au hockey.

Puis Ricky s'est précipité pour s'occuper de Bonita et ce mouvement a déclenché un énorme rugissement dans la foule. J'ai tourné sur moi-même, un peu perdue, et j'ai vu que toute la salle s'était levée et applaudissait, acclamait et sifflait. Joe est entré sur le ring pour me serrer très fort.

– T'as réussi, Killeuse ! Bon sang, je le savais !

Puis Sharon est arrivée, et Blossom, et mon père, mais pas Pip parce qu'il était resté coincé dans les cordes. J'ai aperçu ma mère dans la foule, assise toute raide et blême avec son mouchoir dans la main, qui me fixait avec stupéfaction. Tarik m'a étouffée dans une étreinte virile. Tout le monde me tapait dans le dos. Mais je ne pensais qu'à Bonita. Je me suis écartée de la foule pour m'agenouiller à côté d'elle. Ricky l'avait aidée à s'asseoir.

– Ça va ?

Elle m'a regardée en clignant des paupières, essayant de faire le point.

– Joli coup, m'a-t-elle dit. Putain de joli coup.

Puis les autres m'ont entraînée. C'était l'heure d'aller fêter ça.

Onze bières et un Coca pas light

L'après-match se passait chez Chickos et on occupait à peu près tout le premier étage. Sharon avait prévu large en réservant. Je comptais proposer à Bonita de venir, mais elle s'était déjà éclipsée. Ricky s'inquiétait un peu pour elle parce qu'elle n'avait pratiquement rien dit après le combat, mais une infirmière l'avait examinée et avait conclu que tout allait bien. Quelque part, je culpabilisais d'avoir gagné. Au fond, j'avais le sentiment d'avoir triché pour amener Bonita à lâcher sa garde, et que ma victoire était un coup de chance. Mais Joe m'a assuré que j'avais super bien boxé.

– Quelquefois, ton adversaire n'a pas besoin de toi pour perdre, m'a-t-il expliqué. Suffit de le laisser faire.

– Ou de *la* laisser faire, ai-je rappelé.

– Oui. Le truc, c'est de ne surtout pas chercher à entrer dans son jeu. Il faut le jouer à sa manière à soi. Attendre qu'il… ou elle commette une erreur.

– Ce n'est pas ce que tu m'as dit avant le combat. Tu n'as pas arrêté de me répéter que je devais frapper Bonita.

– Et c'est ce que tu as fait. Finalement. Ton problème, Killeuse, c'est que t'aimes pas qu'on te dise ce que tu dois faire. Faut toujours que tu fasses les choses à ta manière à toi.

Je me suis demandé comment Joe faisait pour me connaître aussi bien. Soit il était un fin observateur du comportement humain, soit j'étais vraiment facile à déchiffrer. Pendant qu'on attendait d'être servis, je suis allée m'asseoir en face de ma mère à la table d'à côté. Elle avait les yeux rivés au bracelet électronique de Simon.

Elle m'a regardée et elle a pris une grande inspiration, puis elle m'a souri.

– Bravo.

Je l'ai dévisagée en essayant de comprendre ce qu'elle pensait vraiment. Y avait-il un soupçon de fierté dans son expression ? Si oui, ce sentiment était largement masqué par un mélange de soulagement et de fatigue nerveuse.

– Merci, maman. Je suis contente que tu sois venue.

– J'ai détesté du début jusqu'à la fin, mais je n'aurais raté ça pour rien au monde.

J'ai ri.

– Alors tu vas continuer ? m'a-t-elle demandé.

J'ai hoché la tête. Je ne m'étais même pas posé la question.

– Je sais que tu trouves ça dangereux, maman. Et, pour être franche, je veux bien admettre que ça l'est un peu. C'est un sport de contact, il y a toujours un risque. Mais il y a des risques partout dans la vie, en tout cas dans la plupart des choses qui en valent la peine. Et avec un entraînement sérieux, des gens qui te soutiennent, et en respectant les règles… ben je pense que ça vaut vraiment le coup de prendre le risque.

À ce moment-là, j'ai été kidnappée par Jerome et Simon, qui tenaient absolument à boire une bière avec moi. J'en ai bu un peu par politesse, mais je n'ai pas tellement apprécié. Mes parents sont rentrés peu après. J'étais crevée et je suis partie une heure plus tard, alors que la fête battait son plein. En sortant dans le froid de décembre, j'ai entendu quelqu'un pousser la porte derrière moi.

– Salut, m'a dit Tarik.

– Salut toi-même.

Il s'est approché, en manches de chemise, le visage éclairé par les guirlandes de Noël qui décoraient la rue.

– Je parie que tu ne l'avais pas vu venir, hein ? Que je batte Bonita.

– Bien sûr que si, je savais que tu avais les tripes. Tu l'as joué cool et tu as su attendre le bon moment.

Il était tout proche, tout à coup, et j'avais le même genre de sensation dans le ventre qu'avant le combat.

– Pas si cool que ça. C'est juste qu'elle s'est exposée, et que j'en ai profité.

Tarik restait là sans rien dire, comme s'il attendait quelque chose. Une feuille de journal a voleté par terre, soulevée par un souffle de vent. Il a frissonné.

– Tu ferais mieux de rentrer avant de geler sur place.

– Je n'ai pas froid.

– Ben moi, si.

– Je te trouve incroyable, Fleur.

– C'était juste un coup de chance.

– Je ne parle pas de ça.

Puis il s'est penché et il m'a serrée dans ses bras. Je sentais ses muscles à travers le tissu fin de sa chemise. Il a encore frissonné.

– Rentre, ai-je ordonné en me séparant de lui. Tu as un entraînement à suivre, je te signale.

– OK, coach, m'a-t-il répondu avec un grand sourire.

Puis il s'est penché de nouveau, plus rapidement, cette fois, et il m'a embrassée sur la joue. Sa bouche s'est attardée une fraction de seconde sur ma peau. Une fraction de seconde qui disait tout.

– À demain ? m'a-t-il demandé, le visage tout près du mien.

– À demain. Quand je suis descendue à la cuisine le lendemain matin, j'ai été accueillie par ma mère, qui m'a fait un gros câlin. Je le lui ai rendu et je dois avouer que le moment était assez émouvant. Ian Beale, qui était dans un très bon jour, est sorti de son panier pour venir renifler mes chaussures. Il m'a même léché la main, ce qui partait d'un bon sentiment, sauf que sa bave sent la jambe de pirate gangrenée et que j'ai dû aller me laver les mains avec de l'alcool à 90°. J'ai fait un petit tour à vélo avec mon père dans la matinée, puis on est passés à table, poulet rôti et purée, bien sûr. Ça faisait du bien de rester tranquille à la maison, de revenir à la normale. Enfin, à la normale à part pour deux trucs qui m'ont laissé espérer que certaines choses pourraient s'améliorer.

Le premier, c'est que ma mère a laissé mon père remplir le lave-vaisselle sans s'en mêler.

Le deuxième, c'est qu'après le repas, elle a pris le journal, elle a découpé ma photo et l'article qui allait avec, et elle les a collés dans son scrapbook pendant que je lui préparais une tasse de thé. Puis elle a sorti un vieil album photo que je ne connaissais pas et m'a montré des photos de Ben.

Je n'aurais jamais imaginé qu'il y avait autant de larmes en moi. Parce que j'en ai versé vraiment beaucoup.

Feux de signalisation

Mercredi, Bonita n'est pas venue à l'entraînement. Après ma première réaction d'exaltation, j'avais commencé à me sentir un peu mal pour elle. Je regrettais de ne pas l'avoir laissée gagner aux points selon mon plan initial. On n'a jamais besoin d'éteindre les bougies des autres pour briller.

C'était le dernier cours de boxe avant Noël et on s'est tous dit au revoir pendant des heures, en se racontant nos projets pour les fêtes et en discutant de la façon dont les matchs d'exhibition s'étaient déroulés. Sharon, rayonnante, est venue m'annoncer tout excitée qu'après le « Grand Combat », le club avait été submergé de demandes d'informations de la part d'adhérents potentiels, dont une bonne douzaine de filles. Ricky envisageait d'ajouter des cours le vendredi pour contenter tout le monde.

– Et tout ça, c'est grâce à toi ! a-t-elle conclu.

– Mais non, ai-je répondu en rougissant. C'est grâce à nous tous… enfin, OK, peut-être un peu grâce à moi.

Tarik est arrivé d'un pas dansant au moment où je disais au revoir à Dan.

– Je dois voir Ricky, m'a-t-il informée, mais si tu as le temps de m'attendre, on peut marcher jusqu'aux feux.

– OK.

Il a balancé son sac sur son épaule avec un grand sourire, et j'ai eu droit à un aperçu aussi furtif qu'affriolant de ses trapèzes.

Puis on a fait le chemin en parlant de Noël et du lycée, et je me suis fait la réflexion que les choses étaient délicieusement simples avec lui. Tellement différentes d'avec George ! Tout sécurisant et stable qu'il était, je n'avais pas réalisé à quel point George m'étouffait, à quel point ma vie s'était rétrécie pour emprunter un chemin sans risque ni surprise. Je n'avais pas la moindre idée d'où j'allais avec Tarik, et ça, c'était excitant.

– Alors, tu vas continuer à te battre ? m'a-t-il demandé au bout d'un moment.

– À fond.

– Je veux dire, sur un ring.

– Peut-être. Mais peut-être que je ferais mieux de m'arrêter sur une victoire.

– Et si Bonita veut sa revanche ? m'a-t-il taquinée.

– Ne plaisante pas avec ça. Jamais.

On s'est arrêtés à un carrefour, un peu avant les feux.

– Tu rentres chez toi, là ? m'a-t-il demandé. En tournant à droite, on arrive au parking Morrison. Tu te rappelles ce qu'il y a, au parking Morrison ?

À droite, à gauche, tout droit, soudain j'ai eu le sentiment que toute direction serait la bonne tant que Tarik venait avec moi. Mais un truc me chiffonnait. Un truc important qu'il fallait que je fasse.

– J'adorerais aller manger un triple shawarma avec toi, mais j'ai quelqu'un à voir.

Il a haussé les épaules d'un air un peu déçu.

– Tant pis. À l'année prochaine, alors ?

– Ou avant. T'as mon numéro. Et tu me dois un kebab.

Il m'a fait un sourire radieux et je me suis penchée pour l'embrasser sur la joue en laissant ma bouche s'attarder une fraction de seconde sur sa peau.

Dans toutes les rues, il y a toujours une famille qui perd la boule à Noël et qui inonde sa maison d'horribles guirlandes clignotantes. En l'occurrence, ce n'était pas celle de Bonita mais celle de ses voisins. Je suis restée là un moment à regarder la fausse neige, le traîneau enguirlandé et le sapin multicolore illuminé à la fibre optique. Mon chouchou était un robot père Noël qui se penchait pour donner une carotte à son renne. Si ce n'est qu'un voisin farceur avait retourné l'animal pour donner l'impression que ce brave vieux père Noël essayait de fourrer sa carotte dans un orifice nettement moins festif.

La porte s'est ouverte, et Bonita m'a regardée d'un air méfiant.

– C'est toi qui as fait ça ? ai-je demandé en lui désignant le renne.

Elle a confirmé d'un hochement de tête, tandis qu'un chien se mettait à aboyer furieusement à l'intérieur. Puis un bruit sourd m'a indiqué qu'il venait de foncer dans quelque chose.

– Qu'est-ce que tu fais là ?

– Comme tu n'es pas venue à la boxe, je me suis dit que j'allais passer voir comment ça allait.

– T'as pas frappé si fort que ça.

– Je sais, ce n'est pas ce que je voulais dire.

– Tu veux entrer ?

– Euh, ouais. Le chien ne mord pas ?

– Si. Je vais l'enfermer dans la buanderie.

Bonita nous a préparé du thé. La cuisine était encombrée mais propre. Je ne sais pas ce que je m'étais imaginé, mais la maison était rangée et bien entretenue. Le seul problème, c'était le chien, dont on entendait les grondements glaçants derrière la porte du fond.

– Pourquoi t'es pas venue à l'entraînement ? ai-je demandé pendant que l'eau bouillait.

Le chien a gratté à la porte en lâchant un aboiement guttural. Bonita a haussé les épaules. J'ai sorti un papier de ma poche pour le lui montrer.

– Tu as vu ça ? Sharon a inscrit plein de gens pour janvier. Plein de filles.

– Super.

Elle m'a donné une tasse de thé et m'a conduite dans le salon. Le chien s'excitait toujours derrière la porte. J'ai prié pour qu'elle soit plus solide qu'elle en avait l'air.

– Enfin, des tas de femmes se sont mises à la boxe après les Jeux olympiques de 2012, ai-je poursuivi en m'asseyant. Mais il n'y en a pas tant que ça qui font du sparring ou des tournois.

J'avoue que j'avais un peu préparé mon blabla et j'avais peur que ça manque de naturel. J'ai agité mon papier.

– Tu sais, c'est super important de faire passer ce genre de message positif. De montrer aux femmes que la boxe, c'est sympa et que ça ne craint rien, en plus d'être super pour la forme. Je ne pense pas que tu devrais laisser tomber juste parce que tu as perdu un combat.

Bonita a battu des paupières.

– Qui a parlé de laisser tomber ?

– Euh, c'est juste que… Enfin, tu n'es pas venue à l'entraînement.

– Je gardais mon petit frère. Ma mère travaille. Tout le monde ne peut pas se tourner les pouces.

– Oh, désolée, ai-je dit, gênée.

Le chien a foncé dans la porte et j'ai cru entendre le bois se fendre.

– Je reviens en janvier, m'a certifié Bonita. T'inquiète, je vais te démolir.

– Ça, c'est ce qu'on verra, ai-je répliqué en me hérissant.

Puis j'ai remarqué l'étincelle amusée qui brillait dans ses yeux.

– J'en étais sûre, que tu étais une winneuse, m'a-t-elle déclaré. Il suffisait de te pousser un peu.

J'ai siroté mon thé avec un grand sourire.

BLAM. Cette fois, la porte allait vraiment craquer. Il était temps que j'y aille. Alors que je sortais, Bonita m'a remerciée.

– De quoi ?

– D'être passée. Ça n'a pas été facile de venir habiter ici après le départ de mon père. On vivait dans une maison plus grande, avant. Dans les quartiers est.

– Je ne savais pas.

Elle a haussé les épaules.

– Bref, j'ai un peu honte d'inviter des amis.

– Parce que c'est ce qu'on est ? ai-je demandé avec surprise. Des amies ?

– Comment tu appelles ça, toi ?

– Hm… des partenaires… ? Des sparring-partners ?

Visiblement, ça lui a plu.

– Pas mal. Bon, à l'année prochaine, alors !

Bataille à Battle 2

– Tu es prêt ? ai-je demandé à Pip.

Son casque a glissé sur ses yeux tandis qu'il hochait vigoureusement la tête.

– Toi aussi ? ai-je demandé à Blossom.

Elle a souri d'un air féroce en serrant plus fort sa hallebarde.

Puis une grande clameur s'est élevée et une centaine de chevaliers normands se sont élancés à l'assaut de la colline avec des hurlements assassins.

– Go ! ai-je crié.

Et on a bondi tous les trois de notre cachette dans les buissons pour nous joindre à la charge. Je ne me sentais pas très à l'aise dans la lourde armure normande. Mais j'avais la conviction de faire ce qu'il fallait, et aussi les muscles pour.

On courait en trébuchant et en haletant, suivis par la cavalerie. Là-haut, sur la colline, la rangée des guerriers saxons nous faisait face. Leurs boucliers se sont entrechoqués. Le bruit des sabots des chevaux derrière moi m'a fait me retourner et j'ai vu Garnet qui nous foudroyait du regard. Je lui ai répondu par un grand sourire en continuant à courir.

– Allez, Pip ! a crié Blossom.

Il peinait vraiment sous le poids de son armure. Blossom, elle, brandissait haut sa hallebarde et paraissait aussi balèze que Bonita, avec ses biceps de porteuse de pancarte.

– Oh non, a soufflé Pip tandis qu'on approchait des lignes saxonnes. J'ai horreur de ce moment-là.

– À l'attaque ! ai-je crié en l'encourageant d'une tape dans le dos.

Puis les deux puissantes armées se sont embouties dans un grand fracas de tôle froissée. Je me suis retrouvée face à face avec Pete Thorburn, un habitué des lignes saxonnes. Il a paru assez surpris de me voir en Normande, mais pas au point de sortir du rang.

– Salut, Pete ! lui ai-je lancé joyeusement en abattant ma hache.

Elle a rebondi sur son bouclier. Sur ma gauche, j'ai entendu Pip pousser un long gémissement terrifié tandis qu'un Saxon agitait son épée dans sa direction. Il a fait mine de prendre ses jambes à son cou, mais Blossom et moi l'avons retenu fermement.

– Reste là ! s'est écriée Blossom. Tu te rappelles ce qu'on a dit ? Tu dois faire le show, assurer le spectacle. Après, tu pourras t'enfuir tant que tu voudras.

Pip a dégluti en hochant la tête et a brandi son épée.

– OK.

– Tu peux le faire ! ai-je ajouté.

Puis, tous les trois, on est retournés se jeter dans la mêlée et frapper à grands coups de hache le mur de boucliers. J'ai réussi à en asséner quelques-uns sur celui de Pete avant que Garnet sonne la retraite. Et c'est seulement là que Pip a lâché son épée avec soulagement pour filer vers son petit bois. On a foncé derrière lui avec des cris de joie.

– Tu as réussi, Pip ! a hurlé Blossom. Tu as réussi !

Après la bataille, on a retrouvé mes parents au café pour manger les tartelettes aux amandes de la victoire. Ma mère faisait de son mieux pour « s'intéresser à mes activités », pour reprendre ses termes. Je crois surtout qu'elle était là pour me surveiller, mais ça ne me gênait pas. Pendant que Pip était aux toilettes, on a inspecté le menu toutes les deux en pointant les fautes d'orthographe et les apostrophes mal placées.

– Regarde, on peut commander un « caffé ».

– Avec un muffin qui appartient à des myrtilles, vu l'apostrophe du possessif, a ajouté ma mère.

Blossom a levé les yeux au ciel avant de demander à mes parents :

– Alors, comment vous avez trouvé la reconstitution ?

– J'ai trouvé ça génial, a répondu mon père avec enthousiasme. Très convaincant.

– Moi, ça m'a paru très violent, a dit ma mère en secouant la tête avec réprobation. Ce n'est pas dangereux, toutes ces épées ?

– Non, a-t-on assuré d'une seule voix, Blossom et moi.

– Si, a affirmé Pip en revenant s'asseoir.

– Des combats de boxe, des reconstitutions de batailles médiévales… a grommelé ma mère. Mais pourquoi vous prenez toujours des activités dangereuses, les filles ?

– Parce qu'on a le choix, maman, ai-je répondu en lui reversant du thé. Et qu'on y arrive très bien.

L’auteur

Auteur de fiction qui s’adresse à toutes les tranches d’âge, **Tom Easton** (alias T. S. Easton) a publié des livres sous différents pseudonymes et sous son propre nom. *Les garçons ne tricotent pas (en public)*, publié en français par Nathan, a été nominé pour plusieurs prix, et récompensé par le *Coventry Inspiration Book Award* en 2015. Tom vit dans le Surrey avec sa femme et ses trois enfants.

18 JUILLET

Jessica Swallow n'est pas la première prof qui me fait craquer. J'ai l'habitude de craquer sur toutes mes profs. Mon père trouve qu'elles deviennent de plus en plus séduisantes au fil des années. Ma mère dit que pas du tout, qu'elles sont juste de plus en plus jeunes comparées à lui. Il y a eu Mme Hunt en CM1, qui n'était pas si géniale que ça mais qui portait des robes en coton transparentes. Ensuite, il y a eu Mlle Young en sixième, qui n'était pas si jeune, contrairement à ce que son nom indique, mais très jolie, mis à part son goitre. Cela dit, son goitre la rendait plus accessible.

Je trouve que les femmes ont besoin d'au moins une imperfection pour être vraiment attirantes. Dans le cas de Mlle Swallow, ce sont ses canines, qui avancent et qui sont légèrement décolorées. Pour moi, ça renforce sa beauté plus que ça ne la diminue. Mais je continuerais sans doute à la trouver attirante si elle avait une défense de narval sur le front.

Elle est superbe. Petite, avec de grands yeux verts, des cheveux blond cendré et une peau fine et pâle, super lumineuse.

En relisant ce passage, je me rends compte qu'avec ma description, on pourrait la prendre pour une alien. Si c'est le cas, elle peut m'enlever quand elle veut, ce qui m'amène au rêve que j'ai fait cette nuit. Quelquefois, le soir avant de m'endormir, j'aime bien m'imaginer que je suis un milliardaire, ou un sportif de haut niveau, ou un écrivain célèbre, ce genre-là. Mais souvent, mon fantasme, c'est de sortir avec une fille super cool. Ça peut être Megan, ou Holly Osman, ou la brune qui passe tous les matins devant chez moi pour aller au lycée. Mais généralement, c'est Jessica Swallow. L'ennui, c'est que je préfère que mes fantasmes soient cohérents. Quitte à ce qu'ils soient improbables, il faut qu'ils restent crédibles. Et moralement inattaquables. Les rêves de drogue du violeur, très peu pour moi.

Évidemment, Mlle Swallow ne risque pas de tomber folle amoureuse de moi comme ça. Elle a douze ans de plus que moi. Elle a un petit ami super baraqué, footballeur semi-professionnel, qui a une voiture de course. Et elle est canon. Et c'est ma prof, bon sang ! En plus, Mlle Swallow adore son boulot. Elle ne mettrait jamais tout ça en danger pour moi.

Alors comment je m'y prends pour devenir riche et brillant et attirant pour les femmes plus âgées ? Ou même des jeunes ? Toutes les femmes de plus de seize ans ? D'habitude, j'imagine que ma mère invente un nouveau tour et qu'elle devient mondialement célèbre.

Grâce à l'argent, je vais dans un lycée super classe et – très vite – je deviens entrepreneur. À dix-sept ans, je lance mon business qui me rapporte des milliards, le genre qui permet de donner plein de fric à des organisations humanitaires, et Jessica Swallow est tellement soufflée par mon dynamisme et ma générosité qu'elle tombe raide dingue de moi et qu'elle quitte son footballeur, qui ne fait carrément pas le poids. Mais il encaisse bien, on finit par devenir potes et il m'apprend à jouer au football et aussi à conduire son bolide.

Mes rêves mettent une éternité à arriver aux moments sympas et, la plupart du temps, je m'endors bien avant d'arriver aux choses sérieuses avec la fille. N'empêche que tout ça, c'est de la gnognotte à côté du rêve que j'ai fait cette nuit. J'étais au cours de tricot avec Mlle Swallow et quinze vieilles dames. Un ovni s'est posé, nous a tous capturés dans son rayon et on s'est retrouvés dans un zoo sur une autre planète. Mlle Swallow n'avait plus que moi vers qui se tourner pour se consoler. On était allongés tous les deux sur une couverture tricotée par les vieilles dames. Je ne me rappelle pas la suite, je n'arrive pas à dépasser ce moment-là. En plus, la laine, ça gratte.

On va juste dire que, pour moi, c'est le signe clair que je dois choisir le cours de tricot.

19 JUILLET

J'ai envoyé un mail à Claudia Gunter, du service de probation de West Meon, et maintenant je stresse à mort à l'idée d'avoir été trop sarcastique. Je voulais être drôle, mais en me relisant, j'ai peur de donner l'impression de me foutre de sa gueule. Mais pourquoi je fais des trucs comme ça ?

Voilà ce que j'ai écrit :

Chère Mme Gunter,

Merci pour votre mail du 18 juillet. J'apprécie beaucoup cette opportunité que vous m'offrez de m'instruire. Les cours proposés sont tous si tentants que le choix a été super difficile. Cependant, après mûre réflexion, il me semble que celui qui me convient le mieux est :

19 h - 19 h 55 Tricot - Jessica Swallow

Je vous serais reconnaissant de bien vouloir m'inscrire audit cours susnommé dans la présente.

Avec mes plus cordiales salutations,

Ben Fletcher

J'ai peut-être été un peu lourd. Enfin, bon, elle reçoit certainement pire comme messages de la part du tueur au cornet de glace.

Je n'ai pas dit à mon père que j'avais choisi le tricot. J'ai menti en lui disant que j'avais pris poterie. Ça ne l'a pas fait sauter de joie.

– La poterie, a-t-il répété en me fixant au petit déjeuner. La poterie…

– Ben j'avais pas trop le choix…

– Qu'est-ce que tu reproches à mon cours ? Ça nous aurait donné l'occasion de passer du temps ensemble.

– Conflit d'intérêts, ai-je argumenté.

– Quoi ?

– Il y a conflit d'intérêts. Parce que tu es mon père. Ma conseillère de probation a bien précisé qu'elle attendait un compte rendu du prof sur mon assiduité et mon comportement. Tu ne serais pas impartial.

– Tu rigoles ? Si tu faisais le guignol dans ma classe, je n'hésiterais pas une seule seconde à te balancer. Et plutôt deux fois qu'une.

– Merci, p'pa. Je sais que je peux compter sur toi. Mais je ne crois pas que Mme Gunter serait d'accord.

– C'est bête, a-t-il soupiré.

– Ouais, c'est bête.

– Et les ordinateurs ?

– Trop basique.

– Il y avait quoi d'autre ?

– Tricot.

Il a hurlé de rire.

– Celui-là, au moins, ça risque pas.

– Pourquoi ? ai-je demandé, un peu crispé.

Il s'est remis à rire.

– C'est juste… enfin, le tricot. C'est un peu…

J'ai attendu la suite.

– C'est un peu…

– Efféminé ?

– Ça veut dire quoi ?

– Un truc de fille.

– Ouais. Voilà. C'est le mot. Un truc de fille.

J'ai fini par lui vendre la poterie. Ça doit être la peur que son fils puisse être pris pour le fayot du prof qui l'a persuadé. Dans la tête de mon père, ça aurait été le comble de la chochotte.

En revanche, ma mère a été ravie quand je lui ai parlé du tricot au téléphone. Elle se trouvait dans un hôtel low cost quelque part au fin fond du Devon. Elle avait eu une sale journée. L'une de ses colombes était morte et les autres étaient trop déprimées pour faire le numéro. À la place, elle allait devoir recycler celui où elle scie en deux un membre du public. La dernière fois qu'elle avait essayé, il y avait eu un accident qui avait quasiment fait doubler le prix de son assurance.

– Ne prends pas une vraie scie, cette fois, m'man.

– Je sais.

– Demande-lui ce qu'elle veut pour le dîner vendredi soir ! m'a lancé mon père depuis la cuisine.

– Papa demande ce que tu veux manger vendredi soir.

– Oh… Dis-lui que je me ferais bien une belle tranche de porc.

– Je refuse de lui dire ça.

– Mais c'est de ça que j'ai envie.

– Ne me fais pas ça, m'man, ai-je chuchoté.

– Allez !

– Elle dit qu'elle veut une tranche de porc, ai-je crié à mon père en me préparant au pire.

– OK, mais pour le dîner, elle veut quoi ? m'a-t-il répondu, plié en deux.

– Donc… le tricot, a repris ma mère après avoir retrouvé son sérieux. C'est excellent pour développer la dextérité, gagner de la force dans les doigts et améliorer la concentration. Que des atouts utiles pour un magicien.

– Super entraînement aussi pour ce boulot d'opérateur dans un centre d'appels que je vise après le lycée, ai-je répliqué.

– Ou pour devenir pilote de chasse.

– Pile les trois options que je pensais mettre sur ma fiche de vœux professionnels. Magicien, esclave en marketing téléphonique ou pilote de chasse.

– C'est parfait, a approuvé ma mère. Bon, il faut que je te laisse, j'ai des épées à affûter.

21 JUILLET

J'ai retrouvé Gex, Freddie et Joz dans le parc. Ils étaient assis en rang d'oignons sur un muret derrière la jardinerie, en train de regarder fixement le parking.

– Ça roule ? leur ai-je demandé.

Ils m'ont ignoré.

– Qu'est-ce que vous regardez ?

– Ça, m'a répondu Joz en pointant du doigt avec impatience.

J'ai regardé dans la direction indiquée, mais ça ne m'a pas sauté aux yeux.

– Quoi ?

– Attends, m'a dit Freddie.

– C'est la fille en jupe courte que vous matez ?

– Oui.

– Celle qui a une jambe dans le plâtre ?

– Oui.

– Et des béquilles ?

– Oui.

– Celle qui range ses courses dans son coffre ?

– Oui !

– Pourquoi ?

– On t'a dit d'attendre, Dugland, s'est énervé Gex.

J'ai soupiré, je me suis assis, et j'ai attendu. Et j'ai vu. La pauvre fille ramait avec ses béquilles. Elle n'avait pas beaucoup de place et son Caddie était coincé derrière une borne en ciment, sur le côté de la voiture. Elle allait jusqu'au Caddie en s'aidant d'une béquille. Là, elle prenait un sac, revenait à son coffre en sautant à cloche-pied comme elle pouvait, y posait son sac et repartait. L'ennui, c'est que sa béquille n'arrêtait pas de tomber. Et, à chaque fois, elle devait se pencher en avant pour la ramasser, en décrivant une espèce de mouvement de danse avant de balancer sa jambe plâtrée en arrière, ce qui nous donnait une vue parfaite sous sa jupe. Elle portait une culotte noire.

– Vous êtes graves, les gars, ai-je déclaré en me tordant le cou pour mieux voir.

– Elle est canon, a dit Joz.

– Vous profitez d'une fille vulnérable avec une jambe cassée, ai-je ajouté. Vous feriez mieux d'aller l'aider.

– Elle ne sait pas qu'on la regarde, m'a signalé Freddie. Et elle se débrouille très bien. Elle l'a encore fait tomber !

– Quelle empotée ! a commenté Gex avec satisfaction.

– Comment elle fait pour conduire avec ce plâtre ? s'est demandé Joz tout haut.

– Elle est incroyable, a repris Gex.

– Elle est jolie, ai-je admis. Et très gracieuse.

Voilà à peu près tout ce qu'on a fait aujourd'hui. Freddie avait filmé une petite séquence sur son portable et, après le départ de la fille, on l'a repassée en boucle jusqu'à ce qu'il n'ait plus de batterie.

Il faut vraiment que je me trouve d'autres amis.

MIXTE
Papier issu de
sources responsables
FSC® C022030

N° d'éditeur : 10242412
Achevé d'imprimer sur Roto-Page en janvier 2021
par l'Imprimerie Floch à Mayenne
N° d'impression : 97578
Imprimé en France